牧瀬竜久
MAKISE TATSUHISA
ILLUSTRATION
あるてら
悪ノ黙示録
―裏社会の帝王
死して異世界をも支配する―
THE EMPEROR OF THE UNDERWORLD, RULING OVER OTHER WORLDS EVEN AFTER DEATH.

CONTENTS

EVIL APOCALYPSE

THE EMPEROR OF THE UNDERWORLD, RULING OVER OTHER WORLDS EVEN AFTER DEATH.

イドラ
レオ・F・ブラッド

「何故『彼』だったんだ？」

「名を……頂いたからです」
「名？」
とサフィアが聞き返す。

ヴァイス
ユキ

サフィア・サーヴァイン

「――ユキ。
そうあの方が名付けてくれた瞬間、
私は初めて命を吹き込まれたような、
そんな気がしたんです」

EVIL APOCALYPSE

悪ノ黙示録

―裏社会の帝王 死して異世界をも支配する―

THE EMPEROR OF THE UNDERWORLD, RULING OVER OTHER WORLDS EVEN AFTER DEATH.

MAKISE TATSUHISA
牧瀬竜久

ILLUSTRATION
あるてら

CHARACTERS

レオ・F・ブラッド | LEO F. BLOOD

前世はマフィアの首領。
ふたたびこの世を支配せんとする男。

イドラ | IDOLA

スラム街の少女。普段はクールだが、我が強い。

ヴァイス | VICE

スラム街の少年。女好きでチャラい。

ユキ | YUKI

スラム街の少女。無口で謎も多い。

サフィア・サーヴァイン | SAFIA SERVINE

聖オルド騎士団所属の女騎士。
その強さと美しさから、閃光姫と呼ばれている。

Prologue

「なにか言い残す言葉はあるか」

その声に、男は閉じていた瞼《まぶた》をそっと上げた。

ぼんやりと浮かんでくるのは、窓一つない、無音に支配された無機質な室内の光景。そっと周囲を観察すれば、いくつもの虚《うつ》ろな視線が後ろ手に手錠を嵌《は》めた男へと向けられている。

そして正面には、かの有名な十三階段がある。映画で見るよりもずっとくたびれたロープが一本、先に輪を作って、まるで男の到着を今か今かと待ち侘《わ》びているかのようだった。

いや、事実、待っているのだ。何故《なぜ》ならもうすぐ、あの場所《絞首台》で男の人生が終わるのだから。

「……貴様、何がおかしい」

男の傍《そば》に立っていた刑務官が鋭い視線を向けてくる。

男に自覚はなかったが、どうやら無意識に笑っていたらしい。

静かにかぶりを振り、感情を整えると、男は素直に先ほどの質問に答えることにした。

しかし——言い残す言葉。改めて考えてみると難しい。

やりたいことをして、好きに生きてきた実に満足な人生だった。

孤児という社会的弱者の出自でありながら、自由を勝ち取るために手段を選ばずにここまで走り続けてきた。自分と同じ境遇の仲間を集め、邪魔な権力者を排除し、時には利用し、裏社会での盤石《ばんじゃく》な地位を築いた。いつしかマフィアと呼ばれる組織に身を置き、それからどれだけの年月を過ごしてきただろう。

ふと老いた自分の手に視線を落とせば――そこにはこの世のすべてが握られていた。巨万の富を築いた。星の数ほどの女を抱いた。過去のどの偉人よりも崇《あが》め奉《たてまつ》られた。実に充実した一生だったように思う。その結果としてこのような最期《さいご》を迎えることになったが、これは予定調和だ。男の死は、男自身によって仕組まれた世代交代の儀式に過ぎない。男が死んでも、男の権力は愛する家族たちにそのまま譲り渡される。そうして生まれた新たな悪が、今後の世界を陰から円滑に支配するのだ。

故《ゆえ》に男にあるのは死への後悔などではなく、これまでの生に対する満足。

だから言い残す言葉など特にないのだが――目の前の刑務官はどうやらそれが不服らしい。睨《にら》むようにこちらを見つめている刑務官に、男は笑みを浮かべながら語り掛けた。

「気に入らないか？　目の前の悪人が、満足そうな顔をして最期を迎えようとしていることが」

「……」

「そうだろうな。悪人というのは物語の最後に必ず裁かれるもので、そしてそんな悪人の最期とは、後悔に塗《まみ》れた惨《みじ》めったらしいものでなければならないのだと。それがお前たちの決めた、古今東西共通の善悪観だものな」

実際、この世に存在する御伽噺《おとぎばなし》というものはそんなものばかりだ。

小説に限らず、民衆に深く周知されている物語の多くは勧善懲悪《かんぜんちょうあく》。正義が悪をくじくヒーローありきの英雄譚《えいゆうたん》だ。男は、それが常々疑問だった。

勧善懲悪おおいに結構。いわゆる世間一般では、そういう物語の方が好まれるというのは理解できる。男も決してそういう話が嫌いという訳ではない。

嫌いという訳ではないのだが、しかし同時にこうも思うのだ。

——もったいない、と。

「なあ、お前……今収入はどれほどある?」

男の唐突な質問に、刑務官が訝《いぶか》し気な表情を浮かべた。

「まあ、答えなくてもいい。ジョン・ブラウン。三十四歳。勤続十六年目の刑務官で、二つ下の看護師の妻と、今年六歳になる娘がいる。両親ともに健在。逮捕歴もなく、実に真面目で模範的な男だと職場の評価も上々。今年はついに看守長就任の話も出てきたそうだな」

男の言葉に刑務官——ジョン・ブラウンが目を見開いて驚愕《きょうがく》していた。

何故《なぜ》知っているのかとでも言いたげな顔だが、むしろ男にはそれが不思議だった。

何故自分の担当刑務官の情報も知らないと思っていたのだろう。彼だけではない。この場にいるすべての人間の家族構成から、昨日の食事内容まで、男はすべて把握している。この刑務所内にも、もっといえば——この部屋の中にも男の協力者は複数存在しているのだから。

「副看守長で月給四千五百ドル前後。まあ、おおざっぱに年収六万ドルくらいか？」

「っ……それがどうした！」

動揺している様子のジョンに男はくつくつと笑う。

「勤勉に学に励み、大学を卒業し、賢明に働き、酒も女もやらず、三十四年間法を遵守《じゅんしゅ》し、ようやく築いた地位と金。それが副看守長、年収約六万ドル」

「……」

「対して俺はロクに学校も行かず、まともな職にも就かず、酒も浴びるように飲み、毎晩違う女と寝た。数十年間法を犯し続け、結果、そんな俺が辿《たど》り着いたのは――」

そこで男はこらえきれなくなって、思わず顔を上げた。

「年間二千億ドルを稼ぐ世界最大のマフィア組織のボス。お前が一年間で稼ぐ金など、俺からすれば鼻紙だ」

げらげらと腹の底から笑い声を上げる男に耐え切れなくなったのか、ジョンは「もういい！」と叫んで男の頭に麻袋を被《かぶ》せた。

ドンと背中を押されるような衝撃と共に、男は階段を昇り始める。

「いいかジョン。この世はな、最終的に悪い奴ほど得をするようにできている。それが表に出てこないのは、俺のような一部の巨悪が世の中をコントロールしているからだ」

「うるさい黙れ！」

「おかしいと思わないのか？　お前のように真面目が服を着て歩いているような男が、順調に出世街道に乗って六万ドル。対して俺のようなクズが、好き勝手に生きて途方もない金を手にしている。この事実が、今お前たちが生きている世界の現実なんだ」

「黙れと言っている！」

ドン、と再び背中を突き飛ばされると、首に縄を通される感触がした。

硬く、荒い縄のささくれが皮膚をつつく。だが、男は構わず話を続ける。

「だから、もったいないと思うんだよ」

例えば男が最近読んだ本の中に、死んだ人間が前世の記憶を持ったまま生まれ変わるなんて話があった。面白い設定だとは思ったが、主人公が根っからの善人だったせいか、せっかく前世の知識を持っているというのに、終始彼が善行を重ねるだけで物語は終わってしまった。

今思い返せば、あれは実にもったいない。

男は好き勝手に生きてきたが、今の立場を手に入れるまでには当然苦労をした。ここまで上り詰めるためには、それ相応の力が必要不可欠で、手に入れるための時間も掛かったからだ。

だが仮にだ。もしも御伽噺《おとぎばなし》のように、人生を再びやり直すことができるとしたら。

そして、そこに今の人格と記憶がそのまま宿されていたとしたならば。

「俺は——迷うことなく再び悪道を征《ゆ》く」

世界は常に黒と白が混ざり合って灰色に淀《よど》んでおり、綺麗《きれい》な白に戻ることは決してない。世界に正義があるのであれば、そこには当たり前のように寄り添う悪が必ず存在する。その淀み、汚さを知った上で、それでも目を逸《そ》らして全うに生きることなど男には到底無理だ。

ならば世間から巨悪と罵《のの》しられようとも、男は自身が生きた道で頂上を目指す。たとえそれで悲惨な結末を迎えたとしても、自分の信じた道を生きたのだと声高らかに笑ってやる。

今度こそ、何一つとして大切なものをその両手から取り零《こぼ》したりなどしない。

「――3、2、1!」

だからもし自分がまた生まれ落ちるなら、腐ったスラムのような場所が良い。夢も希望もなく、助けてくれる者は誰もおらず、生きるためには犯罪に手を染めるしかない掃き溜《だ》めのような場所で、男はもう一度自分だけの家族《組織》を築き上げる。正義こそ王道とされる世界でそれを真っ向から否定する、そんな悪ノ黙示録を作るのだ。

だから、一度も存在を信じたことはないが、神という都合の良い存在がいるならば願う。

どうかもしまた生まれ変わる事があるならば――

「善人などという、退屈なものにだけはしてくれるなよ」

ガコンッ、と。大きな音が足元から聞こえた直後、全身を浮遊感が襲う。

ああ、これで終わりかと特に感慨《かんがい》もなく思う刹那《せつな》の時の中で。

《条件が設定されました。対象の死亡確認後、転生を開始します》

そんな聞き覚えのない声が脳裏に響いた気がした。

一章　舞い降りた巨悪

サフィア・サーヴァインという女の人生を一言で表すなら、まさに栄光に満ちている。

流行《はや》り病《やまい》で両親を亡くし、幼い妹と共に修道院で暮らすことを余儀なくされたのが十歳の頃。そのまま孤児として生き、貧民として死ぬ人生を歩むかに思われた彼女には、けれど類《たぐ》いまれなる剣の才能と、誰よりも強い正義への憧憬《しょうけい》があった。

その噂《うわさ》を聞きつけた地方貴族に推薦され、王国騎士団への入団試験を受けることになったのが齢《よわい》十五の時。結果、王国最強とも名高い聖オルド騎士団への入団を認められ、騎士の位を叙勲するに至った。まさに中世の理想を描いたかのような立身出世物語だ。

信じる者は救われる。世間の憧れの騎士となったサフィアは、改めて正義と信仰に対する想いを強くし、幼い妹を自分が守っていけるように、立派な人間になろうと誓い直した。

それから、何年の月日が経《た》ったのだろう。

おおよそ考えられる限り最高の門出を飾ったはずのサフィアの騎士道は、しかしここ北部、工業都市ヒューゲルラインにて、まさに今、暗雲の只中《ただなか》にあった。

「護衛の人数を予定より減らすというのはどういうことですか！」

白銀の甲冑《かっちゅう》を着た人間が多く行き交う騎士団兵舎内の廊下に大きな声が響き渡る。

途端サフィアに向けられた周囲の視線に彼女はハッとするが、周りの人間はすぐに目線を切って各々《おのおの》の作業に戻っていた。

興味がない——というよりは「またか」と呆《あき》れているかのようだ。

いや、実際そう思われているのだろう。

周りの人間からも、そして目の前で面倒臭そうに後ろ頭を搔《か》いている、騎士団長からも。

「どうもこうも、先ほど伝達した通りだ。なにか問題でもあるのか？」

そう言ってこれみよがしに溜息《ためいき》をついているのは、この街の駐屯《ちゅうとん》騎士団の団長を務めているコレル・フォン・シーゲルだ。名門貴族の出身で、公爵である父親の力によって団長職に就いている彼は、騎士団団長というには余りに細身な体軀《たいく》をしている。その身につける立派な白銀の甲冑も、無駄に装飾の付いた剣も、本人との差があり過ぎてまるで似合っていない。

対するサフィアは平民の出でありながら非常に美しい容姿だ。一つ結びにした陽光を溶かしたような金の艶髪《つやがみ》は何をせずとも人の目を惹《ひ》き、整った顔立ちと切れ長の碧眼《へきがん》は同性の視線すら釘付けにする。サフィアはコレルと同じ二十代半ばだが、誰もが羨《うらや》むプロポーションに精悍《せいかん》な鎧《よろい》を身に纏《まと》ったその姿は、若き頃より多くの人間の視線を集めてきた。

日々鍛練と勉強を重ね、一般市民という身分から実力で出世してきたサフィアと、貴族という権力を笠に椅子を用意されてきたコレルは、まさに見た目も出自も全く正反対の人間だ。

だからサフィアは知っている。自分がコレルから疎《うと》まれているということを。

だが、だからといって上司の蛮行にただ口を噤《つぐ》んでいる訳にはいかない。

「問題しかありません。もともと今回の物資輸送隊の護衛に充《あ》てる予定だった騎士の人数は二個中隊規模だったはずです。それを三個小隊以下に減らすというのは、一体どういう理由があってのことですか?」

物資輸送隊というのは定期的に首都へ納税のための物資を運ぶ、行商団のことだ。

年四回、この街で蓄えられた金貨や食料、衣服などの物資は首都に税として輸送されることになっており、その輸送隊の護衛にはサフィアが副団長を務める駐屯《ちゆうとん》騎士団から人員が割かれている。特に今年は何度も盗賊に襲撃され、物資の一部が奪われるという事件が起きており、問題になっていた。そのため、今回からは護衛騎士の数も増員される予定となっていたのだが、つい先ほど、それが減らされるという説明を受けたのだ。

実際に被害が出ている事案に対して充てるべき人員を減らす。これは通常ありえないことだ。

「近隣諸国とのいざこざが増えているのでね。改めて本部と協議を重ねた結果、やはり国境にも近いこの街から一時的とはいえ駐屯騎士団の数を減らし過ぎるのはあまり好ましくないとの結論が出たのだよ。諦《あきら》めてくれたまえ」

「それなら首都から十分な追加人員を派遣してもらうよう再打診するべきです。今回は積荷に・・アレもあるというのに、予定より人員を減らすなど私は反対です。もし積荷に何かあれば打撃を受けるのは我が国なのですよ?」

「馬鹿を言わないでくれたまえ。あちらにはあちらでやるべきこともあるんだ。国中にいくつも存在する物資輸送ルートの一つの、それもあるかどうかも分からない襲撃にまでいちいち人員を割いている余裕はない」

「ですが実際に三度も――」

「だからそれを僕たちが防げばいいだろう。自分たちは襲撃も防げない無能だからやはり応援を呼んでくれなどと僕の口から上に言わせる気か？　君は僕の顔《上官》に泥を塗るつもりなのか？」

「……そ、そういう訳では」

苛立《いらだ》ったように言葉を被《かぶ》せてきたコレルにサフィアは口を噤んだ。

団長であるコレルにそう言われてしまっては黙るしかない。所詮《しょせん》サフィアは副団長であり、ある程度の発言権はあっても騎士団の方針を左右する決定権までは有していないのだから。

サフィアはぐっと奥歯を噛《か》んでこらえる。

「一応首都から少数だが増員は来る。それに今回の護衛に君を参加させるという要望の方は通したんだ。それで我慢してくれたまえ。大変なんだよ？　一時的にでも君に抜けられるのは」

コレルの言葉に、サフィアは眉を顰《ひそ》めた。

それはそうだろう。なにせ本来団長が行うべき執務や計画の立案。さらに団員の訓練指導までをも代わりに執り行っているのは副団長であるサフィアだ。その成果のみを自分のものとし、上層部に報告しているコレルにとっては、たとえ一時的にでもサフィアに抜けられるのは相当の痛手だろう。

だからといって、それに対する感謝の念などは微塵《みじん》も湧いては来なかったが。

「……意見を聞き届けてくださり、ありがとうございます」

今は立場上、そう言うしかなかった。

「君はもう少し副団長としての自覚を持つべきだよ。以前から下町で下品なスラム民を相手に妙な慈善活動もしているようだし、もう少し僕の部下であるということを意識してほしいね」

頭を下げているサフィアの姿を満足そうに見下ろしながら、コレルがその肩に手を当てる。

「ま、期待してるよ。栄誉ある聖オルド騎士団の閃光姫様にはね」

コレルはサフィアの肩をポンと叩《たた》くと、そのまま廊下の向こうへ去って行ってしまった。

サフィアはしばらくその場で頭を下げたまま見送っていたが、コレルの気配が完全にこの場から消え去ったことを確認すると、すっと姿勢を正してそのまま踵《きびす》を返した。

僅《わず》かに尾を引くちりちりとした不快感。しかしそれを振り払うように、多くの騎士が闊歩《かっぽ》する兵舎内を無言で歩く。時折すれ違う部下たちと軽い挨拶を交わし合いながら、サフィアは改めて先ほどの通達について考えていた。

(おかしい……)

絶対におかしい。何度も襲撃されているのに兵の増員が通らなかったこともそうだが、そもそも何度も襲撃されていることそのものが妙だ。

サフィアがヒューゲルラインに配属されてからの一年、定期輸送は既に三回あったが、そのすべてが盗賊に襲われている。輸送ルートはすべてサフィアが考えたもので、情報漏洩《ろうえい》を警戒してそのルートはコレル含め、一部の人間にしか伝えていない。さらに毎期ごとにルートも変えていた——それにも拘《かか》わらずだ。

おかげで現在、この街での駐屯《ちゆうとん》騎士団の信用は地の底である。

駐屯騎士団は常備軍を持たない自治都市などが国に派遣を要請して雇っている、いわば公的な雇われ傭兵《ようへい》に近い。つまり、金銭をもらってこの街の警備を執り行っている。

それにも拘わらず、向こう三度も輸送隊の護衛に失敗してしまっているのだ。これには当然この街の市政機関である都市参事会などもお冠《かんむり》である。金だけもらって果たすべき役目を果たしていないのだから当然であるが、その不満は徐々に市民の間でも広がってしまっていた。

大貴族の息子であるコレルの根回しと個人的な賠償がなければ、間違いなく駐屯騎士団は三度目の失敗の時点で罷免されてしまっていただろう。この点はコレルに感謝するしかないが——だからこそサフィアはコレルの無茶な要求にも強く出ることができないのであるが——

とはいえ、さすがに四度目はない。次こそは必ず襲撃を完全に防ぐ必要がある。

（一部の人間にしか話していない物資輸送計画の情報が何故《なぜ》か毎回漏れている。ということは、その一部の人間の中の誰かが故意に情報を漏らしている、と考えるべきなのだろうが……）

だが、情報を漏らしたところでどうなるというのだろう。それで得をするのは盗賊だけであるように思える。荷物が奪われれば商隊の人間が損をすることになるのは勿論《もちろん》、その護衛をしている騎士団の責任問題に発展する。仮にコレルが情報を漏らしている犯人だとしても、それは結果的に自分の立場を悪くするだけだ。実際にコレルは賠償金を払わされているし、何かメリットがあるようには思えない。

だが、増員をあっさり諦《あきら》めたコレルの考えにはなにか裏があるような気もする。ならば、その考えとは一体なんなのか。真の裏切者は一体誰なのかと考えて──サフィアは思考を払うようにかぶりを振った。

（駄目だな……）

そもそも、どうしてこんなことを考えなければならないのか。

正義を志して騎士となったはずの自分が、いつの間にか率先して正義を疑うかのような思考に陥っているというジレンマ。

だがそれほどに、彼女は騎士となってからの数年で多くの汚い世界の実情を見てきた。

汚職に手を染める上官。犯罪組織と癒着《ゆちゃく》する貴族の派閥。権力者の息子という理由だけで当然のように釈放されていく犯罪者たち。それこそサフィアが所属する騎士団すら、その存在理由の根底には貴族の既得権益が絡んでいる。

今やこの国──世界はそんなことばかりだ。強欲な貴族たちが利益を守る為《ため》に民に圧政を布《し》き、その結果として広がり続ける貧困が新たな悪を生む温床となっている。当然そんな世の中では権力を持つ悪が次々と誕生し、今や『最重要指定危険人物《ブラック・ホルダー》』などと呼ばれる実質的な自治支配を黙認された犯罪者まで存在する始末だ。

神がおわすこの世界で、こんなことが許されていいはずがない。もし今回も襲撃があるというのなら、どんな裏があっても止めて見せる。

「――お姉ちゃん！」

そこまで考えたところで、前方からの声に顔を上げた。

見れば、サフィアにとって唯一の家族にして最愛の妹――ヨナ・サーヴァインが兵舎の入り口まで迎えに来ていた。二つ結びにした銀髪をたなびかせて、小さな体を腕と共にせいいっぱい可愛《かわい》らしく左右にふりふりと揺らしている。

強張《こわば》っていたサフィアの顔が、自然と慈愛に溶けていくのが分かった。

「ヨナ。迎えにきてくれたのか？」

「うん。もうお仕事は終わったの？」

「ああ。今日はもう上がるだけだから、一緒に帰ろうか。帰りに街で買いものをしていこう」

「うん！」と、全力で飛びついてくる妹を抱き上げながら、その重さに感慨《かんがい》を覚える。

ずいぶんと大きくなった。次の誕生月で十三になるのだから当たり前だ。

たった一人の家族。共に孤児として二人きりで生きてきた最愛の妹。守るべき存在をその身で抱き締め、兵舎の出口からオレンジ色に染まり出した空を見上げる。

正義とはなんなのか。

騎士となってから何度も己に投げかけてきたこの問いに、未《いま》だ明確な答えは出ない。

だが、それでもサフィアは己が信じる道を歩き続ける。この先どのような悪が現れようとも決して屈したりはしない。

神と正義を信じて生きてきた己自身。なにより、守るべき最愛の家族《妹》のために。

ピチョン、と鼻の頭に水滴が落ちた気がした。

どこか遠くで声が聞こえる。饐《す》えた泥のような臭いが鼻をつき、僅《わず》かに感じる体の節々の痛みが徐々に男の意識を覚醒《かくせい》させていく。ぼんやりと世界が輪郭を形作っていく中で、男は深い眠りからの目覚めをはっきりと感じていた。

「……あら、生きてた?」

透き通るような女性的な声。目を開ければ、宝石を思わせるような綺麗《きれい》な瞳と目が合った。

何やら目の前に一人の少女がこちらを覗《のぞ》き込むようにして座り込んでいる。歳は十六、七といったところだろうか。野生の黒豹《くろひょう》のような鋭い金色《こんじき》の瞳をしていて、間違いなく美人と言える整った顔立ちだ。しかし、まるでぼろ切れのような汚れた服を雑に身に纏《まと》っており、腕や足は枯れ枝のように痩せ衰えている。ろくに風呂にも入っていないのだろう。白い肌は薄汚れ、せっかくの長い深紫《こきむらさき》色の髪も毛先が荒れ放題だった。

さらにその後ろからは、少女と同じ年代の二人の人間が男へ同じように視線を向けている。

「なんだ、死んでなかったのか」

一人は漆黒のバンダナを巻いた、どこか軽薄そうな印象を受ける男。牢屋から脱走でもしてきたのか、筋肉質な両腕には先の千切れた鎖のぶら下がる枷《かせ》を嵌《は》めている。癖の強そうな赤みがかった茶髪をバンダナで乱暴にかき上げており、そこから覗く顔立ちには僅かな幼さこそ残っていたが、見下ろすような眼光はどこか言いしれぬ迫力があった。

だが、その隣にポツンと立っている少女は対照的に大人しい。華奢《きゃしゃ》な体躯《たいく》に色素の薄い髪。伸び放題の前髪から覗く視線は、いつの間にかそっとその手元に落とされている。何かと思って見てみれば、細い糸のようなものを操ってあやとりをしているようだった。

三者三様――しかし、見るからに孤児と思わしき風体《ふうてい》をした少年少女たち。

そんな彼らが半円を作って男を囲み、そのうちの一人が体をまさぐっているのだ。正直に言って何をしているのかは明白だったが、一応男は質問をしてみることにした。

「なにをしている?」

「食べ物かお金になるものを探しているの」

現在進行形で懐《ふところ》を探っている長髪の少女が平然と呟《つぶや》く。

「ほう。やはり窃盗の最中だったか。よし、なら通報しよう。自治組織はどこかな?」

「あら心外ね。てっきり死んでいるものと思っていたのよ。志半ばに倒れたあなたの持ち物が、私のようなか弱き美少女の明日を繋《つな》ぐの。これって素敵な話でしょう」

「そうだな。だが、残念ながら俺は生きているんだが」

「そのようね。金目のものどころかパン屑《くず》一つ持っていないようだし、あなたと私のロマンスもここで終わりだわ」

少女はがっかりしたように肩を竦《すく》めてすっと立ち上がった。もう男に興味はないとでもいわんばかりに視線を外して、膝に付いた砂埃《すなぼこり》を払っている。

肝の据わった子供だなと思いつつ、男は状況を確認するために一度辺りを見回した。

「……どこだここは?」

朽ち果てた廃屋や崩れた建物が雑多に立ち並ぶ住宅街。荒れた道端には男と同じく当たり前のように人が横たわっており、ろくに清掃も入っていないのか、路傍は捨てられたゴミだらけだ。周囲には鼻につく腐敗臭が常に立ち込めており、ゴミ山を漁《あさ》る子供たちは必死に鼠《ねずみ》を追いかけまわしていた。

ここがどこかは分からないが、男はこういう風景を良く知っている。

「どこって、スラムだろう。ヒューゲルラインの見捨てられた区画。俺たちのような行き場のない人間が集まる、素敵なゴミ溜《だ》めだ」

バンダナの少年が肩を竦めながらそう言った。

そう、スラムだ。幼い時分、こういう場所で過ごしたことがあるからよく知っている。

だが問題なのは、どうして自分がそんなところにいるのかということだ。男は確か絞首台にかけられていたはずだ。看守であるジョンとの会話も、足元に感じた浮遊感も、首にかかった衝撃もしっかり覚えている。あの記憶が確かなら男は間違いなく死んだはずだったのだ。

だが実際にはこうして生きている。そればかりか見知らぬスラムに放り出されており、その前後の記憶がない。これは一体どういう訳なのか。

(自分の名前は……覚えているな)

──レオ。レオ・F・ブラッド。

それがいくつもの身分を持っていた男が最後に使っていた名前のはずだ。

ならば暦《こよみ》はどうだろう。レオは傍《そば》に立つ少女へ質問を投げかけてみた。

「おい子供。今日は何年の何月何日だ？」

「何が子供よ。私はもう十八よ。あなただって私より下か、よくて同い年でしょう」

「同い年？　おいおい、若く見られるのは嬉しいが、いくらなんでも世辞が過ぎるんじゃ──」

言いながら、レオは何気なく自身の右手を見て言葉を止めた。

若い少年のような手だった。目の前の少女よろしく手首はガリガリに痩せ衰えており、明らかにまともな食事が摂《と》れていないのが見て取れる。だが、それを加味しても肌艶《はだつや》が還暦を迎えていた自分のそれではない。

ふと視線が傍《そば》にあった水たまりの上に落ちる。覗《のぞ》き込むと光を僅《わず》かに反射する薄い水面に映ったのは、不衛生さを物語るぼさぼさの黒髪と、痩せ衰えて頬がこけた虚《うつ》ろ気な顔。唯一はっきりとしている紅く鋭い瞳が、透明の世界からレオをじっと見つめ返してきている。

水面に映る自分自身の姿。それはレオが見たこともない、年若い少年のものだった。

「ちなみに暦《こよみ》だけど、今が何年かなんてスラム暮らしの私にとってはどうでもいいことだから、いちいち覚えていないわ。今は神暦《しんれき》何年だったかしら」

黙って立ち上がる男の横で少女がそう答える。

ヒューゲルライン。神暦。先ほどからところどころに聞いたこともない単語が混じる。

しっかり地に足を踏みしめて立ってみれば、やはりレオの背丈は目の前の少女とそう変わらず、以前の体とは別物だと分かる。夢だと思えば話は早いのだが、しっかり体の節々は痛いし、栄養不足のせいか眩暈《めまい》がする上、先ほどから耐えがたいほどの空腹感が常にレオを襲っている。ずっと鳴りやまない腹の虫だけが、夢と現実の違いを教えてくれているようだった。

一体ここはどこなのか。何故《なぜ》自分はここにいて、どうして別人のような体になっているのか。いろいろと疑問は尽きない。

だが、今はそれらをいったん思考の片隅へと追いやっておく。

とりあえず考えるのは後だ。今、レオは腹が減っている。ならばまずは、生命の保全をする

ために行動を起こさなければならない。つまり——

「——飯だ」

「は？」

「腹が減った。飯が食いたい」

唐突にそう言い放ったレオの言葉に、少年少女たちは互いに顔を見合わせていた。

ゴミと腐臭の立ち込める路地を徒歩三分ほどで抜けた先、唐突に広がる大通り。レオが倒れていたスラム街からそう遠くない場所にまともな街並みがあった。

綺麗《きれい》な衣服を身に纏《まと》った大勢の人間が行き交うその通りには、衣服や果物を並べたいくつもの露店や商店が立ち並び、威勢良く客引きをする商人の声があちらこちらから聞こえてくる。

人と活気に満ち溢《あふ》れ、客と商売人で賑《にぎ》わうその光景は、まさに商店街というに相応《ふさわ》しいものだ。

レオはその通りを観察しながら歩く。どこか西欧《ヨーロッパ》の都市を彷彿《ほうふつ》とさせるような街並み。けれどそれに若干の違和感を抱きながら、後ろからついてくる三人に振り返り、声を掛けた。

「いい街だな。案内してくれて礼を言う」

「別に」

ぶっきらぼうに答えるのは先ほどレオの体をまさぐっていた長髪の少女。名をイドラというらしい。その隣を並んで歩くバンダナの少年がヴァイス。さらに後ろからついてくる白髪の少女には、孤児だからなのか名前という名前がないそうだった。

　このあたりで飯が食える場所を教えてほしいと。そう言い放ったレオをこの通りまで無言で案内してくれたのは、他でもない彼女たちだ。無論、ただの善意という訳ではないのだろう。身なりを見れば分かるが、恐らく彼女たちはその日暮らしのスラム民だ。ろくに働き口も見つからず、常に腹を空《す》かせている彼らにとって食事の機会というものは何をおいても優先すべき事柄だ。イドラたちはその方法を提供してくれるかもしれないレオの行動に興味を抱いているだけなのだろう。食い物があるならあわよくば奪おうという、欲望の意思が感じられる。

　だがレオはあえてその魂胆に気付かないふりをして、話を続けた。

「三人は友人か何かなのか？」

「いんや？　狭いスラムの中だから互いに顔見知りではあるが、つるんでる訳じゃねえよ。普段は俺もイドラも一人で行動しているし、あの場に三人でいたのもたまたま居合わせただけだ」

「……この子はここ数週間、何故《なぜ》か私の周りをうろちょろしているけどね」

　イドラが名無しの少女に視線を移す。少女は自分が話題にされていることに気付いているのかいないのか、ただ手元に視線を落として糸を弄《もてあそ》んでいるばかりだ。

　やはり彼らがその日暮らしのスラム民であることに間違いはないらしい。こうして歩いている今も、みすぼらしい恰好《かっこう》をしているレオたちに対して周囲からどこか侮蔑《ぶべつ》しているかのような視線を向けられているし、レオたち自身もそれに気付いている。

貧富の格差。そして差別意識。この街の根底にはそういったものが深く根付いているような気がする。レオはそれを心のどこかで懐かしいと感じていた。

「この街は今、誰が治めているんだ？」

「……は？　誰って、どういうことよ」

「誰かしらいるだろう？　領主なり、長官なり、この街を公的に管理している者が」

「さあな。覚えてねえよ。領主はどっかの貴族のおっさんだったと思うが」

「そうね。けれど、実際に都市の自治権を握っているのは都市参事会のはずよ。同業者組合《ギルド》の代表会員や有力市民なんかで構成されている、いわゆる都市貴族の連中ね」

ヴァイスとイドラの言葉にレオは「なるほど」と頷《うなず》いた。

諸侯が国より領地を任され、それを管理、委託する。封建制。あるいは絶対王政。どちらにしろ、中世ないし近世ヨーロッパ以前、王侯貴族が存在していた頃の価値観だ。全体的な街の景観や建物の構造がそれに近いため、なんとなくそうじゃないかとは予測していたが、どうやら正解だったらしい。これが美しくも暗黒と名高き中世の姿なのかと、密《ひそ》かに感動を覚える。

「なんでそんなことを聞くのよ。あんた、この街の人間じゃないの？」

そんなレオの様子にイドラはやや不審げだ。まるでこの街が初見であるかのようなレオの反応に疑問を抱いたのだろう。事実、初見には違いないのだが。

「さあな。覚えていない。どうやら俺は記憶喪失らしいからな」

「……記憶喪失？」

「自分の名前がレオであるということ以外は何も覚えていないんだ。この世界がどんな場所で、何があって、誰が存在するのかもな。大方頭でも打ったんだろう」

多少強引だが、そういうことにしておく。

記憶喪失だという部分が嘘《うそ》だとしても、この世界のことが何も分からないのは紛れもない事実なのだ。多少合理性に欠けていたとしても、現状はそう説明する他ない。

しかし、そうなると「レオが食事を手に入れる方法を知っているかもしれない」という彼女たちの目論見《もくろみ》は露《つゆ》と化すことになる。そのことに気付いたのか。イドラが眉を上げて口を開こうとしたところで――レオは前方から歩いてきていた通行人にぶつかってしまった。

「おっと……失礼」

「っ……どこを見て歩いているんだ、クソガキが！」

途端、そう言って大きな怒鳴り声を上げたのは恰幅《かっぷく》の良い中年男性だ。全体的に装飾鮮やかな、見るからに裕福そうな服を身に纏《まと》っているその男は、レオたちの小汚らしい風体《ふうてい》を見るとあからさまな舌打ちを飛ばしてくる。ぶつかった部分をこれ見よがしに手で払い、軽蔑するような眼差《まなざ》しを向けてきた。

「スラム民か……剝奪者《はくだつしゃ》だらけの罰当たりどもが、表街の方にまで出てくるな！」

そう言って、男は不機嫌そうに鼻を鳴らしながらさっさとその場から去っていった。

レオはその様子を横目に見送りながら首を傾《かし》げる。

（……剝奪者《はくだつしゃ》？）

一体何のことだろう。顎《あご》に手を当てて考えていると、レオの隣で小さな呟《つぶや》きが漏れた。

「皮肉なものよね」

声の主はイドラだ。レオと同じように裕福そうな男の背中を横目で見送っていた彼女は、なにやら苛立《いらだ》たしげに眉を顰《ひそ》めていた。

「スラムから通りをたった一、二本挟んだ先にはこんなにも食料やお金が溢《あふ》れているというのに、それが私たちに回ってくることは決してない。生まれた環境が違う——ただそれだけの理由が、通り一本を挟んで私たちの生活に絶対的な格差を生む」

「くそみてえな世の中だよな。落ちこぼれに生まれた人間は、大抵死ぬまで落ちこぼれだ」

ヴァイスが肩を竦《すく》めてイドラの言葉に同意する。それを耳にしながらレオは再び通りに目を向け「そうだな」と呟いた。

彼らの言葉は正しい。この世は努力をすれば必ずある程度の地位につけると思われがちだが、その努力すらすることを許されない環境にある人間というのは確かに存在する。そもそも学べる、成長できる環境にあることそのものが幸運であるというのに、世間の評価だけは平等であるが故《ゆえ》に、育った環境がそのまま人間同士で大きな格差を生む。人間皆平等というお綺麗《きれい》な立て看板の下に、世間から見て見ぬふりをされて割を食う者が必ず存在しているのだ。

同じ高さの台を用意されても、もとの身長が違うのだから見える景色が違う。平等とは弱者を救う特約などではない。強者以外を排斥する大きなふるいだ。

そのふるいに掛けられた結果として、彼らのようなストリートチルドレンが存在する。たった通り一本で分かたれたこの商店街と先ほどのスラムは、いうなれば分かりやすく表現されたこの世界の縮図のようなものだ。世界は万民に平等ではあっても、決して弱者に公平ではない。レオは誰よりもそれを良く知っていた。

「まあ、それならそれでこちらにもやりようがあるさ」

「……やりよう、ですか？」

レオの言葉に名無しの少女が初めて口を開く。鈴の音のような、か細くも綺麗な声だった。

そう、やりようである。確かに世界は、世界のレールから外れた者に寛容にはできていない。スラムで暮らす者は食事一つを摂《と》るのにも物乞いが必要で、けれどそれに対する世間の反応は辛辣《しんらつ》だ。大抵が不衛生なその姿を見て眉を顰めるか、中には嫌悪感を隠さずに罵倒《ばとう》してくる者すらいる。それが世間のレールから外されるということなのだ。

だが、逆に考えることもできる。世界が彼らをその枠組みから外すというのなら、彼らにもまた世界の法則を守る義務はない。爪弾《つまはじ》き者たちには、爪弾き者たちなりの生き方というものがある。この世界でもそれが通用するのか。試すのはまずそこからだ。

「さて、お前たち。そろそろ飯が食いたくならないか？」

唐突なレオの言葉に、三人が互いに顔を見合わせた。

「そりゃ食えるもんなら食いてえが……」

「一体どこで食べられるっていうのよ。記憶喪失のあんたにはアテなんてないんでしょ？」

「アテはない。だが、金ならある」

「金？　そんなもの、一体どこに——」

イドラの言葉は、けれど最後まで続くことはなかった。彼女はレオの手からぶら下げられたある物を見て、驚いたように言葉を止めてしまっていた。

レオがそれをやったのはスラムで暮らしていた子供の頃以来だったが、意外に体が覚えているものだ。この場にいる誰もレオの行いに気付いていなかったらしい。

レオの手からぶら下げられたある物体——それは紐《ひも》で口がしっかりと縛られた茶色い麻袋のようなもので、先ほど男性とぶつかった際にこっそりその懐《ふところ》から頂戴していたものだ。

一体その袋の正体が何で、中には何が入っているのか。あえて説明するまでもなく、きっとイドラたちにはすべてが理解できていることだろう。

ぽかんと口を開けている三人の表情を横目に、レオは口を吊《つ》り上げてこう言った。

「さあ、お前たち。今日は何が食いたい？」

レオの手の下で左右に揺れる重量感たっぷりの財布は、その中身の豪華さを表すかのようにじゃらりと愉快な音を立てていた。

その店は昼間から多くの客で賑《にぎ》わっていた。年季の入った机や椅子がバランスなど考えられずいい加減に配置され、床やカウンターテーブルには雑多に樽《たる》やマグが並べられている。誰が制作したのかも分からない独特な絵画や明滅を繰り返す消えかけのランプが不思議とよりらしい雰囲気を演出しているようだった。

やや粗暴そうな見た目をした男たちが客の大半を占める店内で、彼らが盃《さかずき》を打ち鳴らす音をBGMにしながら、レオたちは今日初めての食事にありついていた。

「どうだ？　美味《うま》いか？」

まだ注文したものが届いていないレオが、既に食事を始めている対面の三人に目を向ける。

「……まあまあね」

レオの言葉にそう答えたのは野菜炒めを口に運んでいるイドラだ。口では「まあまあ」などと言っているが、彼女の料理の減る速さを見ていればその本音は透けて窺《うかが》える。隣で骨付き肉に笑顔でかぶりついているヴァイスも実に満足そうだ。

だが一人、名無しの少女はまだ届いた食事に手を付けていない。目の前の皿に盛られた肉と豆の炒め物をじっと見つめてはいるものの、本当に食べていいのかと迷っているようだ。

「どうしたんだ？　気にせず食べていいんだぞ――」

――と、続けて少女の名前を呼ぼうとしたところで、彼女には名前がなかったということを思い出す。

　スラムで暮らす人間なら名前を持っていないのは決して珍しいことではない。親に名前をつけられることもないまま捨てられる人間が多い上、他者と関わりを持つ事の少ないスラム生活をしていれば、名前などなくても特に困らないからだ。昔のレオのように自分でつける者もいるにはいるが、生涯を通して名を持たないままでいる者も少なくはないのである。

　とはいえ、こうして話をする以上、呼び名がないのはやはり不便だろう。

「——ユキ」

「……え？」

　レオの唐突な呟《つぶや》きに、少女がそっとその顔を上げた。

「お前のその綺麗《きれい》な髪色は、まるで美しい新雪のようだ。何も名を持ってないというのなら、今日からお前はユキと名乗ればいい」

　レオの言葉に白髪の少女——ユキが目をぱちくりとさせている。

　マフィアの長をやっていた頃も、新入りの仲間《かぞく》によくこうして名前をつけてやったものだ。名前というものはその本人の人格を形作る上で非常に重要な要素だ。だからこうして名付け親になることで、レオは他人と自分を血縁以上のもので結ぶ、家族となる儀式の一つとしていた。

　無論、今回の名づけにそこまでの深い意味はないが、名を提案してやるくらいはいいだろう。

「ユキも遠慮せず食うといい。ここは俺のおごりだ。食い貯めておかないと勿体《もったい》ないぞ」

「……ユキ」

唐突に名を与えられたユキは戸惑っているのか、何度もユキ、ユキと自分の名前を確認するように呟《つぶや》いていた。そしてしばらくすると納得したのか、レオの言うとおり食事を口に運び始める。やはり腹が空《す》いていたのだろう。一口目を食べた後は黙々と料理を頬張っていた。

その様子に笑みを浮かべるレオに、イドラが鼻白むように呟いた。

「偉そうに……何が俺のおごりよ。さっきの豚男からスったお金でしょう」

「金は金だろう？　もし道徳、不道徳の話をしたいのであれば、今すぐにその食事の手を止めた方がいい。不正な金だと分かった上で施《ほどこ》しを受けている者ができる話じゃないからな」

「ははは！　そりゃそうだ！」

レオの言葉にヴァイスが傑作だとばかりに笑い声をあげる。イドラにも自覚はあったのだろう。溜息《ためいき》をついてふてくされながらも、それ以上突っかかってくることはなかった。

「……それにしても、お前さんの注文遅いな。一体なにを頼んだんだ？」

「ステーキだ。大方焼くのに時間がかかってるんだろう」

「おお、肉か。やっぱり男なら黙って肉一択だよな」

「そうだな。それにこの体なら、久しぶりに残さず完食できるだろうし」

「……ん？　なんだそりゃ。一体どういう意味だ？」

「油ものは若いうちに食っておけ、という話だよ」

「……はあ?」と首を傾《かし》げるヴァイス。レオは笑うだけでそれ以上答えなかった。

話を切る様に視線を下げて、両手に持った紙面を広げる。

「……さっきからなにを見てるの、それ」

イドラが食事の手はそのままに、レオの手元に視線を向けて聞いてくる。レオが席に着いた時からずっと持っている大きな紙のようなものが気になっているようだ。

「これか? これは……新聞、で合っているよな?」

レオが文字の印刷された紙面を開きながら答える。

それは酒場の入り口に無料の購読物として並べられていたものだ。紙のくたびれ具合から見るに随分と前に発行された物のようだったが、レオは席について以降ずっとそれを眺めていた。

「新聞なのは見れば分かるわよ。そうじゃなくて、なんでそんなものをずっと読んでいるの?」

「新聞は情報の塊だからな。記憶喪失は記憶喪失なりに、勉強しようとしているんだよ」

政治、経済。大衆娯楽情報から眉唾《まゆつば》もののゴシップまで。国内外、コミュニティの大小を問わず様々な情報が詰め込まれているのが新聞という名の情報媒体だ。この世界の情報伝達手段の発展度合いにもよるが、新聞さえ読めば、その世界の大抵の情勢が分かる。

だからレオは先ほどからずっとそれを眺めていたのだが。

「だが、駄目だな――文字が読めん」

やれやれとばかりに肩を竦《すく》めると、新聞を折り畳《たた》んで机の上に置いた。

「そりゃそうだろ。そもそもスラムで文字が読める奴の方が稀《まれ》だよ」

「識字率の話ではないんだがな」

レオは机の新聞に目を向ける。活版印刷で製造されているとみられる新聞の内容自体は立派なものだ。さすがに写真などはないが、これだけでもある程度発達した製鉄技術の既存背景が窺《うかが》える。だが、いかんせん文字が見たこともない言葉で書かれており、詳細な内容を窺い知ることができなかった。これればかりはいかなレオでもどうしようもない。

（どことなく文字や文法は俺が知っているものと似通っている気がするから、適切に学べば、読み書きを習得するのにそう時間はかからないように思えるな。当面の課題はこの世界についての情報収集……なにより、生活基盤を整えることか）

つまり、まずは金だ。

事前に届いた葡萄酒《ぶどうしゅ》を口にしながら、レオはこれからの展望について考える。

ここにきて、レオもさすがに己の現状を把握し始めていた。少なくともこれがもう夢などではないことは完全に理解している。これほど意識も五感もはっきりしており、いつまでも目覚める様子がない以上、現実だと認めるほかにない。

生まれ変わり。あるいは世界間移動。どちらにしろ、小説や漫画の世界の話でしかなかった事象が、いよいよ現実味を帯びてきているのをレオははっきりと感じていた。

ならば、別の世界に来てしまったと仮定して、レオという人間は一体これからどうするのか。どうやってこの世界で生きていくのかという話になる訳だが。

（……そんなもの決まっている）

レオはうっすらと笑みを浮かべながらマグを置いた。

レオは悪だ。顔も知らぬ母親の股の間から生まれ落ち、スラムに捨てられたその瞬間から、レオ・Ｆ・ブラッドという人間は常に世界のレールから大きく外れて生きてきた。

始めこそ生まれの境遇に強制されてのことだったが、権力を手に入れて普通に生きることが可能になってからも、自ら望んでその世界に身を置き続けてきた。それが自分という人間にこれ以上なく合っていたからだ。

たとえ別の世界に生まれ変わろうとも、その本質は決して変わらない。変わるはずがない。ならば、この世界でやることもおのずと決まってくる。

（再び権力を、家族を手に入れる。今度こそ完璧な形で。俺のやり方でな）

そのために何をするべきか。なにが必要なのか。早急に計画を組み立てる必要がある。

となれば、やはり仲間が必要だろう。

口元に手を当てて考えるレオの視線が自然とイドラ、ヴァイス、ユキの三人を捉《とら》える。

しばし間を置いて思案していたレオが何事か口にしようとしたその時、突然目の前に肉の載った鉄板がぬっと現れた。

「お待たせ。注文のダリア豚のステーキだよ」

三角頭巾《ずきん》をした若い女性店員が、香ばしく焼ける音を立てる赤身肉の載った鉄板をレオの前に置く。どうやらようやく頼んでいた料理ができたようだ。

「これで注文の品は全部だよね？」

「ああ、これで全部だぜお姉さん。それよりどう？　お姉さんも俺たちと一緒しない？」

「残念だけど、見ての通り仕事中なの。ナンパなら他当たってくれる？」

「……そりゃ残念」

皿を並べる店員にヴァイスが声を掛けるが軽くあしらわれている。

店員は小汚い恰好《かっこう》をしたレオたちを見ても特に眉を顰《ひそ》めているような様子はない。スラム街からも近い大衆酒場という場所柄、レオたちのような姿の客にも慣れているのだろう。

皿を並べ終わった店員に軽く礼を言って、レオは机の端からフォークを取った。

だが、その前を遮るように店員の腕がぬっと伸び、何故《なぜ》か肉に手を翳《かざ》した。

次の瞬間、レオは少々信じがたい光景を目にする。

「ごめん、少し肉が生焼けだね。ちょっと待ってて」

そう言った店員の腕の周囲に突然発光する陣のようなものが浮かび上がり、ボッと音を立てて肉が炎に包まれた。着火剤も、道具もなにもなく、ただ店員が手を翳しただけで肉が香ばしい音を立てて焼かれ始めたのだ。

目を丸くしてそれを見つめるレオ。しばらくして肉が丁度良い焼き色になると、店員が手を下ろす。同時に肉から炎が消え失《う》せ、店員は「どうぞ」とだけ言って机から離れていった。

残ったのはジューという音と共に食欲のそそる匂《にお》いを放つ一枚のステーキだけだ。

レオはしばらくそのステーキを見つめていた。

「……なに？　食べないの？」

いつまでも食事に手をつけないレオを不審に思ったのか、イドラがそう問いかけてくる。

レオは「いや」と備え付けのナイフに手を伸ばしつつ、今の光景の正体を確かめてみることにした。

「……今のは、もしかして魔法か？」

「……は？」

「店員が手を伸ばしただけで何もない所から火が出ただろう。あれはもしや、魔法か？」

レオの質問の内容を聞いて、イドラたち三人が顔を見合わせる。

その怪訝《けげん》そうな表情に「さすがに突飛な発想だったか？」と感じるレオだったが、返ってきた答えは実に驚くべきものだった。

「そうよ。見ればわかるじゃない。正確には魔術だけど」

なにを当たり前のことを、と。そう言わんばかりの表情で三人がレオを見つめてくる。

そのことに少なくない衝撃を受けながら、レオは「そうか」とだけ呟《つぶや》いた。

「……ふむ」

魔法まで存在しているのか、と。

創作上定番の一つではあるが、まさかそれを目の前で見られる日が来るなんて思ってもみなかった。街の景観に見られた中世ヨーロッパを彷彿《ほうふつ》とさせる雰囲気含め、そこはかとないファンタジーの香りはしていたが、魔法まで存在するとなると、これでは本当に小説の中の世界だ。

そのくせ、言葉が通じるところや食文化、新聞の存在などを見ていると所々にレオがいた現代の要素も混ざっているように感じる。まるで何者かに作為的に創造された世界であるかのように。

しかし――魔法。その言葉を聞いてしまえば、当然期待してしまうことがある。

「どうやるんだ?」

「なにがよ」

「魔法……魔術だったか。どうすれば使える?」

それは、その世界に存在する特殊な力を自分も使うことができるのかということだ。

新たな世界に存在する新たな力。それに対する純粋な興味というのももちろんあるが、これから己の身一つでこの世界を生きていくつもりなら、新たな能力というのは今後の計画を進めていく上で重要なアドバンテージとなる。実際に運用する上での実用性の話はともかく、最低でも自分にその適性があるのかどうか。その有無くらいは確かめておきたかった。

「どうって……術理を組むだけじゃない」

「術理？」

「……そういえば記憶がないんだったわね」

綺麗《きれい》に食べ終わった食器を脇に重ねながら、イドラが半ば呆《あき》れたように溜息《ためいき》をついていた。

なにかを探すように視線を巡らせて、机に置かれていたオイルランプの火に目を留める。

「火ってどうやって燃えてるか分かる？」

「燃焼の原理のことか？　俺の知識では、可燃物が空気中で光や熱を発しながら酸素と反応する酸化現象のことだが」

「……それは分かるのね。ずいぶんと便利な記憶喪失だこと」

「自分でもそう思う」

懐疑的な視線を向けてくるイドラに、悪びれることもなく笑みを返すレオ。

イドラは「まあいいわ」と肩を竦《すく》めて話を続けた。

「その原理が頭の中でちゃんと理解でき、かつそれが正しいと認められたなら、あなたは火を熾《おこ》す術理が組めている。あとは、その可燃物と酸素を自分の魔力で代替すれば火が熾《お》きる。それが――」

――魔術。イドラの説明をそのまま理解するならば、術理とは結果を導き出す為《ため》の必要理論で、魔力とはその理論の材料に変換される万能物質。一定の魔力と正しい術理が揃《そろ》えば誰にでも体現できるこの世の奇跡――それが魔術なのだという。

要するに、現象に対する一定の知識と魔力さえあれば、誰にでも火を熾《おこ》せるし、水を出せるし、電気を生むことができるということだ。

まさに夢のような現象だが、今のイドラの説明に一つだけ気になるところがあった。

「原理が正しいと認められたならと言ったが、それは誰が判断するんだ？　今の言い方だと自分以外の第三者が術理の正否を見定めているかのように聞こえるが」

レオの質問に答えたのは、隣で食後の蜂蜜酒《ミード》を飲んでいたヴァイスだ。

「誰って、神様だろう？」

「……なに？」

「神様よ。魔術は人間が神から下賜《かし》されている力。それを扱うための術理もまた、神が教会を通して世界中に広めたもの。神なくして魔術は成立しない。常識でしょう？」

横からイドラも口を添えてくる。レオは思わず二人の顔を見つめた。

冗談を言っているような雰囲気はない。ならば特別信仰心が厚いのかとも思ったが、レオには二人がその手のタイプの人間にはとても見えなかった。どちらかというなら平気で聖書を鼻紙にできそうなタイプである。少なくとも神などというあやふやな偶像に傾倒するような人間には見えないというのが、レオが二人に抱いている正直な印象だ。

ならば偶像ではなく、実在するというのだろうか。神などという存在がこの世界には。

（魔法が存在するならありえなくもないのかもしれないが……いや）

それよりも、今は実験だろう。レオは手をランプの火へと向ける。

（燃焼……酸化反応……術理を頭で描いて、魔力で代替する……）

イドラに聞いた話をもとに、ランプの火を大きくしようと念じてみる。頭の中で燃焼の原理を思い描き、手の先へ意識を集中した。

しかし、十秒、二十秒。一分経《た》っても、ランプの火は風に揺らめくだけでそれ以外の反応を見せることはなかった。レオは「ふー」と息をつきながら、ゆっくりと手をおろす。

「……できないな」

まったく魔術が起きる気配はない。

イドラが言う術理は問題なく組めていると思う。先ほどイドラもレオの燃焼の理論が正しいことは認めていたからそれは間違いない。それでも魔術が発動しないというのなら、原因はおおまかに分けて三つほど考えられる。

何らかの理由で神とやらに術理の正当性を認めてもらえてないか。魔術のやり方自体を間違えているか。あと一つ考えられるのはもっと最悪の可能性。それは、そもそもレオに――

「魔力がないのよ」

レオの疑問にそう答えたのは、退屈そうに頬杖をついて見つめていたイドラだ。

視線を上げるレオ。今度はその横からユキが補足してくる。

「……そもそも、スラムの人間は大体の人が先天的な魔力欠乏症です。魔力がもともとゼロか、ほとんど存在しない……だから私もこんな魔術しか使えません」

そう言ってユキは手元で操る糸をレオへ向けて見せてきた。目を凝《こ》らして良く見てみれば、糸の周りがぼんやりと薄紫に光り輝いているのが分かる。

「もしかしてそれは?」

「……魔力で作った糸です。私は魔力が少ないから、あまり長続きしませんが」

そう言ったユキの手元から、確かに魔法のように糸が消えていく。

「俺の場合は完全にゼロだな。イドラは……まあ多少例外だが、世間から見たら欠陥品であることに変わりはないか」

「余計なお世話よ」

机の下で鈍い音がしたかと思えば、ヴァイスが顔を歪《ゆが》めて喚《わめ》いていた。イドラに脛《すね》でも蹴《け》られたのだろう。ヴァイスの言う『イドラは例外』という言葉の真意はやや気になったが、今は後回しにして彼らの話を聞くことに集中する。

「魔術は確かに魔力さえあれば誰にでも再現できる神の奇跡よ。でもそれは逆説……」

「魔力がなければ、子供にもできる簡単な魔術すら行使することはできない、か」

イドラが首を縦に振って肯定する。だからレオは魔術を発動できなかったのだ。

「先天的魔力欠乏症って言ってな。生まれつき魔力を持たない。あるいは極端に少ない人間が五百人に一人くらい存在する。要するに欠陥品だよ」

「欠陥品？」

「分からないかしら？　ほとんどの人間には当たり前に魔力があって、誰にでも魔術を行使できる世界で、それができない人間がいる。これは庇《かば》いようもなく明らかな欠陥よ。永遠についてまわる致命的なハンディキャップになる」

だからこの世界では冷遇されるのだとイドラは語る。

例えば魔術の一つに『身体能力強化』というものがある。魔力を消費することによって術者の身体能力を二倍にも三倍にも高める最も基本的な魔術なのだが、当然魔力がない者はこれを使えない。そうなると、耕作一つとってもまったく効率が違ってくる。つまり魔力がない者は、この世界の底辺階級である農奴《のうど》にすらなれないのだ。

そもそもこの世界で魔力や魔術というものは神から人間へ下賜《かし》される贈り物と考えられている。つまり、それを与えられなかった魔力欠乏症の人間とは、いわば神から見捨てられた異端者であり、この世界で生きる資格を神から剝奪《はくだつ》された罪人と見なされる。この世界ではそんな人間を総じて『剝奪者《はくだつしゃ》』と呼び、その蔑称《べっしょう》と共に多くが世間から迫害を受ける。肉親から疎《うと》まれてそのまま捨てられることも珍しくなく、そうでなくとも社会という集団コミュニティから長期的な排斥を受けてはまともに生きていけるはずもない。

結果、剝奪者はその多くが正規のレールから外れ、最終的にスラムへと堕《お》ちてくるのだ。

（あの金持ちの男が言っていた『剝奪者』というのはこのことか）

イドラから話を聞いてようやく得心がいった。

「だから無駄なのよ。欠陥品である私たちに、まともな魔法は一生使えない」

「自己鍛練などで増やすことはできないのか?」

「普通は魔術行使を繰り返すことで増えていくものだけど、魔力欠乏症の人間はそのスピードも普通の十分の一以下。もとが極端に少ないんだから、一生かけてもせいぜい老後までに人並みになれるかどうかよ。人生を棒に振りたいならどうぞご自由に」

そう言ってイドラは「この話はもう終わり」とでもいうように追加の葡萄酒《ぶどうしゅ》を勝手に頼んでいた。それを見て便乗するヴァイスを尻目に、レオは今一度自分の手を見つめる。

念じてみても、やはりなにも起きない。どうやらイドラの話はすべて本当らしい。

レオはこれから一生、奇跡が起きない限り魔術が使えないようだ。

(……まあ、いいか)

だがレオは、特に落ち込むようなこともなく、あっさりと考えを切り替えていた。

魔力がないものは仕方がない。もちろん魔術を使えればそれが一番良かったが、使えないなら使えないで別の方法を模索するだけだ。力を手に入れる方法はなにも魔術だけではないし、どうしても必要ならそれが使える家族《なかま》を作ればいい。

それよりもまずは金だ。この世にある大抵のことは金でどうにかなる。

金があれば人が雇える。武器や土地も買える。何処《どこ》かに根を張れば商いを始めることだって可能だ。金は使い方次第でそのまま武力にも権力にも化ける。それは貨幣制度という概念がある以上、このファンタジー世界であっても同じはずだとレオは考えていた。

ならばそれを稼ぐ方法を第一に優先して考えなければならない。

（仮にこの世界が、本当に俺の知っている中世に近いなら、金を稼ぐ方法自体はいくらでもある。だが、一から金策のレールを敷くには相応の時間が掛かるしな……手っ取り早い方法としては投資家《パトロン》を探すか、もしくは……）

誰かが既に布《し》いたレールをそのまま奪うことができれば話が早いのだが——と、レオがそう思案していた所で、唐突に目の前から小さな舌打ちが聞こえてきた。

見れば、先ほどまで機嫌よさそうに食事をしていたはずのイドラたちが、店の入り口の方を何やら鋭い目つきで睨《にら》んでいる。疑問に思ってレオがその視線の先を追ってみると、そこには店中から妙に注目を集めている、複数名の集団がいた。

明らかにごろつきのそれと分かるガラの悪そうな男たちが数人。その中でも特に目を引くのは、そんな男たちに先導されるように空いた席へ腰を落ち着けた二人の人間だ。

「酒を持ってこい。この店で一番上等な酒だ。今日は大事な客人がいるからな」

一人は厚手のファーのついた黒のロングコートを肩掛けとして身に纏《まと》う長身の男。歳は三十代半ばといったところだが、服の上からでも分かる鍛えられた体をしており、鋭くぎらついた眼光からは野性味あふれた暴力性も窺《うかが》える。恐らくは誰が見ても一目でこの男が集団のリーダー格なのだろうと理解できるほどに存在感のある男だった。

「……カイゼル」

「ちっ、『黒狼《こくろう》』の連中か。面倒な奴らとはちあわせちまったな」

ぼそっと呟《つぶや》いたユキの横で、ヴァイスが気分悪そうに舌打ちをする。事情が分からないレオがイドラの方へと視線で説明を求めると、それに気付いた彼女は面倒臭そうにしながらも、いい加減慣れたように口を開いた。

「あいつらは黒狼っていう、この街のスラムを根城にしている悪党集団よ。あの席の中央で偉そうにしている黒衣の男が首領のカイゼル。もともとは盗賊まがいの傭兵《ようへい》業や金貸しなんかを生業《なりわい》にしていた、どこにでもいるチンピラの群れだったんだけど……」

「……近頃、不穏です」

ユキが手元の糸に視線を落としたまま呟いていた。

「どうやらどっかの大物と繋《つな》がりができたみたいでな。その影響でやばい仕事にも手を染めだしたってもっぱらの噂《うわさ》だ。おかげで最近はこうして表街の方にまで幅を利かせてきやがって、目障《めざわ》りったらありゃしない。あの連中は男臭くて嫌いだね」

届いた追加の酒を口にしながらヴァイスが鬱陶《うっとう》しげに吐き捨てる。その説明を聞きながら、レオは集団をそっと観察し続けた。

カイゼルという男のことについては分かった。だが、もう一つ気になることがある。

「じゃあ、あの隣にいる仮面の女は？」

レオが視線を少し横にずらすと、そこには同じく椅子に腰掛けるもう一人の姿がある。

全身を覆うような鼠《ねずみ》色のローブ姿に、顔の上半分を包み隠す木彫りの仮面という、明らかに正体を隠すことを目的とした装いをしている謎の人物。彼なのか彼女なのかも分かりにくいその仮面の人物は、明らかにもてなされるような位置にカイゼルと共に座している。

先ほどカイゼルが言った『客人』というのがその仮面の人物のことなのかは分からないが、彼らにとって重要な人間であることに間違いはなさそうだ。

ヴァイスは同じようにその人物へと目を留めて、じっと観察していた。

「あー、なるほどな。服で分かりにくいが、確かにあの首のラインは女だな。俺としたことが気付かなかった。お前、あの格好でよく分かったな？」

「人間観察は得意な方なんだ。それで？」

「いや、俺も初めて見るな。黒狼の奴らは基本的に男所帯だから、女がいれば俺が覚えていないはずはないし……お前らは見覚えあるか？」

ヴァイスがイドラとユキに視線を送るが、二人とも無言で首を振る。どうやら三人とも知らないようだ。レオは「そうか」と言って、再び集団に視線を戻す。

「さあ、お前ら好きなだけ食え。今日は俺からのおごりだぜ」

「ええ!?　いいんですか、ボス!?」

「構うことはねえよ。どうせ明後日《あさって》にはまた大金が手に入るんだ」

そう言って口角を吊《つ》り上げるカイゼルたちの机にはたくさんの料理が用意されており、見るからに高そうな酒樽《さかだる》がいくつも並んでいる。いかな大衆酒場といえども、あれだけの量を頼めばかなりの金額になるはずだが、彼らは特に気にしていないようだ。

「ずいぶん羽振りがいいんだな、あのカイゼルという男は」

「それだけ稼いでるんだろ。噂《うわさ》じゃ、例の物資強奪事件もあいつらの仕業《しわざ》らしいしな」

「物資強奪事件?」

また聞き慣れない単語が出てきた。

「ヒューゲルラインは年に四回周期で首都へ金銭や食料なんかの物資を送っているの。そうして物流を絶やさず、街同士の利益を分け合う事で国は繁栄している訳だけど……」

イドラの話によれば既に今年に入ってから三度、その輸送隊が何者かに襲われ、物資の一部――主に食料品や貴金属が奪われているのだそうだ。

「それが彼らの仕業だと?」

「噂ではな。実際、輸送隊が襲われ始めた時期と、あいつらの羽振りが良くなり始めた時期は重なってるし、奴ら自身がそう漏らしていたのを聞いたって話もある。少なくとも俺らの街《スラム》じゃ、犯人はあいつらだっていうのが共通の認識だ」

「ならば何故《なぜ》捕まらない?　この街に治安組織はないのか?」

「……あります。駐屯《ちゆうとん》騎士団です」

「けれど三度も物資の護衛任務に失敗してる無能組織よ。何度か容疑者として黒狼《こくろう》の奴らを引っ張ったみたいだけど、いずれも証拠不十分ですぐに釈放されてる。去年組織が再編された時は、首都から有能な人材が副団長としてやってくるって少し話題になっていたのだけどね」

とんだ過大評価だったみたい、とイドラは葡萄酒《ぶどうしゆ》を口にしていた。

（ほう……去年に組織を再編、ね）

レオも同じように葡萄酒を口にしながら耳をすませる。レオたちの席とカイゼルたちのいる場所までは距離があったが、耳に意識を集中すれば店内の喧騒に紛れながらも話の内容を途切れ途切れに聞き取ることができた。

「しかし、あんたたちの方から俺らに接触してきてくれるとはな」

「――」

「ああ、どうせ次の仕事で最後だ。――とも話はついてるし――はきっちり頂くさ。その代わり、成功したら例の話はしっかり頼むぜ」

はっきりとは聞きとれないが、言葉の端々から察するに仮面の人物はやはり外部の人間であるようだ。彼らは何らかの密約を交わしている最中らしいが、その詳細までを窺《うかが》い知ることはできない。ヴァイスが面白くなさそうに舌打ちをして、椅子に深くもたれかかった。

「やれやれ、本当に順調みたいだな。この分じゃ明後日もあいつらの大勝ちか」

「……そういえば先ほどあのカイゼルとかいう男が『どうせ明後日《あさって》には大金が手に入る』と言っていたが、もしかして？」

「時期的に四回目の物資輸送がそろそろのはずです。十中八九、そのことかと」

ユキがレオの言葉を肯定する。ということは、イドラたちの話が本当なら、今回もまたカイゼルたちはそれを襲う気なのだろう。

だが、それにしても少し妙だ。四回目ともなればいくら騎士団が無能といえども、警備はかなり厳しいものとなっているだろう。普通に考えれば容疑者として疑われているカイゼルたちには監視がついていてもおかしくはないはずだ。

それにも拘《かか》わらず、彼らには焦りや緊張といった色が一切見られない。それどころか、何故《なぜ》か実行する前から既に成功を確信しているかのような豪遊ぶりである。

しかもこんな人の目のある場所で堂々とその仕事の話までしている始末。これは変だ。

（……つまり、そういうことか？）

点と点を結ぶかのように、レオの脳裏にある一つの仮説が思い浮かんだ。

あくまで仮説であり、可能性の話だ。現時点では何も確証はないが、もしそうであるとしたなら、これは利用できるかもしれない。先ほど考えていた金銭問題の解決——それこそ上手くすれば、一気にこの世界での地盤を築くことができる。

ならば、とりあえず調べてみる価値は大いにあるだろう。

（となると、いよいよ人手がいるな。イドラたちだけじゃない。できれば、さっき見たようなスラムでくすぶっている連中も巻き込めれば話を進めやすいのだが……）

なにか良い方法はないものか、とマグを置いた所で、唐突に声をかけられた。

「おい、ガキ。さっきからなにをちらちら見てやがる」

すぐ背後から男の声。一瞬、レオは自分のことを言われているのかとも思った。

しかし、予想に反して声を掛けられていたのはユキだ。黒狼《こくろう》の一味と思われる長髪の男がいつの間にか傍《そば》へ立っており、既に食事を終えて糸遊びに興じているユキへと絡んできている。

人相の悪いその顔には赤みが浮いていて、どうやら随分と酒に酔っている様子だ。

「……見ていません」

「見てただろうが、さっきから何度もじろじろと。しかも人を小馬鹿にしたような気に入らねえ視線でよ。俺はしっかり見てたんだぞ？」

「心当たりがありません」

「……このガキ……っ」

もともとは少し怖がらせる程度のつもりだったのかもしれない。

だが、特に怯《おび》えた様子もなく、あやとりをしながら淡々と答えるユキの態度が癇《かん》に障《さわ》ったのだろう。男は青筋を立ててユキへ詰め寄ろうとしていた。

レオは溜息《ためいき》をつき、黙ったままその足元へすっと足を伸ばす。

「おわ⁉」

見事に足をひっかけてバランスを崩した男は、盛大な音を立てて机を巻き込みながら転倒してしまう。食器の割れる音が鳴り響き、店内の客が何事かとにわかに騒ぎ立つ。

埃《ほこり》を巻き上げて倒れた男を中心に、今度は店内にしーんとした静寂が舞い降りていた。

驚いたようにレオを見つめるユキ。ヴァイスが「あーあ」と密《ひそ》かに笑っていた。

「……おいガキ。今、わざと足をひっかけやがったな……?」

食事の残骸《ざんがい》に塗《まみ》れながら、ゆっくりと立ち上がった男が、じろりとレオへ怒気の籠《こ》もった視線を向けてくる。無論わざとだったが、レオは平然とした顔でしらを切った。

「とんでもない。驚いて身を引いたら、たまたま足が引っ掛かる形になってしまったんだ。怒らせてしまったなら申し訳なかったな」

「謝って済むか！　てめえ、このおとしまえどうつけてくれるんだ、あぁん⁉」

青筋を立てて怒鳴り散らす男。どうやら少々ヒートアップさせ過ぎてしまったようだ。ユキが心配そうな顔でレオを見つめてくる。

さて、どうしたものかとレオが逡巡《しゅんじゅん》していると、思わぬ所から助力が入った。

「あなたこそ、どう落とし前をつけてくれるつもりよ」

「ああ⁉　てめえ、誰に口を――」

声の出所へと顔を向けた男の言葉がぴたりと止まる。なんだなんだと集まってきた他の黒狼《こくろう》の一員も、同様に男の視線の先を確認すると酔いが冷めたように身を強張《こわば》らせていた。

集団の中の一人が、喉を震わせながらその者の名を口にする。

「てめえ……イ、イドラ……」

声の主――転がった机の前で椅子に足を組んで座っているイドラの姿を見て、男たちがうろたえている。まるで――というより、明らかに怯《おび》えたような様子を見せている男たちの姿に、イドラは不機嫌そうな視線を向けていた。

「あなたのせいで、まだ飲みかけだった私の葡萄酒《ぶどうしゅ》がものの見事に床にぶちまけられた訳なのだけれど、もちろん弁償はしてくれるのよね？」

イドラはそう言って鋭い視線で威圧しながらその長い足を組み変える。

弁償もなにも、ここの食事代はすべてレオ個人が出している物のはずだが、食事を邪魔されたことで機嫌を損ねているイドラにそんなことは関係ないようだ。

そこにさらなるフォローが飛んできた。

「まったくだ。こっちは久々のタダ酒を心から楽しんでたってのに、そこにまあくだらない水を差してくれちゃって。この落とし前、どうつけてくれるんだ？」

「お前は、ヴァイス……!?　な、なんでお前まで一緒にいやがるんだ……!?」

さらにヴァイスの存在に気付いた男たちが、イドラの時と同様にその顔を驚きで染めている。事情は分からないが、どうやらこの二人はスラムで相当に顔が利くらしい。レオたちは少数の若造。対する相手は頭数もそろった大人ばかりだというのに、イドラたちの存在に気付いた男たちはすっかり怒りを忘れて動揺を露《あら》わにしていた。

お互いが相手を睨《にら》んだまま、そのまましばし膠着《こうちゃく》状態が続く。

しかし、その均衡《きんこう》を解いたのはこの場にいるもう一人の主要人物の言葉だった。

「なんの騒ぎだ？」

ピリッ、とその場に緊張が走る。イドラとヴァイスが視線を上げた先、男たちの後ろからゆっくりとレオたちの目の前へと進み出てきたのは、黒狼《こくろう》の首領であるカイゼルだ。黒衣のコートを豪奢《ごうしゃ》にたなびかせながら、威圧的な眼光をレオたちへ下ろしている。

「なんだ、誰かと思えばイドラにヴァイスじゃねえか。てめえらみたいな文なしが、こんな真っ当な酒場に何の用だ？」

「まさか食い逃げしにきたんじゃねえだろうな」とカイゼルが笑うと、先ほどまで狼狽《うろた》えていた部下たちも自分たちのボスが来た安心感からか、同調するように笑っていた。

どうやら会話から察するに、イドラたちはカイゼルとも直接の面識があるらしい。

「そんなことしなくても俺の女になりゃ、いくらでも食わせてやるって前に言っただろ？　てめえは汚ねえスラムでくすぶってるような女《タマ》じゃない。うちの組織に来いよ」

そう言って醜悪《しゅうあく》な笑みを浮かべるカイゼルだったが、イドラは「はん」と鼻で笑い返した。

「冗談でしょ。前にも言った通り、私は誰の下にもつく気はないわ。私はずっと一人で生きてきたし、これからもそうしていくつもりよ」

それになにより、とイドラは付け加えてカイゼルを見上げる。

「私はあなたみたいな自分は特別だと勘違いした小物は嫌いなの。その全然似合っていない無精ひげを全部そり落としてから出直してきなさい——この小児性愛者《ロリコン》」

一切の淀《よど》みなくそう言い放ったイドラの言葉に、一瞬にして店内が凍りついていた。

レオとヴァイスは思わず同時に吹き出してしまう。

完全にイドラがカイゼルを言い負かした形だ。目の前で披露《ひろう》された実に爽快《そうかい》なやり取りに拍手喝采《かっさい》を送りたい気分だったが、カイゼルの額に青筋が浮いていたのでそれは遠慮しておいた。

「……あまり調子に乗るなよ、イドラ。何度かうちの若いのをシメていい気になっているのかもしれないが、所詮《しょせん》お前らは欠陥品なんだ。魔術が使える俺に勝てるとでも思ってるのか？」

「あら、なら試してみる？」

冷たい視線で見下ろすカイゼルと、それを真っ向から睨み返すイドラ。

一触即発かと思われる状況にその場にいるほとんどの人間が息を呑《の》んだが、先に矛を収めたのは意外にもカイゼルだった。

「……まあいい」

そう言ってカイゼルはレオたちに背を向ける。

「じきにお前にも分かる。この街の本当の支配者が一体誰なのかってことがな。その時が来れば、自分から俺の女にして下さいと泣きついてくることになるだろうよ」

カイゼルは「いくぞ」と部下たちに声を掛ける。その振り返り際、一瞬だけレオはカイゼルと目があったような気がしたが、彼はそのまま顔を背けると、さっさと店から出ていった。周囲の部下たちはやや納得いかなそうにしながらもその背中を追っていく。

「……ガキが」

レオに足をかけられた長髪の男もそう憎々しげな呟《つぶや》きを残して店を後にした。

最後に残された仮面の人物もゆっくりと立ち上がって、レオたちの目の前を通り過ぎようとしていたが、何故《なぜ》かふいに立ち止まると、レオの方へと視線を向けてくる。

「……俺になにか用かな？」

レオと仮面の人物の視線が交錯する。

敵意や害意のようなものは特に感じられない。ただ気のせいか、仮面の向こうからなにやら値踏みされているような気がした。

「……少年、お前はずいぶんと良い眼をしているな」

仮面の下から聞こえたのは、やはり女の声だった。

「名はなんと言う」

「レオだ。レオ・F・ブラッド」

「レオ……」と仮面の女が確認するかのようにその名を口にする。

仮面の奥から覗《のぞ》く黒く深いその鋭利な眼差《まなざ》しは、奈落からこちらを見つめる魔物のようだ。

「……お前はどこか、似ているな」

「似ている？　それは一体どこの誰にだ？」

レオの質問に、けれど仮面の女は答えない。またしばらくレオを見つめた後にそのまま視線を切ると、店の扉から外へ姿を消していた。

ギイギイと蝶番《ちょうつがい》の錆《さび》ついた木製扉の音が鳴る。

後には散らかった店内に、周りからの注目を集めるレオたちだけが残ったのだった。


「お前たちはこれからどうするつもりだ？」

レオたちが店を出ると既に日が暮れ始めていた。遠く彼方《かなた》へ沈んでいこうとする太陽はその日最後の瞬《また》きであるかのように、世界を幻想的なオレンジ色で染め上げている。この世界にも太陽があり、そして夜が来るのだと。そんな当たり前のことに少しばかりの感慨《かんがい》を覚えながら、レオは他の三人へと語りかけていた。

「いつも通りさ。適当にねぐらを見つけて寝る。明日のことは明日考える。以上」

ヴァイスの言葉にユキも頷《うなず》く。イドラも口こそ開かないが、特に否定しないあたり、ヴァイスと答えはそう大差ないという事なのだろう。

その日その日を、その場その場で必死に生き抜く。未来《さき》のことは後で考える。それが今も昔も変わらない、ストリートチルドレンたちの生き方だ。きっと彼らの多くはこれからもそうして生きていくのだろう。そういう境遇に生まれたのだからと自分を納得させ、その内に眠る本当の願望から必死に目を逸《そ》らし、長い人生を終えるその瞬間まで、自分に嘘《うそ》を吐《つ》き続けるのだ。

故《ゆえ》に、彼女たちに話を持ち掛けるのなら、きっとこのタイミングだった。

「なら、俺に雇われてみないか？」

レオは酒場の中でずっと考えていた話をイドラたちへと持ち掛けることにした。

救いの手を差し伸べる、などという大仰《おおぎょう》な話ではない。

これはただの打算であり、同盟関係の提案だ。

どうやらイドラとヴァイスの二人はスラムでそれなりに顔が利くようであるし、その全容は分からないものの、スラムの顔役である黒狼《こくろう》の連中からも一目置かれている節がある。

信用が置けるかについては現時点で判断できるものでもないが、少なくとも黒狼と険悪な関係であることは明白だ。ならばそれは黒狼を探る上で逆説的な信用手形にもなる。他にアテもない以上、イドラたち以上の取引相手はいない――そう判断したまでのこと。

だからこの突如《とつじょ》として訪れた契機をどうするのかは、すべて三人次第である。

「雇うってなんだよ。お前が俺たちをさっきの金でってことか？　一体何の仕事に？」

「なに、ちょっとした金儲《かねもう》けを思いついてな。そのための調べ物や計画実行に少々人手がいる。だが、上手く行けば一気に大金が入る可能性がある上に……もしかしたらだが、さっきの奴らにひと泡吹かせることができるかもしれないぞ」

その言葉に、三人の眉が僅《わず》かに反応した。

先ほどのやりとりからも分かっていたことだが、やはりイドラたちは黒狼の存在を大なり小なり疎《うと》ましく思っているのだろう。レオの言葉に多少の興味を惹《ひ》かれているようだった。

「……一体それはどういうこと？」

「計画の詳細は協力の言質《げんち》を取ってから教える。だが、決してお前たちにとっても悪い話ではないと保証するぞ」

「おいおい、それだけじゃさすがに信用できないぞ、大将」

だが、ヴァイスの言う通り、彼らがレオの話を信用するかはまた別問題である。

上手い話には大抵裏がある。それはスラムという弱肉強食の世界に住む彼らなら身に染みて理解していることだろう。昨日の友が一枚の腐ったパンのために平然と命を狙ってくるような場所で、他人の善意や好意などそう簡単に信じられるはずもない。

ましてやレオとイドラたちは今日が初対面。そんな相手に「いい金儲けの話がある」などと言われて「はい、そうですか」と話に乗る方がどうかしている。彼女たちが警戒するのも当然の話だ。

故に、レオはあくまで善人ではなく、他人としてアプローチをしていく。

「信用なんてしなくていいさ。あくまでお前たちの判断で利己的に協力してくれたらそれでいい。もし途中で協力する価値なしと判断したならいつでも抜けてくれて構わない。上手くいった場合は金が手に入る。悪くない話だろう？」

　初対面の相手と信頼関係を築くなど土台無理な話だ。他人が他人のために働くことがあるとするならば、それはお互いの利害が一致した場合のみ。イドラたちの説得に必要なのは薄っぺらい言葉の上に築く情などではない。情を徹底的に排した利害関係であればこそ、他人である彼女たちの胸に初めて響くのだ。

「簡単な話だ。お前たちが労働力を提供する代わりに、俺は対価を提供する」

「……対価？」

　首を傾《かし》げるユキに、レオは笑みを深めてからこう言った。

「自由だ」

　その言葉に、三人が同時に目を見開いたのが分かった。

「夢見たことがないとは言わないだろう？　美味《うま》い飯を食って、綺麗《きれい》な服を着て、暖かい布団で眠る。人が人として生きることができる自由な毎日を」

　腐ったパンや泥水を口にする必要もない。寒空の下で凍える必要もない。温かい布団で眠って朝日に目覚める。そんな多くの人間が当たり前のように甘受している『普通』を、彼らは誰よりも渇望してきたはずだ。生まれや境遇という人にはどうしようもない線引きで冷遇され、強く望みながらも諦《あきら》めるしかない悔しさをレオは誰よりも良く知っている。

だからこそ彼らにもあるはずなのだ。そこを抜けだしたいと強く思う願望が。

かつてそう願って頂点を目指した、在りし日のレオのように。

「差別されない。見下されない。法にも縛られない。誰もが夢見る究極の自由。俺はそれをこの世界でも手に入れるために、すべてを支配する。そのための組織を築き上げるつもりだ」

「……あなた、さっきからなにを言って――」

あまりにも馬鹿げた展望。子供の戯言《ざれごと》としか思えないその言葉を聞いて、一瞬イドラが眉を顰《ひそ》めるが、レオの瞳を見て思わず言葉を噤《つぐ》んだ。

イドラたちを真《ま》っ直《す》ぐに見つめてくる獅子《しし》のような強い瞳。その奥にとても少年のものとは思えない、深い野心の大火が燃えていることに気付いたからだ。

「弱いから他人にルールを強いられるのだ。ならば自分が上に立って、ルールそのものになればいい。そうすればなにも奪われることはない。自由とは、自分でそうして勝ち取る物だ」

相変わらず言葉の内容そのものは馬鹿げている。

だが、あるいはこの少年なら本当に世界を支配することが可能なのではないかと。

心のどこかでそう思わされている自分がいることに気付いて、イドラはかぶりを振る。

「……ばかばかしい。それを、あなたなら与えられるとでも言いたいの？　なんの力もなさそうな、私たちと同じ立場であるあなたに？」

「力はこれからつける。そのために、お前たちの協力が必要だ」

「言ったはずよ。私は誰の下にもつかない。私は一人でも生きていける」

「生きるだけで満足か？　スラム育ちというだけで下に見られて、死ぬまで最底辺の生活を強要される今の環境に納得している訳ではあるまい」

レオの言葉にイドラが口を閉ざす。その沈黙こそがレオの質問への答えだろう。

「下につけと言っている訳ではない。俺たちは対等。互いの目的のために協力するビジネスパートナーだ。そこに上も下もないさ」

レオはゆっくりと右手を持ち上げて、まるでイドラたちに差し伸べるかのように掌《てのひら》を翳《かざ》した。そして口角を吊《つ》り上げて、薄暗い笑みを浮かべながら言い放つ。

「利用し合おうじゃないか。お互いの欲と、野望のためだけに、今ここに世界で一番薄っぺらな同盟を築き上げよう」

背筋の芯まで凍りつくかのような醜悪《しゅうあく》な笑み。まるで一瞬、目の前に魔王でも顕現したかのような錯覚に陥って、イドラたちは僅《わず》かな戦慄《せんりつ》を覚えていた。

陽の陰りと共に舞い降りた静寂。ついに太陽が沈み切ろうとしている昼と夜の一瞬の狭間《はざま》で、最初に口を開いたのはやはりイドラだった。

「……帰るわ」

そう言って背を向けて歩きだすイドラに、ヴァイスも伸びをしながら無言で続く。

「気をつけてな」

「あなたもさっさと帰ることね。この街の夜は……あなたが思っている以上に底が深いわ」

「ああ、心得ておく。明日の早朝、最初に出会った通りで待ってるから、遅れず来てくれ」

レオの言葉に特に振り返ることもなく、二人の背中は遠ざかっていく。

だがふと気配を感じて脇を見れば、ユキがすぐ近くでレオの顔を見上げていた。

「……ユキも今日は帰るといい。夜は女一人だと危ない。あの二人のどちらかといた方が安全だ。また明日な」

レオがそう言って頭を撫《な》でると、ユキはこくりと頷《うなず》いて二人の背中を追っていった。すぐに三人の姿は夜の暗闇に紛れて見えなくなる。

（……まあ、こんなところか）

伝えるべきことは伝えた。あとは彼ら次第だ。来なかった時はまた別の手を考えるしかない。

だが、それほど心配することはないと見ている。レオの考えが正しければ、イドラたちは必ずやってくる。そう確信できるだけの理由があったからレオは彼女たちを誘ったのだ。

ならば、今はイドラたちが来る前提で考えを進めるべきだろう。明日からは少々忙しくなる。今日は早めにねぐらを見つけて、身体《からだ》を休めるべきだと。

そう結論を出してレオがその場を後にしようとした時、唐突にその肩を誰かに掴《つか》まれた。

「……さて」と、レオが苦笑を漏らして振り向いた先には——

「よお、ガキ。ちょっとツラ貸せや」

レオの予想通り、下卑《げび》た顔で笑う黒狼《こくろう》の男たちが立っていた。


人は星を綺麗《きれい》だというが、イドラはそうは思わない。

星が綺麗だと思えるのはその者の心に余裕があるからだ。たとえ満天の星空であろうとも、お腹が減っていればその魅力は残飯にも劣るし、そもそも生きることに必死な者は空を見上げる余裕すらない。

毎日を当たり前に生きる者がふとした時間の隙間で余裕をもって見上げるからこそ、その美しさに気付くことができる。星の瞬《また》きとは希望を持つ人間の瞳にのみ灯《とも》るのだ。

故《ゆえ》に、少なくともイドラはここ数年、星空を綺麗だと思ったことなど一度もなかった。

「大丈夫かね、あの傲岸不遜《ごうがんふそん》な大将は」

イドラがレオと別れ、街の酒場からスラムへの帰路を辿《たど》っていた時、道を同じくしてついてきていたヴァイスが唐突に口を開いた。イドラはその言葉へ反応するようにヴァイスを一瞥《いちべつ》したが、すぐに興味ないといわんばかりに視線を戻す。

「さあね」

そっけなくそう返事をするだけでそれ以上答えない。

彼がなんのことを言っているのかは分かっている。恐らく黒狼のことだろう。

公衆の面前であれだけ恥をかかされたのだ。カイゼルの手前一度は引き下がっていたが、イドラやヴァイスのような腕っ節に自信のある人間ならともかく、レオのような無名の若造に面子《メンツ》を潰《つぶ》されたまま黙っているような連中じゃない。

恐らく待ち伏せを受けている。リンチに遭うだけならまだいいが、最悪の場合、殺されてしまうことも十分にあるだろう。倫理より面子を優先する。あれはそういう連中だ。

しかし、だからなんだと言うのか。

所詮《しょせん》今日初めて顔を合わせただけの赤の他人だ。食事の席こそ共にしたが、それはもらえるものをもらったというだけのことで、イドラたちに何らかの責任や義務が発生するものではない。この世界においてふりかかる火の粉とは自分で払うものなのだから。

ヴァイスもそれが分かっているからこそ、言葉にするだけで助けに行こうとはしないのだ。

無論、イドラにもそんなつもりはない。ユキは——そもそも無表情すぎて何を考えているのか分からないが。

とにかく、最低限の忠告はしておいた。

あとはレオがどうなろうと、イドラの知ったことではない。

「この世界は弱い人間から死んでいく。ただそれだけのことよ」

「ドライだねー。そんなだからツラは良いのに誰も寄って来ねえんだよ」

「一匹狼なのはあなたも同じでしょ。特に同性は毛嫌いしているって聞いているけれど？」

「確かにまあ、男なんかむさいだけだし、基本的に塩対応になりがちではあるが……」

ヴァイスはぼりぼりと後ろ頭を掻《か》いて、少しだけ口元に笑みを浮かべた。

「……あのレオって奴、お前、何か感じなかったか？」

「……何か？　何かって、一体何のこと？」

イドラの言葉にヴァイスは「さあな」とはぐらかすだけで何も答えない。

からかっているのか。あるいはその『何か』とやらをヴァイスは感じたというのだろうか。

（何の力も持っていなそうだったあの男に……？）

イドラは歩きながらレオのことを思い返した。

確かに妙な人間ではあったと思う。同年代にしては異様に大人びた言動をしていて、スラムの人間なら大抵の者が畏怖《いふ》する黒狼《こくろう》の連中にも怯《おび》えている様子がなかった。そのくせ「自分は記憶喪失だ」などと主張し、魔術などの誰でも知っている知識を要求してくる。

記憶喪失という点が嘘《うそ》か本当かはこの際どうでもいいが、ただの虚言癖を持つ子供、と断定するにはどこか少々歪な人間だったような気がする。

そう思い返してみれば「なるほど」と。

確かにレオという人間には多少興味深い点があるのかもしれない。

だが、イドラにとってはそれもどうでもいいことだ。

そもそもイドラは他人に興味がない。いや、ある一面では嫌悪すらしている。

それにはイドラのこれまでの生い立ちが関係しているが、仮にそれを差し引いたとしてもこのスラムにおいて他人を気に掛けている余裕など誰にもない。ろくな食事もなく、衛生環境も治安も劣悪なこの場所では皆、自分が生きていくだけで必死なのだ。

イドラとて例外ではない。食事に困れば鼠《ねずみ》も食べるしゴミも漁《あさ》るし盗みだって働く。日銭を稼ぐために仕事をすることもあったが、戸籍や身元もないイドラを雇ってくれるような人間や仕事内容がまともであるはずもなく、随分と汚い世情も見てきてしまった。黒狼の連中を「悪党ども」と罵《ののし》りながら、イドラの手とて、もう十二分に汚れている。

自分自身ですらそうなのだ。こんな世界で赤の他人を信じられるはずもない。

だからイドラは決めたのだ。

自分は誰も信じないし、頼らない。自分一人だけの力で生きていくのだと。

「……イドラ様」

そう考えていると、後ろからいつの間にか追い付いてきていたらしいユキが話しかけてきた。

思わず目を丸くする。もしかしたら、名前を呼ばれたのは初めてのことかもしれない。

ユキはいつもつかず離れずの位置でこちらの様子を窺《うかが》うだけで、ほとんど話し掛けてきたことはなかった。だから特にこれまで名前を呼ばれるような機会もなかったのだが、蓋《ふた》を開けてみれば『イドラ様』などとは。随分仰々《ぎょうぎょう》しい敬称で人を呼ぶものだ。

あるいは以前、誰かの付き人でもしていた経験があるのかもしれない。

「どうしたんだよ。いつもは静かな無口ちゃんが。イドラに聞きたいことでもあるのか？」

「……イドラ様は、どうするのかと」

具体性のない朧《おぼろ》げな質問。けれど、何のことを言っているのかは分かっている。

明日、レオの招集に応じるのかどうかという意味だろう。

イドラは歩きながら既に暗闇の広がっている空を見上げた。さらりと肩口にかきあげた髪が冷たい夜風のメロディに躍る。

「そうね……」

重ねて言うように、イドラは他人に興味がない。だから当然、今までなら一考の余地もなく断っていた——が、一つだけ。イドラはレオが言った言葉を思い出す。

《信用なんてしなくていいさ。あくまでお前たちの判断で利己的に協力してくれたらそれでいい》

あれは——悪くなかった。

信用しろだとか、力になるだとか、イドラの嫌う薄っぺらな言葉を何一つ使わなかった。あくまで互いの目的のために利用し合う関係なのだと強調していたレオの言い方は、一見薄情であるからこそ他人を信用しないイドラの心に僅《わず》かに響いた。

偽善を振りかざして甘言を弄してくるなら聞く価値もなかったが、最初から互いを目的のための道具だと割り切ったレオの話ならイドラにも理解できる。

誰のためでもない。あくまで自分のためにであるからこそ、人は忠実に働くのだから。

ならば問題は、その同盟に協力するだけの価値があるのかどうかだが。

「私は、あんな男に大層なことができるとは思わない」

金を稼ぎ、黒狼《こくろう》にひと泡吹かせ、上手くいけばこの掃き溜《だ》めから抜け出せると言っていた。誰もが夢見る究極の自由。それをこの世界でも手に入れるために、すべてを支配するのだと。

まるで、既に一度どこかの世界を支配したことがあるとでもいうかのようだ。

ありえないと思う。力もなく、魔力もなく、ましてやなんの後ろ盾も持たないスラム民が手を組んだ所で、一体なにができるというのか。

所詮《しょせん》、イドラたちの協力を得るために体《てい》の良い言葉を選んだだけ。協力させるだけさせておいて、いざとなったら自分一人だけ利益を持って逃げるに違いないと、そうイドラは思っている。今までがそんな人間ばかりだったのだから。

だから本来、イドラがレオの話に乗る意味はない。

《生きるだけで満足か？　スラム育ちというだけで下に見られて、死ぬまで最底辺の生活を強要される今の環境に納得している訳ではあるまい》

だが、何故《なぜ》だろう。こうして考えている間も、ずっとあの言葉がイドラの脳裏に強くこびりついている。ずっと胸の奥深くに隠していた大切な何かを、素手で無遠慮に掘り返されたかのような不快感。会ったばかりの人間が知ったような口を、という怒りが胸を占めるのと共に、けれど僅《わず》か——灯《とも》し火ほどのほんの僅かな焦燥《しょうそう》を覚えた。

《夢見たことがないとは言わないだろう？　美味《うま》い飯を食って、綺麗《きれい》な服を着て、暖かい布団で眠る。人が人として生きることができる自由な毎日を》

それは、このスラムにいる誰もが求めていることだ。

暖かくおいしいご飯をお腹いっぱい食べたい。お洒落《しゃれ》で綺麗な服をたくさん身に纏《まと》いたい。雨風が凌《しの》げる暖かい場所で、ふわふわの布団にくるまってゆっくり眠りたい。

——幸せになりたい。

現状に納得している人間なんてきっと一人もいない。どうせ叶《かな》わないからと妥協しているだけで、本当はいつだって変化を求めている。

イドラも、ユキも、ヴァイスも。もうとっくの昔に諦《あきら》めていたと思っていたのに、心のどこかでは未《いま》だこの掃き溜《だ》めから抜け出すための手段を探していたのだと、あの時のレオの言葉で気付かされてしまった。

だから心の底で焦りを覚えてしまったのだ。自分は本当にこのままでいいのかと。

これが、求めていた変化であるのかは分からない。変わらず人を信じてもいない。

だが仮に、このまま何もしなければこのクソみたいな日常が続いていくというのなら。

（……明日、もしあの男が本当に無事に、あの待ち合わせ場所で待っていたなら……）

たまには変化を求めて、普段しない遊びに付き合うくらいのことはしてやってもいいのかもしれない。それで結局がっかりさせられることになっても「やっぱり世界はクソだった」という結論に落ち着くだけだ。イドラにとっては今までと何も変わらないし、どうせ今回もそうなるに決まっていると思う。

「……」

けれど、何故《なぜ》だろう。

ふと見上げた夜空の先――雲のまにまに瞬《またた》く星は、いつもより少しだけ目立って見えていた。

もう何度目かになる激痛が腹部に走った。

強烈に蹴《け》り上げられた衝撃は背中を突き抜け、耐えがたい吐き気を伴って喉元までせり上がる。いっそ吐いてしまえば楽なのだろうが、せっかく食べた食事を全部戻してしまうのも勿体《もったい》ない。地面に蹲《うずくま》ったまま腹と口を押さえることで、衝動が過ぎ去るのを待った。

一回。二回。自然と荒くなっていた呼吸を意識的に整えながら、遠くなりかけていた意識の糸を結び直す。その合間にちらりと視界の端に入ってきた空は、もうすっかり夜の帳《とばり》が下りてしまっていた。

もうどれくらいの間、こうして殴られ続けているのだろうか。

「おい、ガキ。いい加減詫《わ》びを入れる気になったかよ」

頭上から男の声。見上げれば先の酒場でレオに足をかけられた長髪の男がニヤニヤと楽しそうに笑っている。その後ろではさらにもう一人、丸刈り頭の小柄な男——こちらも酒場で見た顔だ——が同じように下卑《げび》た笑みを浮かべてレオの姿を見下ろしていた。

長髪の男の名はシャルマン。丸刈り頭の男はニール。どちらも黒狼《こくろう》の一味だ。レオは酒場の前でイドラたちと別れた後、すぐにこの二人に路地裏へと連れ込まれて暴行を受けていた。

理由は推察するまでもない。酒場での一件に対する報復だろう。

二人がかりで殴られ続けたレオの服は所々に血が滲《にじ》んで破けており、顔に関してはあざだらけになってしまっていた。おおよそ大人が子供にする仕打ちではない。しかし、暴行を加えた当の本人たちはそんなレオの姿を見ても愉快そうに笑うだけだ。

「おい、なんとか言え！」

シャルマンが倒れているレオにさらに蹴《け》りを加えてくる。

ずいぶん大人げない連中だなと内心笑いそうになりながら、レオはこの状況をどうするべきか思考を巡らせていた。

正直、酒場でのいざこざがあった時点でこの状況はある程度想定していた。しかし、それでもレオに一つ誤算があったとすれば、それはこの二人の予想を超えた小物ぶりであろう。

彼らはいくら末端の人間といえども、この街である程度の力を持つ組織の一員である。そんな彼らにとってこれは素人《カタギ》相手のトラブル――ましてや相手は子供だ。仮に報復があろうと、多少痛めつけられる程度だろうとレオは思っていたのだが、想像以上に彼らの器は小さかった。

相手が子供だろうと容赦なく殴る蹴る。二人がかりで、それこそ急所も考えずに振るわれる彼らの暴力は、レオが上手く殴られる位置を調整していなければ死んでいてもおかしくないものだった。いや、最悪死んでもいいと思っているのかもしれない。

これはさすがのレオも予想外だ。晩年は義理や筋というものを理解した大物ばかりと相対していたので、世界には子供を袋叩《ふくろだた》きにして喜ぶこんな小物が大勢いるのだということをすっかり失念してしまっていた。

詫びを入れろなどと言っているが、この手の人間は仮に謝ったところで、結局自分の気の済むまで相手を痛めつけることをやめないだろう。謝罪が欲しいのではなく、自分がすっきりしたいだけなのだ。このままでは目的を遂げる前に身体《からだ》が再起不能となってしまう。ここまでは黙って殴られていたが、そろそろなんとかしないといけない。

（とはいえ、こちらの体は満身創痍《まんしんそうい》な上に、状況は多対一だ）

元の体ならまだしも、筋力もろくに発達していないこんな痩せ衰えた体ではまともに立ち向かっても返り討ちに遭うだけだ。ウェイトの差は、多少の実力程度で埋められるものではない。それに魔術の存在もある。仮にレオにこの場を制圧できる武力があったとしても、一瞬にして体を凍り付かせられたり、石に変えられでもしたらその時点で勝ち目はない。果たして魔術というものがそこまでのものなのかは分からないが、分からないからこそ正面から立ち向かうのはあまりにも無謀だ。

正攻法で行くのは賢くない。だからレオはずっと機会を窺《うかが》っていた。

「こいつ、動きませんね。もしかして、もう死んじまったんじゃないですか」

「ああん？　まじかよ。まだ殴り足りねえんだが」

地面に倒れ伏したままぴくりとも動かなくなったレオを不審に思ったのか、丸刈り頭の男――ニールがゆっくり近づいてくる気配を感じる。レオは瞳を閉じたまま、男たちに見えないようにそっと懐《ふところ》に手を差し入れた。

必要なのは、ほんの一瞬の隙だ。

たった一度のチャンスを絶対に逃さないように、深く深く集中する。

（一歩……二歩……三歩……）

ニールが立っていた位置の記憶と、聞こえてくる歩数から現在の位置を把握する。

そして、肩に手をかけられる感触が走った、その刹那《せつな》。

「おい――」

闇に包まれた暗い路地に一筋の閃光《せんこう》が走った。

ガクン、と下肢《かし》から崩れ落ちるようにニールが地面へとへたり込む。

「……へ？」

ニールは最初、何をされたのか分かっていなかっただろう。

しかし次の瞬間、力の入らなくなった彼の足に突如《とつじょ》として激痛が走る。

反射的に患部へと手をやれば、ヌルリと生暖かい奇妙な感触。疑問に思ったニールが慌てて確認した右手は、大量の血で赤く染まっていた。

立てなくて当然である。ニールの両足の腱《けん》は、鋭い何かで切り裂かれていたのだから。

「あ……ああああああああああああああああああああああああああ‼」

狭い路地裏にニールの絶叫が響き渡る。

「な、なんだ⁉　どうした！」

シャルマンは状況が分からず、慌ててニールに駆け寄ろうとする。

それが今度こそ致命的な隙となった。

「ぐっ⁉」

カラン、と金属製の物体が落ちたような音が鳴り響いたと思った次の瞬間、シャルマンの首に何かが巻き付いていた。同時に背中へ突然米俵が乗せられたのかと錯覚するほどの重量を感じ、瞬《またた》く間に動脈が締め上げられる。慌てて首元に手をやると、そこで初めて首に巻き付いているものが人間の腕であるということに気付く。

まさかと思ってシャルマンが無理やり首を曲げて視線を背後へやると、予想通りの人物と目が合った。

「て、て……めえ……！」

「どうだ？　完全に極《き》まると若造相手でもなかなか振りほどけないものだろう。あっちの世界では誰でも知っている割と有名な技でな。チョークスリーパー……裸締めというんだ」

痣《あざ》だらけの痛々しい顔でレオが笑う。その少年のものとは思えない悪魔のような笑みに、シャルマンは初めて背筋が凍るような戦慄《せんりつ》を覚えていた。

傍《かたわ》らでは未《いま》だにうめき声を上げながらニールが地面を転げ回っている。良く見るとその傍《そば》に小さなナイフのようなものが落ちていた。

（あ、あれは……？）

シャルマンの視線に気付いたレオがしっかり首を固定したまま口を開く。

「酒場で使ったステーキナイフだよ。なかなか固い肉だったせいか、切り分けるためにちゃんと刃がついていてな。お前たちは酒場を出る時にこちらをずいぶんと睨《にら》んでいたし、なにかに使えるかもしれないと思い、くすねておいたんだ。ああ、もちろん駄賃は余分に置いてきたぞ」

「な、なんで……俺には、あれを……使わなかった……！」

「この暗闇で、あんな小さなナイフでは仕損じる可能性がある。こちらの方が確実だ。実際、抜けないだろう？」

レオは両足で胴体をフックして、さらに首を締め上げた。シャルマンが苦しそうにうめき声を上げる。

裸締めは完全に極まればプロでも素人《しろうと》相手に抜けることが難しいとされる技だ。またその決定力にも拘《かか》わらず、相手が油断していれば技をかけることも容易なため、実力差を覆《くつがえ》すための最適な手段としてしばしば紹介されることもある。はっきりいって子供が素手で大人に勝つなら、これしかないと言ってもいいくらいだ。

状況は完全に逆転していた。腱《けん》を断ち切られて起き上がることもできないでいるニール。背後から完全な裸締めを極められ、拘束を外すこともできずにもがき苦しんでいるシャルマン。

レオはずっとこの状況を狙っていたのだ。

完全に決まったと、そうレオが思った次の瞬間だった。

「馬鹿がぁぁぁ！」

突如《とつじょ》としてレオの体を熱が襲った。暗闇に覆われていた裏路地が橙黄色《とうこうしょく》の強烈な光に照らされ、弾《はじ》かれたようにまばらな火の粉が舞う。それが発火現象であり、火元がシャルマン自身であると気付いた時、レオの体はシャルマンごと炎に覆われていた。

（これは……魔術か）

炎の正体に気付いたレオの背後からけたたましい笑い声が聞こえてくる。見ればニールが地面に転がったまま涙目でレオを睨んでいた。

「は、ははっ……ははははは！　ざまあみろ！　兄貴はボスと一緒で魔術が使えるんだ！

兄貴お得意の火の魔術でそのまま焼け死んじまえ！」

じりじりと耐えがたい熱と苦痛がレオの体を襲う。対してシャルマンは裸締めにこそ苦しんでいるものの、炎の熱を感じている様子はない。どういう原理なのか分からないが、シャルマンの魔術は彼自身には影響を及ぼしていないようだった。

「ざ、残念だったな……！　これがてめえら剝奪者《はくだつしゃ》と、選ばれし者の違いだ……！」

シャルマンが勝ち誇ったように笑う。

事実、レオの肌は少しずつ焼かれ、髪と服に火が燃え移り、確実にダメージを受け続けている。その身に走る苦痛は想像するまでもなく常人に耐えられるようなものではない。

誰が見ても炎から逃れるために手を離すのは時間の問題で、そうなれば今度こそシャルマンの勝ちが確定する。シャルマンが会心の笑みを浮かべるのも当然だと言えた。

「ぐえっ⁉」

しかし、驚くべきことにレオはさらに腕に力を入れた。それは油断していたシャルマンの喉元にますます食いこみ、頸動脈《けいどうみゃく》を強烈に圧迫する。

離さない。それどころか、ますます腕と足のフックに力を入れてシャルマンに体全体で密着する。シャルマンが驚愕《きょうがく》した顔でレオを見ていたが、レオはそれが不思議だった。

離すはずなどないというのに。

「なにを不思議そうな顔をしているんだ？」

「て……め……熱……ね……!?」

もはや気道を圧迫され過ぎてシャルマンの言葉は形を成していない。

だがなんとなく言いたいことは分かる。熱くないのかと聞いているのだろう。

「熱いさ。痛いし、泣き叫びたいくらいだ。だが、それを我慢するのが喧嘩《けんか》だろう?」

殴られても、蹴《け》られても、たとえ焼かれても歯をくいしばって耐える。痛ければそれを表に出さないように我慢する。そうして我慢して、耐えて、相手よりもより多く殴って先に音を上げさせるのが喧嘩だ。泣いて叫んだ所で誰も助けてはくれない。自分を救うためには相手を打倒するしかないのだ。

そのための唯一の手段が今まさに手の内にあるというのに、何故《なぜ》体を焼かれた程度で手離すと思ったのだろうか。そもそも、シャルマンは先ほどからずっと勘違いをしている。

「俺は言ったはずだ。武器を捨てて裸締めを選んだのはこちらの方が確実だからだと」

裸締めは確かに首を絞める技だが、それはあくまで格闘技の話だ。

これはルールや倫理に守られた行儀の良い試合ではない。シャルマンたちの方から仕掛けてきた禁じ手なしの死闘《リアルファイト》だ。死闘において裸締めを決められるということは、それそのまま決着を意味する。

「もう既に、勝負はついているんだよ」

レオが薄く笑みを浮かべた、その瞬間だった。

ゴキ、という底冷えのする異音が鳴り響いたのは。

「…………………へ？」

地に跪《ひざまず》いて離れた所から見ていたニールには、一瞬なにが起きたのか分からなかっただろう。聞いたこともない嫌な音が響いたと思ったら、次の瞬間にはレオたちを取り巻いていた炎が音もなく消え去っていた。あれほどもがいていたシャルマンの腕は力なくだらんと垂れ下がり、一拍置いて膝から地面へと崩れ落ちる。

そのままシャルマンはピクリとも動かなくなってしまった。

「ほお、魔術とは不思議だな。髪や服に燃え移っていた火まで完全に消えている。魔力で生み出したものだから本人が死ねば消えるということか？」

その傍《かたわ》らでレオはパンパンと服を払いながら居住まいを正す。

そんなレオの言葉と、未《いま》だ地面に倒れ伏して動かないシャルマンを見て、ニールはようやく理解し始めたようだった。

「え……死……ん？」

シャルマンは死んだ。たった今、首の骨を折られて殺されたのだと。

「そうだ。お前の兄貴分は死んだ。俺が殺した」

「ひい!?」

ザッ、と音を立てて近づいてきたレオにニールは思わず恐怖で悲鳴を上げる。走って逃げようにもニールは足の腱《けん》を切られて満足に立ち上がることもできない。無様に怯《おび》えながら後退《あとずさ》るしかなかった。

「なにを怯えている？　これはお前らの方から仕掛けてきた抗争だ。人を殺そうとしておきながら、まさか『自分たちだけは死なない』などと思っていた訳ではあるまい」

不思議そうに首を傾《かし》げるレオ。その態度はたった今人一人を殺したとは思えないほど平然としたものだ。ニールにはそれが却《かえ》って恐ろしかった。

「く、来るなぁ！　ひ、人を呼ぶぞぉ！」

「自分たちで人気《ひとけ》のない裏路地に連れ込んでおきながら人を呼ぶもクソもないだろう。簡単に助けが来るような場所ならさっきの炎でとっくに誰か来ている。だが、実際には誰も来る様子がない。だからここを選んだのだろう？」

さらに一歩距離を詰めてくるレオに足を引きずりながら同じだけの距離を取ろうとするニールだったが、ドンとなにかに背中が行き当たる。気付けばニールはいつの間にか、路地裏の行き止まりまで追い詰められてしまっていた。焦りと恐怖で頭が混乱する。

「ま、魔術で殺すぞ！　お、俺は兄貴と一緒で魔術が使えるんだ！　ここからでも今すぐにお前を――」

「それはない。お前はさっき『兄貴はボスと一緒で魔術が使える』と言っていた。それはつまり、お前は使えないということを意味している。足を切られたことによる興奮と勝利への確信で気が大きくなっていたのだろうが、むやみやたらに敵へ情報を与えるのはおすすめしないな」

図星を突かれたニールはそれ以上言葉が出なかった。どんどん距離を詰めてくるレオを呆然《ぼうぜん》と見上げることしかできない。

レオとニールの距離がついにあと一歩まで狭《せば》まった所で、レオはその足を止める。

「さて、それにしてもずいぶんと痛めつけてくれたものだ」

レオは自分の肩を揉《も》みながらぼやいた。

火に巻かれていた時間が短かったため火傷《やけど》はそこまででもないが、殴られまくった影響で全身打撲だらけだ。幸い致命傷に至るような傷はどこにもなかったが、明日はずいぶんと顔が腫《は》れてしまうことだろう。今から想像してやれやれと肩を竦《すく》めた。

「まさか子供の挑発に二人がかりで仕返しに来るとは思わなかったからな。来ても一人だと思っていたんだが」

「え……？」

「兄貴分らしい方を殺してしまったのも誤算だ。できればより内情に精通してそうな方を残しておきたかったんだが、まあ、仕方あるまい」

特に人払いもせずに仕事の話をしていたようだし、いくら最近大きな仕事をし始めた組織とはいっても、その辺りの守秘意識はまだまだザルである可能性が高い。こんな末端も末端そうな男であっても、それなりの情報を持っているかもしれない。どちらにしてもそれはこれから分かることだと、レオはすっと冷たい視線をニールへと向けた。

そこに至って、ニールはようやく気付いたようだった。

この状況がすべて仕組まれていたものだったということに。

「お前……さ、最初から……」

傍《かたわ》らに落ちていたナイフを拾い上げながら、レオがニールの目の前へとしゃがみ込む。

「拷問を受けた経験はあるか？」

ニールの手を取り、その指の関節にナイフの刃を当てて呟《つぶや》く。

「指を関節から少しずつ切り落とされた経験は？　尻の穴に割れたガラスを突っ込まれたことは？　じわじわと睾丸《こうがん》をすり潰《つぶ》される男の顔を見たことがあるか？　存外人間とは頑丈でな。適切な処置を施《ほどこ》しながらじっくり壊せば、そうそう死ぬことはないんだ」

ナイフの先でニールの指をなぞっていたレオが、ゆっくりと視線を上げる。ビー玉のように透き通った純真無垢《むく》な少年の瞳。それを三日月形に歪《ゆが》ませて、レオは冷たく笑った。

「なに、夜は長い。一つずつ、経験していこうじゃないか」

「――あ」

その少年とは思えないあまりに醜悪《しゅうあく》な笑みを見て、ニールはこれからの自分の運命を悟るのと共に、自分が犯した最大の間違いに気付いた。

関わるべきではなかった。この少年は悪魔だ。人を傷つけることに、殺すことに、何の感情も抱いていない。目的のために他人を害するのはニールたちとて同じだが、この少年のそれは次元が違う。人を人と思っていない。レオがニールを見つめる目は、淡々とバッタの手足を千切る子供のそれだ。自分と、自分が人と認める人間以外を生き物とは思っていないのではないかと、ニールはそう錯覚してしまう。

どこから間違っていたのだろう。この少年をリンチにしようとしたシャルマンの誘いに乗ったことか。本当はアジトで留守番を言いつけられていたのに、美味《うま》いものにありつけるかもしれないと半ば無理矢理あの酒場についていったことか。あるいは、悪党に憧れたというだけの理由で黒狼《こくろう》に入ったことがそもそもの間違いだったのか。

ニールにはなにも分からない。分かるのは、半ば家出という形で飛び出してきた故郷の家族にはもう二度と会えないということで、女手一つで育ててくれた母親に結局何もしてやれなかった自分は、世界一の親不孝者であるということだけだ。

（……母ちゃん）

暗闇に覆われた薄汚い路地裏で、誰も気付かない男の無念が木霊《こだま》する。

今日この場所で二人の男の人生が終わったことなど、ほとんどの人間にとっては取るに足らぬ些事《さじ》でしかない。誰も気付かず、誰も祈らず、誰も顧みることはない。そんな非情な現実が、今日も世界中のあらゆる所に転がっている。

そんな世界で再び覇を唱えようとしている男が、この日最後に聞いたのは憐《あわ》れな男の断末魔の悲鳴。

《――『悪ノ権能』の第一条件を達成しました。対象の潜在魔力の一部を、契約対象に常態加算します》

そしてどこか聞き覚えのある、頭の中に響く謎の声であった。

二章　悪と正義の邂逅

ヒューゲルラインの下町に広がるスラムの一角。

廃屋が立ち並ぶ中にある、朽ち果てた宿屋跡の中に、カイゼルたち黒狼《こくろう》のアジトはある。

宿屋跡とはいっても家具はそのまま残されており、また構成員たちによって様々な飲食物が持ち込まれているため、驚くほどに住み心地は良い。特に一階部分にあるバーエリアは普段から多種多様な酒類が揃《そろ》えられ、もっぱらカイゼルたちの溜《た》まり場となっていた。

酒と葉巻の煙の匂《にお》いが立ち込める薄暗い室内でカイゼルは情婦の肩を抱きながら酒の入った樽《たる》ジョッキを呷《あお》る。琥珀色《こはくいろ》の液体が揺れ、冷たい熱を持って喉元を通り過ぎていった。

無造作に情婦の胸下へ右手を差し入れれば妖艶《ようえん》な声を上げ、身をくねらせる。本来高い金を積まねば抱くこともできないほどの美女が、なにを言わずとも自ら傍《そば》に侍《はべ》る様子は見ていて非常に気分が良い。カイゼルのジョッキが空けば自然と酒が注がれ、葉巻をくわえれば誰かしらが横から火を点けにくる。カイゼルを取り巻くその環境のすべてが、今彼が持つ権力の大きさをそのまま意味していた。

この街のスラムに根を張って、早十年。

今、その積年の苦労がようやく実を結ぼうとしている。

「ずいぶんと機嫌が良さそうですね、ボス」

そんなカイゼルの様子を見て横から声を掛けてくるのはライルと呼ばれる男だ。

黒狼設立前からカイゼルに付き従っている古株の一人で、今では黒狼の幹部でありカイゼルの側近。荒くまとめた金色のオールバックからは、僅《わず》かに香油の香りがした。

「そりゃ機嫌もよくなるさ」

カイゼルは笑いながら答える。

最近、すべてがうまくいっていた。

もともと黒狼は魔術を使えるカイゼルの力に頼り切った小悪党集団でしかなかった。カイゼルのずば抜けた戦闘力のおかげで組織としての武力こそ突出していたものの、経済のいろはを知らなかったカイゼルは思ったように組織を大きくすることができず、黒狼は長年、傭兵《ようへい》業や金融業などの小銭稼ぎを繰り返しながらひたすら伸び悩んでいた。

悪党集団といえども、構成員が存在して、維持するための金策が必要となればそれはもはや経営だ。その経営の才能がカイゼルにはなかったのだ。

そんな黒狼に転機が訪れたのは、今から一年前のことである。

首都から派遣されてきた騎士団の新団長を名乗る男がカイゼルに直接会いに来たのだ。

「僕の名前はコレル・フォン・シーゲル。君がこの街のスラムを仕切る組織、黒狼のボスであるカイゼルか」

初対面の印象は、世間知らずのまま成長した貴族のお坊ちゃん。

高そうな香料と、カイゼルが嫌いな貴族の匂《にお》いをさせたその男は、訝《いぶか》しげに相対するカイゼルを見て、初っ端《しょぱな》からこう持ちかけてきた。

「どうだろう。僕と取引をしないか？」

取引の内容は、年四回ある物資輸送の強奪をしやすいように手引きするから、その戦果を互いに分け合わないかというものだった。

コレルは物資の輸送計画をカイゼルに教える。さらに計画に加担した自分の手の者で護衛を固めることで、カイゼルたちに被害なく物資が渡るように根回しする。黒狼《こくろう》はその物資強奪の実行部分を請け負い、のちにカイゼルとコレルでそれを山分けする。そういう計画だ。

無論、物資すべてを強奪すると問題が大きくなり過ぎるのである程度の制限はかけるし、長期的にそう何度も続けられる計画ではないためコレルが在任予定である一年の期限付き。お互いが戦果を分け合う共犯となることで、口止めの代わりの担保としようというなんとも魅力的な提案だった。

当然最初は疑った。金を持った貴族がそんな計画を持ちかける理由が分からなかったし、なにせ相手は騎士団の団長だ。美味《うま》い取引材料を餌《えさ》に、自分たち黒狼を一網打尽にする算段なのではないかと思ったのだ。

しかし結論から言えば——コレルの話はすべて真実だった。

念のために逃げる算段を立てながら決行した輸送物資の強奪は何の問題もなく上手くいき、その犯人として街で有名な悪党集団である黒狼の人間が疑われることはあっても、コレルの根回しによって決定的な捜査の手までが及ぶことはなかった。

ごくまれに一部の仕事熱心な騎士団員によって黒狼の人間が参考人として連行されることもあったが、結局その全員が証拠不十分として釈放された。それは一体何故《なぜ》か？

コレルは奪った金品をそのまま賠償金として参事会に横流しすることで、都市貴族と手を組むことに成功していたのだ。税である物資を守れなかったのは騎士団――ひいては国の責任なのだから、国はその補塡《ほてん》を街に請求することができない。だが、実際に奪われた物資の一部は参事会の懐《ふところ》にそのまま返ってきている。この利益を餌にして、都市貴族たちを抱き込んだ。

この街の裁判権を握っているのは都市貴族たちだ。その都市貴族が事実上カイゼルたち側についているのだから、いくら捜査しても捕まるはずはない。

結果、黒狼は一切の損害を出すこともなく、莫大《ばくだい》な資金力を手にすることとなったのである。

そこからはまさにとんとん拍子だ。資金力を得た黒狼はヒューゲルライン内外から人を増員し、当初二十名ばかりであった構成員は一気に二百を超えた。

人と金が増えれば、自然とやれることも多くなる。

違法な酒場や商店の開業、賭場《とば》の設営、それに関連した街の権力者との癒着《ゆちゃく》、交渉。次第にスラムだけでなく表街の方にまでその影響力を伸ばし、手広く他の仕事にも手を染め出した黒狼《こくろう》の力と名前は、着実に街の内外へと響き始めていた。

そして二度目、三度目の強奪を成功させ、その資金を元手にいよいよヒューゲルラインの街の外にまで進出するべきかとカイゼルが密《ひそ》かに考え始めていた時、ついにとんでもない大物から仕事の声が掛かったのである。

「あの女、きちんと約束を守ってくれますかね？」

ライルが葉巻を差し出しながらそう聞いてくる。葉巻を受け取り、先をナイフで切ってカイゼルが口にくわえると、すぐにライルによって火が点けられた。大量の紫煙が立ち上り、ゆっくりと開き戸の外へと吸い込まれていく。

カイゼルは少し間を置いて、静かに口を開いた。

「そりゃ守ってくれるさ。なにせ向こうから持ち掛けてきた話なんだからな」

ライルが言う『あの女』とは例の仮面の人物のことだ。カイゼルたちは便宜上『使者』と呼んでいる、黒狼とは別勢力の人間——今回の計画のもう一方の仕事相手である。

「俺たちの今回の仕事は、いよいよ明日の正午にヒューゲルラインを出発する予定の第四期物資輸送隊を襲い、その積荷を奪うこと。そして、今回の積荷の中にある件《くだん》のお宝——大魔鉱石を例の使者に渡すことだ」

カイゼルの言葉にライルが頷《うなず》いた。

ヒューゲルラインは領地内の鉱山から発掘される金や銀、鉄鉱石などを主な収入源にしている。魔鉱石もまた、しばしば鉱山などから発掘される魔力の凝縮された天然鉱石の一つだ。

魔鉱石はその内に秘められた魔力の純度が高く、魔学の分野において替えの利かない動力源に転用されている。特に拳大以上の大きさから呼称される『大魔鉱石』は非常に希少価値が高く、一部の兵器や大魔術の運用装置となるため、国家間でも高く取引されていた。

そんな大魔鉱石なのだが、実は今年このヒューゲルライン領内の鉱山から偶然発掘され、今回の第四期物資輸送で首都へ送られることになっていた。

とはいえ、さすがに物が物だ。コレルの根回しによって多少抑えられたらしいものの、それでも護衛の人員が今までよりも増員された上、大魔鉱石に関してはコレルの息が掛かっていない人間で守りが固められるという話だ。金に換えるにもあまりに目立つ代物《しろもの》のため、今回の強奪対象からは外した方がいいと、コレルからも事前に助言があった。

正直カイゼルとしてもその意見には賛成だ。無理に奪えば国からかなり強力な追手をかけられることになるだろうし、そこまでのリスクを背負って奪っても捌《さば》く伝手《つて》がないのでは意味がない。正直無視するには惜しいお宝であったが、今回は見送るしかないと思っていた。

だが、そのリスク以上の利益を齎《もたら》してくれる仕事相手が現れたなら話は別だ。

そして、カイゼルたちの前に現れた使者というのは、それほどの地位にある人間だった。

「騎士団と内通している俺たちなら、容易に大魔鉱石を奪うことができる。そして使者はできる限り秘密裏に大魔鉱石を手に入れたい。これは互いの利害が一致した故《ゆえ》に実現した、正当な取引だ。これが成功に終われば、あの女が俺たちの後ろ盾につく約束になっている」

あの使者はそれこそ、ある意味では一国の王にも匹敵する権威を有している。

その後ろ盾が得られるとなれば、いよいよ黒狼《こくろう》は世界の壇上に立つことができるだろう。ならばコレルを裏切ることに、一体何の迷いがあるというのだろうか。

もともとコレルとの契約期間は一年。次の物資輸送で最後になる予定だったのだ。

もうじき金にならなくなる相手との約束事などどうでもいいことだ。どうせ今回の取引の件がなかったとしても、最後の物資は山分けせずに独り占めするつもりだった。

そこに「やはり大魔鉱石も奪う」という予定が加わっただけのことだ。なんの問題もない。

カイゼルは悪だ。悪は他人の事情など顧みず、いつだって己が利益のためだけに行動している。そこにくだらない情や義理など介入する余地はなく、歴史に名を遺す巨悪の多くは、そうして周りを踏み台にすることによって飛躍してきた。

あらゆる国に根を張っている教会組織。他国を侵略して植民地を増やす帝国。現状この世界で大きな存在感を示している勢力を見ても分かる様に、この世は結局、力と欲望を持つ者こそが正義なのだ。そして、それらすらうかつに手を出すことができないでいる、あの存在の後ろ盾を得ることができれば、いずれ自分もそこに並び立つことができる。そう信じて疑っていないカイゼルにとって、この程度の裏切り行為など大事の前の小事でしかなかった。

もはやなにも憂いはない。明日の仕事を足掛かりにいよいよ黒狼と自分は、数多《あまた》の大物たちがひしめく裏世界の壇上へと進出するのだ。

「ボス、ちょっといいですか」

――と、カイゼルがそんな未来の展望に身を打ち震わせている時、別の部下が突然カイゼルの傍《そば》に寄ってきて、小声でそっと耳打ちをしてきた。

せっかくの良い気分に水を差されて思わず眉を顰《ひそ》めるが、部下の顔を見るにどうやら急ぎの要件らしい。カイゼルは小さく舌打ちをしながらも部下に耳を寄せた。

「なんだ？」

「実は、シャルマンさんと今朝から連絡が取れないんです。もうすぐ実行部隊の最終打ち合わせがあるのに、未《いま》だにアジトに来ていません」

「……なに？」と、思わぬ報告にカイゼルの声のトーンが下がった。

シャルマンは黒狼でもライルと近い地位についている古株の構成員だ。ライル含めて今回の第四期物資強奪計画に関する大部分の情報と実権を与えており、もちろん今回の作戦の実行部隊にも参加する予定になっていた。

そのシャルマンと連絡が取れないという。

もう明日には襲撃の日だというのに、一体なにをしているのか。

「酔いつぶれて寝てんじゃねえのか？　ねぐらの方は探したのか？」

「昨日までシャルマンさんが寝泊まりしていた娼婦の所にも部下を向かわせましたが、女の話では昨日の昼にボスたちと合流するために家を出てからは一度も帰っていないそうです」

その言葉に、隣で聞いていたライルも眉間に皺《しわ》を寄せる。

「……シャルマンの部下は？　確か腰ぎんちゃくみたいなのがいただろ」

「ニールですね。実はそちらの方とも同じように連絡が取れていません」

カイゼルは顎《あご》に手を当てた。シャルマンだけでなく、その周辺の人間も同時に連絡が取れなくなっている。さすがに妙だ。

（イドラたちか……？）

シャルマンは昨日、イドラたちと揉《も》めた後に酒場前で別れた。

随分と苛立《いらだ》った顔をしていた。一度はカイゼルに窘《たしな》められたものの、本人の気性を考えるとあの後に報復に動いた可能性は非常に高い。あるいはその返り討ちにあったのだろうか。

あの二人はこの街で黒狼《こくろう》に従わない唯一の存在だ。またどちらも黒狼に逆らえるだけのそれぞれの『力』を有している。確かにあの二人ならシャルマンに手を出すことも、返り討ちにすることも可能だろう。

しかし、それはシャルマンも分かっていることのはずだ。ヴァイスと、特にイドラに手を出すことの危険性を承知した上でシャルマンの方から仕掛けに行くとは思えない。

あれは魔術こそ使えるが、もっと狡猾《こうかつ》で器の小さい男だ。ろくな戦力にもならない部下一人をお供に、あの二人を相手に仕返しに行くなどとは到底考えにくい。

そもそも面倒事を嫌うイドラたちが、黒狼の幹部にそこまで手荒い真似《まね》をするだろうか。

（……そういえば、見たことのない奴を一人連れていたな）

カイゼルは昨日の酒場での出来事を思い出す。

確かイドラとヴァイスの他に、二人の人間がいたはずだ。一人は最近イドラによくついて回っていた華奢《きゃしゃ》な少女だったはずだが、もう一人の少年は今思えば見慣れない顔だった。

歳はイドラたちとほぼ同世代。この街のどこにでもいる小汚い少年だったが、普段誰ともつるまないイドラたちが珍しく一緒にいた人間だったので記憶に残っている。子供のくせにカイゼルの視線を真っ向から受け止めていた、どこか鋭い瞳が印象的だった。

とはいえ、所詮《しょせん》は無名の若造。あれならシャルマンもなめてかかりそうだが――

（……まさか、な）

カイゼルはかぶりを振った。

態度も性根も腐っているが、あれで十年前からカイゼルと共にスラムで暴れてきたバリバリの武闘派なのだ。イドラやヴァイスならまだしも、さすがにあんな若造に遅れを取るほど、シャルマンも落ちぶれてはいない。たかが連絡が取れないくらいで考えすぎだと、カイゼルはそこで思考を打ち切ることにした。

「この件はいったん保留にしておく。明日の作戦開始時間までにシャルマンと連絡が取れない様なら、今回はあいつ抜きでやれ」

「え？　し、しかし……」

「どうせどこかで朝まで飲み明かして、そのまま酔いつぶれているに決まってる。今までにも何度かあったことだ。例の女とはまた別の女の所にでも転がり込んでるんだろうよ」

「は、はぁ……」

「わかったらシャルマン抜きでも仕事ができるように、しっかり段取りを組んでおけ」

カイゼルの命令に、部下が小さく頭を下げて後ろに下がる。

これでいい。今はシャルマンのことなど気に掛けている余裕はないのだ。

明日には自分たちは大魔鉱石を手に入れ、この大取引を成立させている。そうすればカイゼルは強力な後ろ盾を得て、名実ともにこの街の王となる。そうして少しずつ力を付け、組織を拡大し、いつかは自分も国家権力にすら匹敵する巨悪となるのだ。

その大いなる野望のためにも、明日の仕事は絶対に失敗する訳にはいかない。

そう強く考え直すと、シャルマンの件はもう思考の隅へと追いやってしまっていた。

しかし、カイゼルは後にこの選択を大きく後悔することになる。

この時、もしもシャルマンの捜索に少しでも人員を回していれば。

あるいは、もっとレオたちのことを疑っていれば。

少なくとも、あのような最悪の結果にだけはならなかったのかもしれないのだから。

レオの新世界生活開始から一夜が明けた、早朝のスラム街。

まだ人通りもまばらなスラム通りにゆっくりと歩きながら現れたイドラは、しかしそこで待っていた男の姿を見て、驚いたように口を開けていた。

「あなた……」

「おはよう、イドラ。遅かったな。お前で最後だぞ」

レオが手を上げながら視線を横に向ける。そこには既に集合していたらしいヴァイス、ユキの姿があり、二人とも手持無沙汰《ぶさた》そうに立っていた。

イドラは戸惑うように目を丸くしながら、レオたちの下へと合流する。

「……あなた、生きていたのね」

イドラはレオの姿を観察するようにじっと見つめる。

レオは昨日と違い、綺麗《きれい》な衣服を着ていた。ややサイズは大きめだが、黒革のフード付きのロングコートを羽織っており、同じく黒のインナーとズボンで全体を統一している。片手には麻の鞄《かばん》袋を持ち、肩から後ろに向かって背負っていた。深く被《かぶ》っているフードから覗《のぞ》く顔や首元には血の滲《にじ》んだ包帯が巻かれており、昨夜の痛々しい戦いの痕跡を窺《うかが》わせる。

だが、喋《しゃべ》れる程度には無事で、生きていることは間違いない。それはレオがどのような方法であれ、自分の力だけで窮地《きゅうち》を切り抜けたということの証左だ。イドラにはそれが衝撃だった。

どう見ても何の力も持たない普通の少年にしか見えないというのに。

「……一体どうやったの？」

イドラの質問に、けれどレオは何も答えない。

それよりもレオは、イドラたちが全員やってきたという事実。自分の考えが正しかったのだということを証明する目の前の光景に、ただ笑みを浮かべるだけだ。

当然と言えば当然である。スラムに暮らしているとはいえ、人生を完全に諦《あきら》めてしまっている人間と、心の奥底で願いを捨てきれていない人間とでは目の色が違う。そして、イドラたちは確実に後者だ。心の奥底で自分が求めている願いを、そして到来したチャンスを、イドラたちはきっと無視することができない。レオは昨日の時点でそう見抜いていた。

この場に集まった三人それぞれに視線を向け、レオは確認するように口を開く。

「全員この場にやって来たということは、昨日の俺の話に乗るということでいいんだな？」

レオの問いかけに三人は互いに視線を交錯させる。

それに真っ先に頷《うなず》きを返したのは、意外にもユキだった。

「私は、あなたについていきます。私の生きたいと思う道が、きっとそこにはありますから」

昨日とは打って変わって、確かな意思のようなものがその言葉には感じられる。

それに触発されたかのように、ヴァイスも同意を示した。

「ま、実際約束通り、こうしてここにきちまったからな。一度決めたことを反故《ほご》にするような人間にだけはなりたくないもんだぜ。なあ？」

ヴァイスがイドラにウインクを飛ばす。

イドラはそれに舌打ちを返しながら、しばらく葛藤するかのように眉間に指を当てていたが、ようやく観念したのだろう。両肩で大きく溜息《ためいき》をつきながら、レオに視線を返した。

「……泥船だと分かれば、すぐに私は降りるから」

――決まりだ。

「それではさっそく行動を開始しようか。いろいろと作戦は考えているが、なにぶん時間がない。同盟関係を結んだ以上は、遠慮なく働いてもらうぞ」

「それはいいけど、結局私たちはこれから何をするのよ」

「なに、難しいことはない。ただちょっとした人助けをするだけだ」

「人助けぇ？　金を稼ぐんじゃなかったのか？」

「その辺りはおいおい説明させてもらうさ。だが、その前に……」

レオは三人の姿に目を向ける。

ボロ切れのような衣服を身に纏《まと》い、全員風呂にも入っていないと思われる全体的に薄汚い格好をしている。これをまずなんとかするべきだろう。

レオは少し重さの減った財布の中を確認する。

「まあ、まだまだ足りそうだな。お前たち、行くぞ」

「……行く？　行くとは、どこにですか？」

首を傾《かし》げて聞くユキ。レオは振り返り、笑みを浮かべてからこう言った。

「――ショッピングだ」


スラムという一見金が集まらないように思われる街にも、バザーや蚤《のみ》の市《いち》のようなフリーマーケットは存在する。

衣服、骨とう品、鉱石や貴金属。そういった商品になるものを街やゴミ捨て場から拾い集め、持ち寄り、販売する。そうして得た金を食料品や日用品へと変える生活基盤がスラムにもあるのだ。時には表社会ではなかなか出回らないような危ない商品が平然と店先に並ぶこともあり、そういった裏のフリーマーケットは往々にして『闇市』などと称される。

そしてレオの予想通り、この街にもそういう区画は存在していた。

このヒューゲルラインという街は東側にスラムが密集しており、そして治安上の関係なのか、そのすぐ傍《そば》に騎士団領がある。当然、それより西側は生活水準レベルの高い表街だ。

レオたちが訪れたのは東区、スラム街のとある場所。スラム街の中でも西寄り、表街側に程近い、個人商店が大量に立ち並ぶフリーマーケットの一角だった。

「……どうかしら」

荷馬車をそのまま店に改装したような人相の悪い老人が営む衣服屋。その脇に設置された、木の骨組みに布を垂らしただけの簡易試着室からイドラが出てくる。

レオは彼女が試着している新しい衣服を見て、感嘆の声を上げていた。

黒いショート丈のアウターに、同じ長さのインナー。黒のホットパンツと、膝下まで伸びるロングブーツの間には白い脚線美がさらされており、彼女の全体的なスタイルの良さを表している。両手には薄い黒の革手袋をはめ、長い髪は上品に櫛《くし》で梳《す》き直していた。

可愛《かわい》さより格好良さを追求した衣服ではあるものの、どこか気高い黒豹《くろひょう》を彷彿《ほうふつ》とさせるような洗練された美しさは、レオが持つイドラのイメージにこれ以上なく合うものだった。

「見違えたな。ちゃんとした格好をすれば美しいじゃないか」

素直な感想が口を衝《つ》いて出る。イドラはそんなレオの言葉に目を丸くしていた。

「……そう」

短く呟《つぶや》いてイドラは顔を背ける。

もしかして照れているのだろうか。だとしたら意外に可愛いところもあるものだとレオが笑みを浮かべていると、残る二人が隣の試着室から姿を現した。

「おっす、大将。待たせたな」

「ご主人様、お待たせしました」

そういって手を上げるヴァイスが着ているのは白のインナーに黒革のジャケット、丈の長いスラックスだ。シンプルな格好ながら背丈の高い彼には良く映えており、相変わらず頭にはトレードマークの黒いバンダナを巻いていた。

対してユキはなんとメイド服を着ている。黒を基調としたロングスカートのワンピースの上からノースリーブのエプロンドレスを身に纏《まと》い、小さな頭の上にはレースをあしらったホワイトブリムがちょこんと乗せられている。

紛《まが》う方《かた》なき英国式のメイド服。この世界にもあったのかと驚く、成人女性用のサイズに仕立て上げられたそれを、小柄なユキは意外にも違和感なく着こなしていた。

「……本当にそれでいいのか？」

「ご主人様についていくと決めた以上、私はこれよりご主人様の配下です。ならばその在り方は、主に付き従うメイドという立場が最も適当かと。どうかご理解ください」

「……呼び名がいきなりご主人様になっているのは？」

「それがメイド道にありますれば」

シャラーンという音がしてきそうなほど、ぴしっとした姿勢でレオに頭を下げるユキ。

レオはどうしたものかとしばらく顎《あご》に手を当てて考えていたが「まあいいか」と思考を放り投げることにした。実は思ったよりも変わった子だった、程度に考えておけばいいだろう。

イドラたちはレオの仲間。仲間とはレオにとっていわば家族同然。その家族の家長であるレオは、仲間《かぞく》の在り方にいつだって寛容であるべきなのだから。

「でも本当にいいのかよ大将。こんな高そうな服買ってもらっちまって。後で返せって言っても知らねえぞ？」

「気にするな。金ならある。それにここの店主は太っ腹でな。少しお話をしたら好きな服をすべて半額で持って行っていいと申し出てくれた。後で礼を言っておくといい」

言いながらレオは荷馬車の中にいる老人へと視線を向ける。それに気付いた老人はバツが悪そうに視線を逸《そ》らし、被《かぶ》っていたニット帽を深く被りこんだ。

「全部半額って……一体どんな魔術を使ったのよ」

イドラが訝《いぶか》し気な視線を向けてくる。レオは「簡単なことだ」と笑って返した。

この街には中世と同じように同業者組合――いわゆるギルドがある。ギルドというのは基本的に商人同士の利益保全のために存在していて、ギルドがある街では価格、売り方などが厳しく設定されている。そして多くの場合はギルド会員以外の商売を許可していない。

だが、この店にはギルドの許可証が掲げられていなかったばかりか、価格も安すぎた。

恐らく盗品なのだろう。仕入れに金が掛かっていないから豪華な品物を安く売れる。当然他の店よりも繁盛《はんじょう》する。だが、これでは表街の真っ当な服屋が立ちいかない。

無許可商売だけなら珍しいことではないが、価格相場まで崩されたとあってはさすがのギルドも黙ってはいないだろう。仮にレオがこのことをギルドに報告すれば、店主は厳しく裁かれることになるはずだ。商売停止だけで済めばいいが、最悪街からの永久追放もありうる。

その辺りの話をレオが披露《ひろう》すると、店主は瞬《またた》く間に顔を青ざめさせて自分から半額サービスを申し出てくれたのだ。こうして商談が成立したのである。

そもそもレオが今着ている衣服も、イドラたちより先にここへきて購入していたものだ。レオは今日限り、この店の品を半額で買い放題。店主の目尻に悔し涙が浮いていた。

「俺たちは仲間。いわば一時的な家族みたいなものだ。好きなように選べ」

「……家族、ね」

イドラがレオのその言葉に小さく呟《つぶや》きを漏らす。

「なんだ？」

「……別に。それより、本当にどれでも取っていいのね？」

「ああ、好きにしろ」

「そ。じゃあ遠慮なく」

そう言うとイドラは大量の衣服を鷲摑《わしづか》みにして、本当に遠慮なくぽいぽいと籠《かご》の中へと放り込み始めた。見ればユキも隣で無言のまま衣服の選別に加わっている。次々に衣服を籠に詰め込みまくる二人の姿を見て、店の中で店主が無言の慟哭《どうこく》を上げていた。

「鬼かよお前ら……」

「雇い主が良いって言ってるのに、何をためらう必要があるのよ。それに、共に仕事をするならそれなりに身なりを整えるのが一人前の女としての礼儀ってものでしょ」

「同感ですね。ご主人様のメイドとして、無様な姿を晒《さら》す訳にはいきません」

「よく言うぜ。少なくともイドラは自分が欲しいだけだろうが」

「否定はしないわ」

ヴァイスが白い目で二人の姿を眺める。その光景を尻目に、レオは僅《わず》かな欠伸《あくび》を嚙《か》み殺しながら指で目尻をこすっていた。

「……なんだ？　随分と眠そうだな大将。もしかして寝不足か？」

「寝不足というかな。事実、寝ていない」

「寝ていない？　もしかして昨日からずっとかよ？」

「ああ、少々情報収集をしていてな」

「……情報収集？」

そう、情報収集だ。レオは昨夜シャルマンたちを処理した後、ずっと街中を練り歩いていた。

ニールから聞き出した彼らのねぐらを漁《あさ》って金品を貰《もら》い受けるところから始まり、街の地理や、先のギルドの話のような市政システムの把握。なにより作戦を実行するに当たり、特に関係のありそうな黒狼《こくろう》と駐屯《ちゅうとん》騎士団についての情報を手当たり次第に嗅《か》ぎまわった。

金さえ渡せば、街の住人や商人はスラムの子供にだって必要以上の情報を売ってくれる。昔からよく使っていた手だ。

そうしてレオは、黒狼とこの街の騎士団について既にある程度の情報を得た。そればかりか、この街で起きている物資強奪事件の全容についてもおおよその見当がついていた。

「今から一年ほど前、この街の騎士団に有能な副団長が配属されたのは知っているな？」

昨日酒場でした話だ。ヴァイスが「ああ」と頷《うなず》く。

そしてようやく服の選別が終わったのか。大量の衣服を持ったユキを引き連れながら、イドラもまたレオたちの下へと戻り、その話の輪に加わってくる。

「閃光姫《せんこうき》でしょ？　平民からの叩《たた》き上げでありながら、その実力と数々の功績が認められて最年少でこの国最強の騎士団である聖オルド騎士団への入団を果たした、騎士見習いたちの憧れの的。閃光姫サフィアと言ったら、首都でも随分有名だそうね」

「不思議ですね。そんな麒麟児《きりんじ》がどうしてこの地の、それも副団長に？　現団長であるコレルという男は家の権力を笠に着ただけのお坊ちゃまだと聞いています。そのサフィアという方のほうが団長に相応《ふさわ》しい気もしますが」

ユキの疑問にレオが腕を組みながら答える。

「お目付役さ。コレルの父親であるシーゲル卿は首都で政治中枢にも深く関わっている有能な大貴族だそうだが、その反面、随分親馬鹿のようでな。親心としてはコレルに団長としての経験を積ませたいものの、それには本人の実力があまりに欠けている。そこで一年という期限付きで、自分が最も信頼している有能な騎士に息子のサポートを頼むことにした。それが……」

「若手の逸材として最も注目されている閃光姫サフィアだった……ってことか？」

ヴァイスの言葉にレオが頷いた。

「彼女としては面倒な話だが、世話になっている有力貴族の頼みだから断れなかったのだろう。一年という期限もあるし、致し方なしと判断して引き受けたのだろうが、とんだババを引かされたな。そこから突然、謎の物資強奪事件が連続することになるのだから」

同情するよ、などと言いながらも所詮《しょせん》は他人《ひと》ごとなのだろう。レオは肩を竦《すく》めながらあくまで愉快そうな笑みをその顔に張り付けていた。

「その物資強奪事件は結局カイゼルたちの仕業《しわざ》なのよね？」

「ああ、そうだ。その辺りも有力な情報筋《ニール》から直接確認したから間違いない。物資強奪事件には黒狼《こくろう》の連中が直接的に絡んでいる。問題は、何故《なぜ》武闘派とはいえ、ただのチンピラ集団に過ぎない黒狼が、街の騎士団相手にそんな計画を三度も成功させているのかだが……」

これに関しては至極単純。騎士団と黒狼が裏で癒着《ゆちゃく》しているからだった。

ニールの証言から確定したことだ。やはりレオの予想通りの構図だったといえる。

そもそも、三度も物資が襲われている時点で輸送計画が外部に漏れているのは明らかなのだ。ならばそれを漏らしている内通者《スパイ》がいるか、そもそも騎士団の誰かが黒狼と結託していると考えるのは当然の流れである。そう説明すると、三人は「なるほど」と納得しているようだった。

（その犯人が騎士団のトップだったというのは、少々意外だったがな）

しかし、先ほど述べた騎士団の内部事情の話で、その目的と動機にもおおよその見当がついている。レオの考えが間違っていなければコレルという人間と、そして騎士団についての下調べはこの辺りまででいいはずだ。

「気になるのは、カイゼルと半年ほど前から会っているという仮面の女の方だ。あれに関しては街でもほとんど情報が得られなかった」

こちらは黒狼《こくろう》の一員であるニールも詳しくは聞かされていないようだった。分かるのは黒狼が二度目の襲撃を成功させたあたりからカイゼルに接触してきたということと、それからも定期的に会っているということ。そして、それが大きな仕事の話であるらしいということだけだ。

ニールは物資輸送の話とは別件だと思っていたらしいが、レオはそう思わない。黒狼が物資強奪に手を染めだしたタイミングで接触してきたこと。それからも多忙なカイゼルがわざわざ時間を設けて何度も直接話し合いを続けていること。そして物資輸送の直近である昨日も、確認のように酒場で顔を合わせていたことなどを考えると――

「――二重取引臭いな」

「二重取引……ですか」

「そうだ。カイゼルはおそらく、コレルと結託している裏で別の人間とも何らかの取引を進めているのではないかと、俺はそう踏んでいる。無論、コレルには秘密にした上でな」

「あの仮面の女がその相手だってこと？　取引って一体何よ」

「そこまではさすがに分からんよ。ただ考えられる目的としては、今回の物資の目玉であるらしい大魔鉱石に関連している可能性が高いということだが……現時点ではなんともいえんな」

ニールの話ではもともとコレルとカイゼルの同盟の期限は一年。つまり、明日の物資輸送の強奪で最後だ。それが終わればカイゼルにコレルとの協定を守る義理はない。恐らくカイゼルは今回の襲撃で、積荷のすべてを奪おうとするはずだとレオは予測を立てていた。

実際、それはニールも肯定している。あのシャルマンという男は幹部という地位にありながらずいぶんと多くの情報をニールに漏らしていた。それほどニールが信用されていたのか、シャルマンの口が軽いだけなのかは分からないが、そんな男を計画の中枢に関わらせていたのはカイゼルの人選ミスであると言わざるを得ない。

おかげでレオはこうして多くの情報《カード》を手に勝負へと挑める訳なのだが。

なんにしろ、結んだ協定を破れば、当然騎士団と黒狼の間で争いが起きるだろう。コレルがそれについてどこまで織り込み済みなのかによるが、騎士団と黒狼による衝突は避けられないものと予測される。そうなれば黒狼はいよいよ危険な犯罪組織として国に追われることとなるのだろうが、そのことを承知の上で計画を実行しようとしている以上、カイゼルにはなにか今後の見通しのようなものがあるのだろう。

レオはその辺りに件《くだん》の二重取引が関係しているのかもしれないと見ていた。

とはいえ、不確定要素についてこれ以上憶測を重ねていてもしょうがない。

今は現状分かっている情報のみで話を整理していくべきだろう。

「なるほど。物資強奪事件の犯人は黒狼《こくろう》。その黒狼の首領であるカイゼルは駐屯《ちゅうとん》騎士団長のコレルと癒着《ゆちゃく》している。カイゼルは第三勢力と裏取引をしているかもしれない。それは分かった。それで、その上で大将は一体これから俺たちに何をさせたいんだ？」

ヴァイスの言葉にイドラとユキの視線が集まる。

いよいよ話の本題だ。レオは本計画の目的を口にする。

「明日の第四期物資輸送隊の荷物を俺たちが横から掻《か》っ攫《さら》う。今回も積み荷を狙っているだろう、カイゼルたちの目の前でな」

レオの言葉にイドラたちが目を見開いた。

「はあっ!?　おいおい、まじかよ！」

「……それ、本気で言ってるの？」

「かなり危険な計画ですね……」

予想通りというべきか。レオの言葉に三人は驚いている様子だ。

要するに強盗の強盗をするという話だ。それもこの街で相応の権力を有している二つの組織を相手にだというのだから、確かに正気を疑われても仕方ないのかもしれない。

しかし、レオはあくまでも大真面目だ。

「成功すれば一夜でひと財産だ。貧乏ぞろいの俺たちには夢のような話だろう？」

「……どう成功させるのよ。私たちだけで騎士団と黒狼の両方を敵に回して無事に逃げおおせられるとでも思っているの？　こちらには四人しかいないのよ？」

「完全に俺たちだけ、という訳ではないさ。それなりの戦力《なかま》は用意する。そのための計画だ」

レオは不敵な笑みを浮かべた。

既にある程度準備は進めている。今朝までの段階で街を含めた周辺の地理は把握したし、闇市を回って必要な道具類は随時購入、また発注をしておいた。明日の作戦まで間に合うか分からない物資もあるが、購入した分だけでも十分に役には立つだろう。

あとはどうレオたちが動いていくのか。重要なのはそれだけだ。

「という訳で、まずはその仲間の所へ会いに行くとするか」

「……仲間ですか？」

「ああ、そうだ。今朝聞いた話では、今日のこの時間は、スラム街の炊き出し通りに行けばその人物に会えるはずなんだが……」

「炊き出し通り……」

その言葉に心当たりがあったのか、顎《あご》に手を当てて考えていたイドラが答えに辿《たど》り着いたようにはっとする。まさかという目でレオの方を見てきた。

「あなた、その仲間ってもしかして……」

「その通り。今から皆で会いに行こうじゃないか」

この街に来てから定期的にボランティアで配給を行っていると噂《うわさ》の変わり者の彼女。

今日もスラム街で部下と炊き出しを行っているはずの——慈悲深き閃光姫様に。

昨夜のうちに見つけておいた個人経営の民宿に寄ったレオたちは、かさばった荷物を一旦部屋へ置くと、そのまますぐに宿を出た。彼らが次に向かったのは、スラム民が炊き出し通りと呼称する、スラム中心部にある少し開けた広場だ。

通りの名に冠するように、その場所には白銀の甲冑《かっちゅう》に身を包んだ十人ばかりの騎士が、長机の上にいくつもの寸胴鍋を用意して炊き出しを行っていた。配られているのは具の少ない野菜スープとライ麦パンが一個。大勢の人間に用意するためにコストが極限まで抑えられた典型的な節約メニューのようだったが、それでも多くのスラムの人間がその久方ぶりの人間らしい食事にありつこうと長い縦の列を形成している。

その最後尾に並んで、レオは炊き出しを執り行う騎士たちの姿を遠目から眺めていた。

「感心だな。騎士というのはこうやってスラムの人間にまで日常的なボランティアを執り行っているものなのか?」

だとしたら騎士団というのは随分と懐《ふところ》の広い団体なのだなと。そう感心するように呟《つぶや》くレオの傍《そば》で、けれどイドラはその答えを否定するかのように首を振っていた。

「主催者がお人好《ひとよ》しなだけよ。この定期的な炊き出しは、発案者であるサフィア・サーヴァインが赴任してきた一年前から開催されている。それ以前にはあまりなかった催《もよお》しよ」

「しかも聞いて驚け。噂《うわさ》では全部自費って話だぜ？」

「自費？　街や騎士団から公金は一切出ていないということか？」

「そう聞き及んでおります。むしろ騎士団の団長はこの催しに関して否定的な立場であると」

「……なるほどな。そこまでは調べ切れていなかった。礼を言う」

すっとユキが頭を下げる。レオはそれを横目に顎《あご》に手を当てて考えた。

上司の不興を買うと理解しながら、それでも決して安くはない大規模な炊き出しを自費で執り行う副団長。ある程度は街で聞いた評判から分かっていたことだが、どうやらサフィア・サーヴァインという人物はレオが思っていた以上に正義感の強い人間のようだ。

真面目という度すら超えた、正しい行いへのどこか妄執的な信念を感じる。

公安組織にたまにいたタイプだ。レオはすぐそこに迫っている邂逅《かいこう》への期待に胸を躍らせた。

そのタイミングを見計らったかのように、唐突に横合いから声が掛かった。

「おい、君たちで最後だ。早く受け取りに来ると良い」

いつの間にかレオたちの順番が来ていたのだろう。一人の女騎士がレードルを片手にレオたちの方を見ている。端整な顔立ちと絹糸のような金髪が目を惹《ひ》く、集団の中でも異様に存在感のある女性であった。

「やあやあ、サフィアの姐《ねえ》さん！　相変わらず美人だね！　俺の分は多めにしてくれる？」

顔見知りなのか。ヴァイスはだらしない顔で陽気に挨拶をしている。

「ヴァイスか。残念ながら量は平等だ。それより、その服はどうしたんだ。今日はいつもより随分綺麗《きれい》な服を着ているようだが……」

苦笑する女騎士はスラム民であるヴァイスがまともな服を着ていることが気になったのだろう。不思議そうな顔をして小首を傾《かし》げている。

それに答えたのはレオの隣に立っているイドラだ。

「買ったのよ。なに？　スラム民である私たちが綺麗な服を着ていたらおかしい？　どこかで盗んできたんじゃないかと、正義の副団長様はそう疑っているのかしら」

「……イドラ、そう突っかからないでくれ。少し不思議に思っただけだ」

「そう。ならいいのだけれど。副団長様は今日も偽善活動にご執心のようでなによりね」

「せめて慈善活動と言ってくれないか」

「どちらにしても私には理解できない変人の行動だわ。もらえるものはもらうけれどね」

「ああ、用意するから少し待っていなさい」

女騎士が整った顔で微笑《ほほえ》みながら器の準備をしている。

サフィア。副団長。イドラたちの口から出た単語でレオも状況を理解した。

（そうか。彼女が……）

サフィア・サーヴァイン。首都からやってきた件《くだん》の閃光姫《せんこうき》であるようだ。

レオが後ろからじっと観察していると、その視線に気づいたサフィアが声を掛けてくる。

「見ない顔だな。新入りか？　ほら、全員分用意ができたから受け取りにきなさい」

「ご主人様、私が――」

「いや、大丈夫だ。俺が代わりに受け取ろう」

前に出ようとしたユキを制して、レオがすっと歩み出る。サフィアは木の板の上に四人分の食事を用意すると、それをレオに差し出してきた。

「熱いから気をつけるといい。パンは固いから、スープに浸して柔らかくしてから食べなさい。食器類は後で騎士が回収する」

レオは礼を言って受け取る。見れば、先ほどヴァイスに「量は平等」と言いながらもなみなみと注いでくれていた。むしろかなりサービス旺盛で、表面張力に支えられた熱々の野菜スープは今にも決壊して溢《あふ》れ出てしまいそうである。

「……嬉しい配慮だが、これは少しバランス力が求められるな」

「す、すまない。私は剣は得意なんだが、こういうのはもっぱら苦手でな……よく妹からも『お姉ちゃんは不器用だ』と怒られるんだ」

恥ずかしそうに頬を染めるサフィア。既に列を捌《さば》き終わったからか、片づけに取り掛かり始める騎士たちを横目に、自然と雑談する形になった。

「先ほどイドラたちから炊き出しを自費で行っていると聞いた。いかなコスト重視のメニューとはいえ、この規模の炊き出しを定期的に開催するなら決して負担は軽くないと推察するが、副団長殿は思いのほか裕福なのかな？」

パッと見ただけでも二百人以上は集まっている通りに目を向けてレオが呟《つぶや》く。

サフィアはレオの言葉に頬を掻《か》きながら答えた。

「私は首都直轄である聖オルド騎士団の騎士だ。確かに地方の一般騎士よりは多く給金をもらっている自覚はあるが、この規模の炊き出しをしてもなお、金銭的余裕があるかというと……」

それほどでもない、と。サフィアの困ったような顔が言外に物語っている。

「それでもなお、周囲の反対を押し切ってまでこのような催《もよお》しを開くんだな」

「……性分なんだ。どうしても困っている人たちを見ると放っておけなくてな。この街に赴任している間だけでもと思い、こうして続けさせてもらっている」

サフィアの言葉に、後ろで静かに様子を見ていたイドラが鼻白んだように呟いた。

「呆《あき》れた偽善ね。そうしてこれからも救いを求める人間すべての声を拾い上げていくつもりかしら。そんなことをしても救えない人間は必ず出てくるし、一時の救いが逆にその人間にとって酷になることもある。あなたがやっていることは完全な自己満足よ」

「そんなキツイこと言ってやんなよ。その自己満足に俺らも助けられてるだろうに」

ヴァイスが自分の分の食事をレオから受け取りながら言う。

「馬鹿ね。だから言ってあげてるのよ」

ヴァイスの言葉にイドラが肩を竦《すく》めた。

「すべての人間があなたのような善人だと思わないことね。善意に善意が返ってくるとは限らない。あなたのその甘さは、いつかあなたを殺すわよ」

忠告するようにイドラが鋭い眼光を向ける。それに思わず面を食らうサフィア。

イドラはそのまま視線を切ると、レオが持っているお盆から自分の分の食事を奪って近くの壁にもたれかかる。そしてそのまま無言で食事を始めていた。

話はもう終わり、ということだろう。

存外優しい少女だ、とレオは苦笑を漏らす。

サフィアは、そんなイドラを複雑そうな表情で見つめていた。

「……今の上司にも似たようなことを言われたよ。やはり私のやっていることは、周りから見たらただの偽善に見えてしまうのだろうな」

誰に問うでもなくサフィアはそう呟《つぶや》く。

「分かってはいるんだ。私はもうすぐこの街での任期を終える。そうなれば彼らに食事を与える者はまたいなくなってしまう。それは……」

それはあるいは、イドラが言うように最初からなにも与えないこと以上に酷な行いなのかもしれない。スラム民にとっては、今まで与えられていたものを急に取り上げられる形になるのだから。最後まで責任を持てないのなら、本来は中途半端に情けを掛けるべきじゃない。それはサフィアにも分かっているのだろう。

「だが、だったらどうすればいい？　見捨てろと言うのか？　この街で常にお腹を空《す》かせて、寒空の下で震えている彼らを？」

サフィアが見つめる先の広場には様々な人間がいる。子供、女性、義足をつけた青年に、孤独な老人。皆それぞれ、様々な理由から身寄りをなくし、この場所へと落ちてきたスラム民だ。

彼らに渡されているのは具もろくに入っていない野菜スープと、固いライ麦パンだが、それでも彼らはそれが至上のごちそうだとでもいうかのように必死にありついている。

その様子を眺めるサフィアの眉が悲しみに歪《ゆが》んだ。

「できない。見捨てることなど、できはしない。それは私が志した騎士の行いではない」

「……ないはずなのに」と、サフィアは悔しそうに呟いた。

レオは顎《あご》に手を当てながら、サフィアのその心中を口にする。

「自分が求める正義の理想像と、現実が一致しないか？」

レオの言葉にサフィアが驚いたような視線を向ける。どうやら図星だったようだ。

実直であるが故《ゆえ》に現実の汚さに苦悩する。前の世界でも、こういう馬鹿がつくほど真《ま》っ直《す》ぐな人間は幾人か見てきた。彼らは例外なくレオとは敵対関係にある立場だったが、いつだってこのような曇りのない眼でレオと真っ向から対峙《たいじ》してきていたものだ。彼らは確かに相容れるとのないレオの敵ではあったが、レオはそんな彼らが決して嫌いではなかった。

きっとこのサフィアという人間も同じように気に入ることになる。そんな気がした。

「……正義とは、一体何なのだろうか」

サフィアの問い。それはきっと誰に向けた訳でもない独白のようなものだったのだろう。

しかしレオは少し考えるように視線を彷徨《さまよ》わせると、ゆっくりとその口を開いた。

「副団長殿は、お若いのに随分と答えを急ぐのだな」

「……え?」

「見るに、まだ二十代も半ばだろう。何をそんなに焦っているのか知らないが、そう生き急ぐな。己が進むべき道の地盤なんてものは、これから長い人生を歩きながら自分の足で地道に整えていくものだ。その道の先にある己の理想を語るには、副団長殿はまだ若すぎる」

レオの言葉にサフィアは目を丸くしている。明らかな年下が何を言っているのか、と思われているのかもしれないが、それならそれでいい。レオはただ忠告をするだけだ。

「ましてや正義など最初から形がないものなのだ。そんなものをいくら考えたところで、答えなど出るはずもない。悩むだけ時間の無駄だよ」

「正義は形がないもの……?」

「副団長殿が正義と思って始めた行いなら、そのまま自信を持って貫き通せばいいさ」

そうすればいつか、その正義が本当に正しかったのか、分かる時が必ずやってくる。

そう口にしたレオの言葉に、サフィアはしばらく目を見張っていた。レオの言葉を吟味するように、あるいは噛《か》み締めるように、レオの言った言葉を小さく繰り返している。

そして再びレオの瞳を真剣に見つめ、サフィアが何かを口にしようとしたその時。

「副団長。撤収準備が終わりました。そろそろ時間です」

部下から声をかけられてサフィアははっと顔を上げる。いつの間にか簡易テントや机はすべて撤去されており、あとはサフィアの出発を待つばかりとなっているようだった。

「あ、ああ、分かった。すぐに行く」

「仕事か？」

「ああ。この後、明日の仕事に関する最終確認があってな。私が同席することになっている。そのままその仕事までずっと本部に泊まり込みだよ」

物資輸送のことだろう。本番はもう明日に差し迫っている。彼女が作戦の指揮を執っているというのなら、人員や配置について色々と細かく詰めておかなければならないはずだ。

だがサフィアはすぐにはその場を動かず、レオの顔を窺《うかが》うようにちらちらと見ていた。

「どうした？　早く行かなくていいのか？」

「あ、ああ。確かにそろそろ行かないといけないんだが……えーと、君」

「なんだ？」

「名前を教えてくれないか」

なんだそんなことかと、レオはサフィアの質問に口を開いた。

「レオだ。レオ・F・ブラッド」

「……レオか。良い名前だ。ではレオ。私はここで失礼するが、縁があればまた会おう。君とはまた一度、話をしてみたいものだ」

そう言うと、サフィアは今度こそ部下たちを率いて広場から騎士団領の方へと去っていったのだった。レオはその背中を見送りながら、誰に聞かせるでもなくひとりでに呟《つぶや》く。

「すぐにまた会うことになるさ。……本当にすぐにな」

レオが振り返ると、レオたちの話が終わるのを待っていたらしい三人と目があった。

「それで、どうするの？」

いい加減待ちくたびれたのか。イドラが催促するような視線を向けてくる。

「仲間にするって言ってた割に、あの女に何も言わなかったわね。一体何を考えているのか知らないけど、仮にも同盟だというならそろそろ計画の説明くらいしたらどうかしら？」

泥船なら降りると言ったはずだと。イドラの鋭い金色瞳が言外にそう伝えてくる。

これ以上引き延ばすと本当に怒られそうだ。レオは苦笑しながら、ついにその口を開く。

「そうだな。ではその話をするために、今回の一連の構図を今一度整理しよう」

レオはイドラたちの前で指を立てながら説明する。

ここ一年、ヒューゲルラインで頻発している物資強奪事件。その犯人はこの街のスラム街を根城にしている悪党集団黒狼《こくろう》である。黒狼の首領であるカイゼルはこの街の駐屯《ちゅうとん》騎士団の団長であるコレルと癒着《ゆちゃく》していて、二人は強奪された物資を密《ひそ》かに山分けすることで互いに利益を得ている。またカイゼルは謎の別勢力と裏取引をしている可能性も浮上しているが、この辺りの詳細は現段階では不明。だが少なくとも、明日に迫った第四期物資輸送を襲撃する計画を立てていることは間違いなく、その計画の内容自体は既にレオがニールから引き出してある程度把握している。明日カイゼルは部下を率いて輸送隊を襲撃し、積み荷をすべて奪うという協定違反を犯す。コレルとの契約の終了を目前に、利益の総取りを狙うためだ。

ここまでが現状分かっている一連の構図。しかし、ここである一つの疑問が浮かぶ。

「……今回の黒狼と騎士団の裏取引、コレル側の目的はなんだと思う？」

「……え？」

レオの言葉にイドラが眉を顰《ひそ》めた。

「カイゼル側は分かる。組織を拡大するためにも大金は必要だし、ほぼデメリットなしでそれらを手に入れることができるのだから、今回の話に飛び付くのは当然だろう」

しかし、コレル側は違う。もともと貴族であるコレルが金品のためにこんな危ない橋を渡る必要があるとは思えないし、なによりいくら親が権力を持っているとは言っても既に三回、担当の街で物資が奪われてしまっているのだ。いくら取り繕おうともそれは外野から見れば庇《かば》いようもない騎士団の失態である。ならば団長であるコレルに対して、そろそろ本部から何らかの処分が下されてもおかしくはない頃合いであろう。

いくらコレルが世間知らずのお坊ちゃまといえどもそれくらいのことは理解しているはずだが、その上で四回目の凶行に及ぼうとしている理由は一体何なのか。

「そこに、今回の計画の肝がある。今回の事件はそもそも、すべてサフィア・サーヴァインという一人の人間を中心に起こっていることなんだ」

「……サフィアの姐《ねえ》さんを中心に？　そりゃ一体どういうことだ？」

未《いま》だ要領を得ない様子のヴァイスに、レオは静かにその答えを口にしていた。

「いつの時代も……有能な部下は無能な上司から疎《うと》まれるという事だよ」


レオたちと別れて広場を後にしたサフィアは、スラム街を駐屯《ちゆうとん》騎士団領の方向へと歩いて通り抜けながら、先ほどのレオとの会話について思い出していた。

「正義とは形のないもの、か」

不思議な少年だった。

サフィアよりいくつも年下の少年であるはずなのに妙に大人びていた。妹のヨナも同年代の中では突出して知的な子ではあるが、あのレオという少年のそれは完全にベクトルが違う気がする。言葉の端々に妙な含蓄を感じるというか、対面しているとまるで自分よりも遥《はる》かに人生経験を積んだ大人物《だいじんぶつ》と話しているかのような気がしてしまい、相手が年下だということも忘れ、サフィアは真面目に人生相談のようなことまでしてしまった。いくつも年下の少年を相手に正義の是非を問う副騎士団長。今思い出しても顔から火が出る思いだ。

（……見ない顔だったが、彼もスラムの住人なのだろうか）

それにしては良い瞳をしていた。スラムに住む子供の目というのは一様にどこか虚《うつ》ろで陰のあるものだが、あの少年の瞳にはまったくそれがなかった。例えるならあれは、燃えるような信念を宿した、野心を秘めし男の目だ。

折れず、揺らがず、移ろわず。首都や戦場で会った一廉《ひとかど》の人物とは、皆あのような濁りなき瞳をしていたように思う。

男《おのこ》とはかくあってほしいものだ。サフィアは剣一筋で生きてきたために恋の『こ』の字も知らないが、もし身を預けることがあるのならあのような眼をした男が良いと思う。

大望を抱く尊敬するべき男の背を守りながら共に働くことができたなら、どれだけ女として幸せであることか。そのくらいの夢を見る程度の乙女心はサフィアにだってあるのだ。

――正義とは形のないもの。

その意味はまだ良く分からない。けれど、あの言葉の中にはサフィアのずっと求めてきた正義の本質のようなものが隠されているような気がする。

自分は果たして、それを見つけることができるのだろうか?

(……明日の作戦で、その答えが見つかればいいのだがな)

せめてこの国にある正義が、自分の考える最悪の答えではありませんようにと。

貧しい人々が暮らすスラム街を横目に眺めながら、サフィアはそう祈らずにいられなかった。


その日の夜のこと。

作戦実行を明日に控え、民宿でイドラたちとの作戦内容の共有もつつがなく終えたレオは、再び寒空の下に繰り出してスラムの街中へと来ていた。

両隣にはヴァイスとユキの姿もある。薄暗い夜のスラムの路地裏は欲望にまみれた気配を持つ危なげな人間が多く徘徊《はいかい》している。だが、スラムで顔の知れている自分が隣にいれば襲われるような心配もないと、そう自ら提案してついてきたのはヴァイスの方で、ユキもまた「それがメイドだから」という理由でレオの傍《そば》に常に付き従っていた。

ちなみにイドラは既に民宿で寝ている。出てくる際に誘いはしたのだが「もう体を拭いたから外に出たくない」と一蹴《いっしゅう》されてしまった。印象通りの気分屋だ。

「それでは明日、約束の時間帯に頼むぞ。これが前報酬だ。受け取ってくれ」

レオがそう口にしながら、金の入った小袋を一人の男へと渡す。

ぼろぼろの衣服をまとったスラム民と思わしき男は袋の中身を確認すると、頷《うなず》くように頭を下げてその場からさっさと立ち去った。しっかりと小袋を握りしめながら走っていく男の背中を、レオたち一行が沈黙したまま見送る。

「本当に明日来るのかねえ。前金だけもらって逃げちまうような気もするが」

ヴァイスが頭の後ろで両手を組みながら呟《つぶや》いた。先ほどの男が約束を反故《ほご》にするのではないかと懸念《けねん》しているようだ。

そんなヴァイスの言葉にレオは「大丈夫さ」とだけ返した。

今、レオたちがしているのは単純な人手集めだ。明日はいよいよ物資横取り計画を実行する。作戦を通した上で要《かなめ》になるのはもちろんレオたち主要メンバー四人である訳なのだが、できることなら雑用面での人手は欲しい。その人材を、スラムでくすぶっている人間に金で依頼して補おうというのだ。

スラムの人間はいつだって仕事を欲している。学もなく、就業経験も浅い彼らにできることは確かに少ない。だが、身寄りもなく、ろくな働き口もない彼らだからこそ、誰よりも低賃金で、どんな危険な仕事だって引き受ける便利屋に様変わりするのだ。

レオはマフィア時代もそうして多くのスラム民を登用してきた。中にはヴァイスが言うように前金だけを持ち逃げする者もいるだろう。だが、後金欲しさに命すらも差し出してくれるスラム民はきっとそれ以上に多い。今日の夜だけで既に三十人以上に声を掛けていたが、レオはおそらくそのうちの半分は約束通り待ち合わせ場所に来るだろうと踏んでいた。

レオはヴァイスたちを伴って再び夜の街を歩き出す。

「……少し冷えるな」

肌を撫《な》でる静かなスラム街の夜風は、どこかひんやりとしている。

この国の気候はやはりというか、前の世界でいう西欧諸国のものと似ている。四季の概念はあるものの、気候は年間を通してやや冷涼。現在の季節は現実世界で言うところの九月半ばで、これから冬へと向かう緩やかな道の途中だ。その夜ともなればさすがに多少気温は下がる。月の明かりにほんのりと照らされたスラム街の通りに座る人々は、互いに身を寄せ合っていた。

(本当に歴史の資料などで見たような光景だな)

この世界はレオが当初推測していた通り、過去のヨーロッパに近い政治体系を築いている。

地方に権力が分散化していた封建世代まで遡《さかのぼ》るのかとも懸念《けねん》していたのだが——その場合かなり生活水準が下がる——思っていたよりも国によっては中央集権化が進んでいるようだ。まだこの国のように諸侯や都市ギルドなどが力を持ち、国家大権が分散化している場所もあるが、それでも徐々に国内関税は取り払われ、多くの国で遠隔貿易などの商業が活発化している。貨幣制度が国内外に浸透している証拠だ。

つまりここは、中世というより近世《ルネサンス》に近い。おおよそ魔術が存在していること以外、レオが暮らしていた前世でいうところの十四、五世紀頃の世界と考えていいだろう。

もちろん実際の現世とは違うところもある。例えばレオたちが歩く街道をぼんやりと照らす、魔法陣を浮かばせながら燃えている街灯代わりのランタンらしきものを見てみてもそれは明らかだ。どうやら魔術を応用して開発された魔道具とやらの恩恵によるものだそうだが、少なくともこの世界において、既に人々は夜の恐怖から自力で逃れることができている。

魔法で生成した水は飲料に適さない。魔道具の永久機関化は難しいなど、まだまだ数多《あまた》の課題はあるものの、魔術の力はこの世界に科学とは違う独自の発展を齎《もたら》しているようだ。

それでもまだ服飾観や一部文化の時代的な乖離《かいり》。術理という科学原理に近い知識を解明しているにしては、文明の進化が妙にチグハグな気がするなど、気になることはいくつもある。

レオの調べによれば、それには恐らくこの世界の教会組織が関係しているようなのだが――

（それはまあ、今後の調査課題といったところだな）

と、そんなことを考えていると、ふいにまた冷たい風が吹いた。

今度は少々寒く感じる。レオは自らの脇を歩くメイド服姿の少女へと視線を向けた。

「ユキ、寒くはないか。そのメイド服は若干薄手だろう」

「いえ、特に問題はありません。お心遣いありがとうございます」

ユキはそう言って澄ました顔で頭を下げるが、その肩が若干震えている。

主人の手前、やせ我慢をしているのだろう。レオは肩を竦《すく》めてその細い柔腕を引いた。

「え？」と目を丸くするユキの声を無視して自らのコートの中に招き入れる。

レオは決して大柄ではないが、着ている服のサイズはやや大きめだ。ユキの華奢《きゃしゃ》で小柄な体はレオの右半身の中にすっぽりと納まっていた。

「くだらない遠慮をするな。お前はもう俺と道を共にすると決めた仲間。いわば俺の家族のようなものなんだ。仕事の時はともかく、プライベートなら家族は家長にもっと甘えていい」

ユキの細い腰に手を回して強く引き寄せる。するとユキは白磁のような肌を途端に朱色に染め、俯《うつむ》くようにしてそのまま黙り込んでしまう。

その様子を、ヴァイスが口笛を吹きながら眺めていた。

「大胆だねえ、大将」

「大胆？　何がだ？」

家族ならこれくらい普通ではないのか。

そう思うレオだったが、その自分の価値観があくまで前世の自分の組織の中だけのものであったことをふいに思い出す。自分にとっては子や兄弟を抱くような感覚であっても、ユキやヴァイスから見れば年頃の男が若い女を口説いているように感じるのかもしれない。

習慣とは恐ろしいものだと、一人心の中で反省をした。

「ああ、すまない。特に他意はないのだがな。俺のこれは……そうだな。仲間。あるいは子や兄弟。家族に対する親愛の情のようなものだと思っておいてくれ」

レオの言葉に、腕の中でユキがゆっくりと無言で頷《うなず》く。

ヴァイスは「家族ねえ……」と、どこかその言葉を不思議そうに繰り返していた。

「あんたは時折、仲間のことをそう呼ぶよな。自分にとって仲間は家族だと」

「そうだな」

レオはヴァイスの言葉に頷きを返す。

仲間は家族。それは、レオが三人の前でも何度か口にしていた言葉だ。

おかしいのだろうなという自覚はある。血の繋《つな》がりのない他人を家族と呼ぶなど、マフィアという概念が存在するのかも分からないこの世界ではきっと異質な考えだ。現状一時の利害関係に過ぎない三人を家族と呼ぶレオの言葉は、きっと彼らにとって据わりの悪い響きとして受け取られていたのかもしれない。

しかし、仕方ない。それがレオという人間の価値観なのだ。

幼い時分、身寄りもなく、血の繋がった家族など誰一人として存在していなかった孤独なスラム暮らしをしていたからこそ、レオにとってそこで見つけた仲間というのは何にも代えがたい宝石のような存在だった。

裏切りはもちろんあった。決別した人間もいた。けれどその中で、他人であるレオの為《ため》にその命を懸けて最後まで尽くしてくれた連中もいた。そこに血の繋がりという理由や義務はない。あるのはただ、互いに互いを家族だと認め合った、言葉で説明することのできない確かな絆《きずな》。

存在を。

レオはこの世に、血の繋がりよりも強固な関係があるのだということをよく知っている。故《ゆえ》に大切に扱うのだ。他人という石ころの中に隠されている、宝石のように眩《まばゆ》い真の家族の存在を。

自分の過去を思い出し、少しだけ疼《うず》いたのはもうすっかり風化したと思っていた遠い心の古傷だ。レオはそれを懐かしみながら、もう一度記憶の奥底にそっとしまい込んでいた。

「……それが俺らだと？」

「そうだな。イドラが言っていたように、お前たち自身が船を降りるという選択をするならばそれは仕方ない。だが少なくとも、それまでお前たちは俺の家族だ。家長は家族を大切にする。イドラには建前上、俺たちは他人だと強調しておいたが、俺が勝手にそう決める分には、お前たちには何も不利益はないだろう？」

「まあ、そりゃそうだが。突然家族と言われても、俺にはなんだか馴染《なじ》みがなさ過ぎてな」

ヴァイスが鼻頭を指で掻《か》く。その腕に嵌《は》められた、鎖のぶら下がる金属の枷《かせ》を見れば、彼がこれまで送ってきた人生の過酷さが窺《うかが》い知れるというものだ。

きっと彼にとって、まだ家族という言葉は未知の塊であるに違いない。

「ならば、これから知ればいい。お前もまとめて家長として面倒を見てやる」

「……あんたも大概変わり者だな。というか、あんた記憶喪失だったんじゃねえのか？」

「そういえばそうだったな」

あっけらかんと言うレオにヴァイスが吹き出した。

腕の中でじっと大人しくしていたユキが、少しだけ身を寄せてきたような気がする。それをしっかり左腕で抱き寄せながら、レオは視線を上げた。

暗いスラムの上空に広がる夜空は、けれど見たこともない満天の銀河に彩られていた。


――そう。家族とは、レオが言っていた通り本来大切にするものだ。

時に寄り添い、時に頼りあい、時に守りあう。互いが互いを大切に思うが故《ゆえ》、その関係性を文字に表すならまさに一蓮托生《いちれんたくしょう》。偽《いつわ》りなくかけがえがないと断言できる関係だからこそ、時にその存在は当人たちの命すらも脅《おびや》かす決定的な弱点となる。

故に彼は、先手を打つ必要があると考えていた。

スラム街を抜けて表街へと入った先にある住宅街。その中に建つ一軒の小さな住宅の扉を前にして、彼は密《ひそ》かに微笑《ほほえ》む。

賃貸住宅なのか、木造でできた簡素な造りの平屋建ては、中の住人の存在を仄《ほの》めかすように灯《あか》りがともっている。その光の漏れる小さな窓を見つめ、彼はそっと扉の前で拳を伸ばした。

ノックを三回。しばらく、扉の前で待機する。

「はーい」

ほどなくして中から聞こえてきたのは、どこか幼さを感じさせる少女の声。それを聞いた彼はゆっくりと笑みを深め、僅《わず》かに声色を変えて外から声を掛ける。

「夜分遅くにすみません。駐屯《ちゆうとん》騎士団からサフィア様の使いでやってきた者なのですが――」

そして、ゆっくりとその言葉を口にしていた。

「――ヨナ・サーヴァイン様は、ご在宅でいらっしゃいますでしょうか？」

夜の帳《とばり》が下りてきた街の住宅街に、また一陣の冷たい風が吹く。

あらゆる策略と陰謀が数奇に駆け巡る、間違いなくここ一年の中で最も壮絶を極めるだろう激動にして波乱に満ちた一日。それが今まさに、幕を開けようとしていた。

三章　三つ巴の謀略戦

ヒューゲルライン第四期物資輸送。ついに、その当日の朝がきていた。

サフィアは揺れる荷馬車の中で燭台《しょくだい》の火に照らされた地図を見つめながら、前日話し合った今回の輸送計画について部下のサイモンと改めて確認し合っていた。

サイモンは首都にいた頃からの付き合いである壮年の男性騎士だ。サフィアよりずっと年上でありながらも、文句一つ言わずに若輩《じゃくはい》であるサフィアに付き従ってくれている信頼のおける部下である。今回の物資護衛の仕事にも自ら志願してくれた彼は、最近良く見るようになった眉間の皺《しわ》をいくつも真ん中に寄せながら、サフィアと共に地図を囲んでいた。

「今回の輸送計画について改めて確認する」

計画の内容は非常に単純だ。今回サフィアは本来一団となって出発する輸送隊を、偽《にせ》の積荷を運ぶ隊で三つ、本物の積荷を運ぶ隊で一つの計四つの隊に分けていた。一隊は約十台の馬車で構成されており、騎士団と国に雇われた交易商人がそれらを輸送する形だ。

というのも、ヒューゲルラインの街には十の字に分断するような大通りが走っており、それはそのまま東西南北に位置する街の四つの正門へと繋《つな》がっている。サフィアは四つに分けた輸送隊を同時に各正門から出発させることで、敵をかく乱する作戦に出たのだ。

「この作戦のメリットは大きく分けて二つだ」

まず一つは本物の積荷の行方を隠すことができること。前三期までの輸送は時間を変えたり、夜闇に紛れたりすることで敵の襲撃を防ごうとしていたが、結局どこからか情報が漏れて失敗に終わってしまっていた。

しかし今回は本物の輸送部隊がどこの正門から出発するかを誰にも伝えていなかった。それこそ決めたのも出発の直前だ。これなら仮に作戦自体が漏れていたとしても、敵は四方向に輸送隊が出発するということまでしか分からない。本物の輸送隊を隠すことができるのだ。

そうなると敵が確実に本物の輸送隊を襲うためには、敵も戦力を四つに分けなくてはならなくなる。これがメリットの二つ目である『敵戦力の分散』へと繋がるのだ。

本物の輸送隊にはこうしてサフィアが乗っている。敵の数さえ抑えることができるなら、サフィアには自らの力で輸送隊を守りきれる自信があった。実際に輸送隊が合流するのは目的地付近である首都近郊だ。国内最強と呼ばれる聖オルド騎士団が在中しているその場所までは、黒狼《こくろう》の連中も出張っては来られないだろう。

これがサフィアの考えた今回の物資輸送計画の全容だった。

無論デメリットもある。本物の輸送隊を隠すためには偽の輸送隊もしっかり偽装する必要がある。つまり、外から見ても偽物だとバレないように偽の輸送隊にも相応の護衛人数を割く必要があり、この作戦には自然と大人数の投入が必要不可欠となるのだ。

仮に敵の戦力を削《そ》いだ所で、こちらの護衛人数まで四分の一になっていたのでは意味がない。そのためサフィアは事前にコレルへと作戦内容を伝え、首都からの応援を頼めるように正式な申請をしていたのだが——

「それは直前で却下されてしまいましたからね……」

「……本当に頭が痛いよ」

結果、今回の作戦に投入された人数は三個小隊——たったの百五十名余。輸送隊一団当たりの護衛人数は僅《わず》か三十数名である。とても大魔鉱石の物資輸送に充《あ》てる人数ではない。

コレルから聞かされた時は本当に彼と首都の人事課の正気を疑ったものだ。

「黒狼《こくろう》の推定構成人数は二百名強。二個中隊を投入できれば確実だったんだがな」

「副団長の同行が許されただけマシと思うしかないでしょう。前三期はなんだかんだ理由をつけてそれすら許されなかったのですから」

その通りだ。今までの物資襲撃が三度にわたって防げなかったのも、情報が漏れていたということ以前にサフィアがそこへ直接参加できなかったというのが実際一番大きい。

有力貴族の護衛の仕事がたまたま重なっただとか、副団長にしかできない仕事があるだとか、サフィアがどれだけ進言してもなにかと理由をつけてはコレルが護衛に参加させてくれなかったのである。

しかし今回は違う。自分がいる以上は決して物資を奪わせたりなどしないと。

サフィアは改めて気合いを入れ直していた。

「今回の物資輸送は必ず成功させる。私たち騎士団の威信を取り戻すんだ」

サイモンの頷《うなず》きを確認すると、サフィアは荷台に背をもたれかける。

やれるだけのことはやったはずだ。情報の封鎖はできる限り行ったし、計画の進行自体に穴はない。既に馬車が街の正門を出てから十分ほど経《た》つ。予定通りなら、そろそろ前々回の襲撃地点である西の森に入るはずだ。

ここまできたら本当にできることはもう何もない。後は運を天に任せるのみである。

「……」

そうして一旦思考を休めると、次に自然と浮かんでくるのはやはり最愛の妹であるヨナのことであった。

結局昨日の朝からずっと家に戻れていないが、二人で暮らしている借家を出る時、わざわざ玄関まで見送りに出てくれた。まだ家事が残っているだろうに「ご飯を作って待ってるね」と言って笑顔で手を振ってくれる妹の姿に、サフィアは仕事へのやる気が一層湧いて来たものだ。

ヨナは家事などの雑事が苦手なサフィアに代わって、仕事以外の身の回りのサポートを一手に担《にな》ってくれている。本来なら学校に通っている歳だが「自分の夢は姉さんと同じ騎士になって姉さんのサポートをすることだから」といって勉強は独学で行い、こうして遠方への出張任務にまで付いてきてくれているのだから本当に頭が上がらない。それもこれも、幼い頃から姉妹二人で支え合ってきたからこその絆《きずな》の形である。

ヨナは優秀だ。戦うことしか脳がないと自分では思っているサフィアと違い、ヨナは家事も勉強も魔術も剣術もなんだって器用にこなせる。魔術の訓練はサフィアが休日の手が空いた時に付き合う程度だが、時折彼女もハッとさせられるほどの繊細なコントロールを行うし、特に剣術に関しては確実に同年代の頃のサフィアを既に凌《しの》いでいる。無論まだまだ未熟ではあるが、このまま鍛錬《たんれん》を重ねていけば一矢報いられる日も近いだろう。

あるいはいつか自分を超えるような優秀な騎士になるかもしれない。その時自分は果たして、そんなヨナに相応《ふさわ》しい居場所を用意してあげることができるのだろうかと、最近の騎士団の現状を思うとサフィアは疑問に思わずにはいられなかった。

できることなら妹の――子供の夢を壊すような事にだけはさせたくないものなのだが。

サフィアは今、馬車に揺られながらずっとある懸念を抱いていた。

(もし、もしもこの馬車が今回も襲われたら――)

――と、その時だ。

外から馬の嘶《いなな》きが聞こえると、大きく荷台を揺らして荷馬車が急停止した。

サフィアは慌てて積荷に摑《つか》まると、崩れそうになる体を支える。

「なんだ！　一体なにがあった⁉」

「副団長！　外を！」

サイモンの言葉にサフィアは「まさか」と嫌な予感が込み上げる。

そして荷台から外へ飛び出すと、その想像が最悪の形で的中してしまったことを知る。

場所は西の森の中にある、左右の切り立った崖《がけ》に囲まれた林道。荷馬車の周りを囲む三十名ほどの騎士たちは、一様に崖の上を見つめていた。

「な、なんで……」

騎士団の誰かが漏らしたそんな呟《つぶや》きを聞きながら、サフィアはぐっと奥歯を噛《か》んだ。

そう、出発した時からずっとサフィアはある懸念《けねん》を抱いていたのだ。

もしも、今回もこの馬車が襲撃されることがあったら――そしてなにより。

「なんで、敵の数があんなにいるんだよ！」

もしも分散されているはずの敵の数が、この馬車が本物であることを知っていたかのように、この場所に集中されていたなら、サフィアが考えうる最悪の事態になっている可能性がある。

何故《なぜ》ならそれは、サフィアの信じた正義の一つが死んだ事を意味するのだから。

崖の上には大勢の武器を持った人間が並んでいた。

百五十から二百はいるだろうか。明らかに一般人であるとは思えない人相の悪い連中が剣やナイフを手に、サフィアたちをニヤニヤとした目つきで見下ろしている。その中にはスラムや調査書で見た顔もある。間違いなく黒狼《こくろう》の一味だ。

そんな大勢の人間の中から、人垣を割って進み出てくる大柄な男の姿があった。

「よー。麗《うるわ》しの副団長様じゃねえか。その節はうちの人間が世話になったな」

黒狼《こくろう》の首領カイゼルだ。さらしを巻いた肌の上から直接ロングジャケットを羽織っているその姿は、恐らく彼なりの戦闘スタイルなのだろう。その背に身の丈ほどはあろうかという巨大な戦斧《せんぷ》を担ぎ、葉巻の紫煙を燻《くゆ》らせる堂々とした姿は、サフィアたちへの戦意で満ち満ちていた。

「……お前が直接姿を現したということは、もはや黒狼が実行犯であるということを隠し立てするつもりもないらしいな」

「ま、そういうことだな。どうせ分かっていたことだろ？　分かっていたのに、てめえらがなにもできなかっただけだ」

カイゼルの挑発するような言葉と嘲《あざけ》るように笑う黒狼の構成員たちに、サフィアはぎゅっと拳を握る。

そう、分かっていたことだ。黒狼が犯人であるということは誰の目にも明らかであったというのに、ついに今日まで彼らを捕まえることができなかった。そしてその理由こそが、この状況より何よりもサフィアの心を苛《さいな》むのだ。

「な、なんでこんなに黒狼の奴らが……」

周囲では騎士の動揺が広がっている。作戦通りなら、仮に襲撃があっても数が少ないはずだと聞かされていたのだから無理もない。

しかし、そんな中にも明らかな違和感があることをサフィアは敏感に感じ取っていた。

（……これだけの敵に囲まれているというのに、兵全体の動揺が不自然なまでに少ない。明らかに動揺しているのは、今回首都から応援に派遣されてきた一部の騎士たちだけだ）

もともとヒューゲルライン所属である騎士たちは特に焦っている様子がなかった。それは騎士としての経験や心構えどうこうの話ではない。いくら黒狼の相手がこれで四回目だといっても、敵に裏をかかれたこの状況でまるで焦る様子がないというのは明らかにおかしい。言葉一つ告げずに黙って丘を見上げる彼らの様子は、まるでこの事態を最初から想定していたといわんばかりだ。

それが意味することは結局のところ一つしかなく、そして何よりも。

「何故《なぜ》だ」

「……え？」

「何故なんだ、サイモン」

なによりもサフィアが悲しいのは、今戸惑うように視線を向けてきている信頼すべき部下《サイモン》もまた、異様に落ち着いている人間の中の一人だということだ。

「何故、長年騎士としてお国に勤め、職務にも忠実だった君が黒狼などに与《くみ》した」

「な、なにを言って……」

「それ以外に考えられないんだ」

今回、馬車の偽装には細心の注意を払った。物資搬入はすべてこの場にいる人間だけで行い、偽《にせ》の積み荷は見た目ではそうと分からないように幾重にも布を巻き、縄で固めて厳重な包装を施《ほどこ》した。行商や騎士団が乗り込んだのも出発直前で、誰がどの馬車に乗ったのか分からないようにマントでその身まで隠した。

ここまでの入念な偽装を行った輸送隊の本隊を敵に伝えるならば、それはもう騎士団ぐるみでサインするしかない。輸送隊待機テント近くに張り込んでいた黒狼《こくろう》の構成員に、サフィアの存在の有無を確認した騎士たちが乗り込んだその場でハンドサインを送るなどすれば、本隊を特定させることも可能だろう。いかに荷物が偽装されていたとしても、本作戦の要《かなめ》であるサフィアが乗り込んでいれば、それが高確率で物資輸送隊の本隊なのだから。

故《ゆえ》にサフィアは全員の姿をマントとローブで統一し、自分がどこに乗り込んでいるのかを分かりにくくした上で、サフィアが乗り込んでいる馬車の人員を自分ともう一人だけに限定した訳なのだが――それでもそこに裏切者が入り込んでいたなら、話は別だ。

「この馬車の荷台に直接乗りこんでいたのは私と、君だけだ。その意味は分かるな？」

サフィアの言葉にサイモンは黙り込んでしまう。サフィアの目を見つめながらどこか苦しげな表情を受かべて、その眉間に皺《しわ》を寄せていた。

「……またその皺だな」

「……え？」

「この街に赴任して、少し経《た》った頃くらいからだったか。君はよくそうやって眉間に皺を寄せて、難しい表情をすることが多くなったな」

首都にいた頃は日々激務に追われながらも「国のために働けて幸せだ」といつも誇らしそうに笑っていたのに。そんなサイモンが己の保身や私欲のためにこのような真似《まね》をするはずがない。もしこの男が仮に騎士道に背く行いをすることがあったならば、その理由はたった一つしかないと、サフィアはその心当たりを口にしていた。

「……家族か？」

「！」

サイモンの家庭は長い間ずっと子宝に恵まれなかったと聞く。そんな彼の家庭にようやく念願の娘が生まれたと聞いたのはこの街に来る数ヶ月前のこと。初めて生まれた娘がどれほど大切で、そして愛《いと》おしい存在なのか。聞いてもいないのにずっと年下のサフィアに語り聞かせるほど、サイモンは年甲斐《としがい》もなく親馬鹿になっていた。

しかし、上司は本人が思う以上に部下のことを見ている。この街に来てからめっきりサイモンがその家庭の話をしなくなっていたことにサフィアは気付いていた。サフィアはそれを「時間も経って少しは熱も落ち着いてきたのかもしれない」くらいに思っていたのだが、今思えばそれこそが始まりだったのだろう。

「……娘は、まだ一歳になったばかりなのです」

「……サイモン」

「私はあなたと同じ、武人としての実力が認められて、そのまま騎士となった口です。その騎士という皮が剝がされた学のない四十過ぎの男など、首都ではろくに働き口がない。私が今職を失えば、家族は路頭に迷うことになるんです……！」

両の拳をちぎれそうなほどに握り締め、そう悔しそうに独白するサイモン。見れば、炊き出しを共に行ったサフィアと親しかった何人かの部下もまた、同じように俯《うつむ》いている。

それを見て、サフィアは思わず自分を殴りそうになった。

どうして気付いてやれなかったのか。いくらでも気付ける場面はあったはずだ。彼が家庭の話をしなくなった時点で「どうしたんだ？　何か悩みがあるのか？」と、そう聞いてやるだけで何かが変わったかもしれない。それなのに、日々追われる黒狼《こくろう》への対応と身内への疑念に思考を奪われて、最も労《いた》わるべき大事な部下たちへのフォローが疎《おろそ》かになってしまっていた。

結果、彼らがその内に抱えていた苦しみに気付かないまま、今日ここまできてしまった。

（これのなにが副団長だ……！）

今更後悔した所でもう遅い。既に彼らは悪事に加担し、戻れない所まできてしまっている。ことが明るみになれば裁判と刑罰が待っているだろう彼らに、安易な説得が通じるはずもない。

そして恐らく事態はこれで終わりではないのだ。今のサイモンの「職を失う」という言葉の意味。そして、騎士団が組織ぐるみで黒狼と内通していたことを考えるなら、このあと必ず関わってくるはずの人物があと一人残っているのだから。

「はははははは！」

その聞き覚えのある耳障《みみざわ》りな笑い声が響いたのは、カイゼルたちのいる場所の反対側。同じように大きく切り立っている左側の断崖《だんがい》からだった。

「君には失望したぞ、サフィア副団長！」

崖《がけ》の上に立ち並ぶのは街に残してきたはずの騎士兵たち。全身を覆うプレートアーマー姿で完全装備を施《ほどこ》した騎馬隊と歩兵部隊が、崖を挟んで向き合うように対峙《たいじ》している。そんな総勢二百にも及ぼうかという隊を率いて先頭に立つのは、まさにサフィアが予想した通りの人物であった。

「コレル団長だ！」

「コレル団長が応援に来てくれたぞ！」

黒狼に囲まれた輸送隊のピンチ。そこに駆けつけるような形となったコレルたちの出現に、事情を知らない一部の騎士と商人たちが沸きたつ。

しかしコレルはそんな歓声を無視して、勝ち誇ったような顔で見下ろしてきた。

「まさか君が裏切り者だったとはなぁ。正直、今でも信じられないような気持ちだよ」

周囲に聞こえるようにわざわざ大きな声でそう言って、コレルは演説を始める。

「サイモン君が証言してくれたよ。これまで輸送隊の計画が敵に漏れていたのは、君が黒狼《こくろう》と内通していたからだってね」

「えっ!?」

コレルの言葉に事情を知らない者たちの間で動揺が広がる。

サフィアはそれを聞きながら大きく歯噛《はが》みした。

――そういう筋書きか、と。

「騎士団の中では以前から問題になっていたんだ。ここ一年の輸送計画はすべて失敗に終わっている。これは、敵に計画を漏らしている内通者がいるからなんじゃないかとね。確か、今までの輸送計画を考えていたのはすべて君だったはずよね？」

その通りだ。だが、それはコレルがすべてサフィアに計画立案を丸投げしていたからだ。思えばあの時から、この計画が始まっていたのだろう。

「だから以前から内々に調査を入れていたんだ。僕の信頼できる手の者に密偵を頼み、君の身辺を調べさせてもらった。結果、数々の証拠を手に入れることができたよ」

コレルがピラリと紙の束のようなものを手に強調してくる。恐らくその中にはコレルが用意したサフィアと黒狼の癒着《ゆちゃく》を決定づける数々の証拠が収められているのだろう。実際に黒狼と癒着していたコレルなら、いくらでも証拠のでっち上げが可能だ。

「今回に至っては、君にしか知ることのできないはずであった本隊の輸送ルートまでこうして敵に伝わってしまっている。そして昨夜、脅《おど》されていたのなら罪には問わないという司法取引を条件に、君の側近であるサイモン君もついに証言してくれたよ。従わなければ職を奪うという脅迫を盾に、黒狼との連絡役をさせられたとね」

コレルの言葉にサフィアがサイモンを横目で見ると、さっと視線が逸《そ》らされた。見れば彼の大きな両肩は、その悔しさを滲《にじ》ませるかのように僅《わず》かに上下に震えている。

最初からそういうシナリオだったという訳だ。

サフィアにすべての計画を考えさせたのも、裏で内通してその情報を黒狼に伝えていたのも、団長という本来責任を取らされる立場でありながら、度重なる護送計画の失敗に焦りを抱いている様子がなかったのも、全部がそう。すべてはサフィアにあらゆる罪を被《かぶ》せて失脚させるためであったのだ。

サフィアは自分がコレルに疎《うと》ましく思われているのは知っていた。しかし、まさかここまでのことをされるなんて思っていなかった。たかがサフィア一人を失脚させるために犯罪組織に加担し、部下たちの未来も考えずに権力を乱用するなんて。

（シーゲル卿の御子息だからと大目に見ていたが、ここまで腐った男だったとは……）

コレルの言葉に一部の人間の間で未《いま》だ動揺が広がっている。

しかし、それは騎士団側だけの話ではなかった。

「コレル……てめえ、こりゃあどういうつもりだ？」

カイゼルが怒りを孕《はら》んだ呟《つぶや》きを漏らしてコレルを強く睨《にら》んでいる。

サフィアには知る由《よし》もない話ではあるが、これはコレルとカイゼルの協定にある事態ではない。そもそも、物資をいつも通りカイゼルたちに明け渡すだけであるならば、これほどの騎士団を用意して現れる必要はないのだ。つまりこれは、カイゼルたちに対する裏切りも含まれているのだと、カイゼルはコレルがこの場所に現れた段階で気付いていた。

しかし、これはコレルからしたら当然のことである。

コレルのそもそもの目的はサフィアを失脚させることだ。そのためにコレルは黒狼《こくろう》との同盟を利用していただけなのであり、その目的が成った今、カイゼルたちにみすみす物資を渡す理由はもはやどこにもない。むしろ、いくら悪党の証言など権力でいくらでも揉《も》み消せるとはいえど、真実を知る者たちを必要以上に残しておけば後々の弊害となる可能性がある。カイゼルたちが今回の仕事を最後に物資をすべて奪うつもりだったように、コレルもまた最初から事が済めば黒狼そのものを潰《つぶ》すつもりだったのだ。

無論、裏切者として仕立て上げた、サフィア諸共《もろとも》である。

「なんのことか知らないが、気安く話しかけないでくれるかな？　下賤《げせん》なスラム民の悪党風情《ふぜい》が、貴族であるこの僕と対等にでもなったつもりかい？」

「てめえ……上等じゃねえか」

最後に騎士団を欺《あざむ》くつもりだったカイゼル。最初から黒狼を潰すつもりだったコレル。そして、罠に掛けられたサフィア。今この場所に、何本もの裏切りの糸が絡み合っていた。

無論、サフィアにそんなことなど知る由はない。しかし、自分がこの中で唯一味方のいない孤立無援の状況にあることだけは理解できる。サフィアは先ほどからずっと、この状況をどう打開すればいいのか必死に思考を巡らせていた。

しかし、無情にも時はそんなサフィアを待ってなどくれない。次の瞬間にはコレルとカイゼルの号令を皮きりに戦闘が始まってしまっていた。

「物資を奪ええええ！　騎士団の人間どもは皆殺しだぁぁ――ッ！」

「させるな！　騎士団の名のもとに、裏切り者のサフィア・サーヴァイン共々、黒狼の連中を殲滅《せんめつ》しろぉぉぉ！」

雄叫《おたけ》びをあげながら崖《がけ》を駆け降りてくる両陣営。その二つが林道でぶつかり合うと、瞬《また》く間に周囲は混沌《こんとん》の渦に叩《たた》き込まれた。

所かしこで鳴り響く剣戟《けんげき》の音。時に誰が放ったのかも分からない魔術が飛び交い、爆発音も木霊《こだま》する。総勢四百名にも及ぶ人間のぶつかり合いはまさに地獄絵図のようであった。

「死ねおらぁ！」

カイゼルの振るう戦斧《せんぷ》が地面に突き刺さると地面が割れ、衝撃で十人ほどの騎士が人形のように弾《はじ》け飛ぶ。身体能力強化の魔術を行使しているのだろう。巨大な戦斧を軽々と振るうカイゼルの顔に武器の重量を感じている様子は見られない。一振り、二振りと戦斧が軌跡を描く度に、騎士たちの命が紙きれのように消費されていく。

その圧倒的な暴威に、コレルは少々焦りを含んだ様子で叫んでいた。

「な、なにをしている！　早くそいつを取り囲め！」

「なっ……」

なにを馬鹿なことを、と思う。カイゼルのような力に任せて敵をなぎ払うパワータイプに数でものを言わせようとしても逆効果だ。それではまとめて蹴散《けち》らされて無駄に兵を消費する。それよりも、しっかり距離を取って牽制《けんせい》しながら遠距離から魔術でじわじわ削るべきだ。

そもそもこれだけの数の兵を用意しておきながら奇襲部隊も作成せず、馬鹿正直に狭い林道で真っ向から全面衝突を行っている時点で完全なる悪手である。おおよそ策と呼べるようなものではなく、これではせっかくの数の優位もまったく意味を成していない。コレルにろくな指揮能力がないのは火を見るよりも明らかであった。

本来ならそんな兵たちを指揮してすぐにでもサフィアが陣形を立て直すべきなのだが。

「副団長、お覚悟！」

「サイモン!?」

今はそんなサフィアも騎士団から狙われる立場にある。もはや状況はサフィアの手から完全に離れてしまっていた。

「やめろサイモン！　騎士の誇りを思い出せ！　あなたはそんなことをする御仁《ごじん》では――」

「今更そんな言葉で私が退くと本気でお思いか！」

サイモンの剣閃《けんせん》を自らの剣でいなしながら説得を試みるが、サイモンの覚悟を決めた叫びにサフィアは悔しそうに言葉を噤《つぐ》む。

確かにここまできてしまっては、サイモンたちの罪を庇《かば》うのは不可能だ。家族との生活を守るために裏切りを選択したサイモンにとって、もはや元の生活を取り戻すにはこの場ですべてを闇に葬り去るしかない。彼に退路がないのはサフィアにも分かっていた。

だが、だからといってどうすればいいのか。このまま迷っていても仕方ないことはサフィアにも分かっている。だが、裏切られたとはいえ、コレルに脅《おど》されただけであるサイモンや部下たちを斬ることがサフィアにはどうしてもできなかった。

このままでは騎士団の人間か、黒狼《こくろう》の一味か。いずれにしろ、どちらかの凶刃にサフィアは倒れてしまうことになるだろう。完全な八方塞がりだ。

「なにを迷ってんだ、副騎士団長さまがよぉぉ！」

その時、サフィアと向かい合うサイモンの後ろに戦斧《せんぷ》を振り上げたカイゼルが現れた。

「邪魔な人間は全部、こうして殺しちまえばいいだろぉぉぉ!?」

戦斧がサイモンの頭上へと振り下ろされる。

瞬間、サフィアは思い切りサイモンを真横へ蹴り飛ばしていた。

「ぐあ!?」

吹き飛んだサイモンの位置へ割り込んだサフィアにカイゼルの凶刃が差し迫る。

サフィアはそれを真っ向から受け止めると、刃を傾けて衝撃を右方向へとずらした。戦斧《せんぷ》は けたたましい音を立てて地面を割り、同時に力の方向を逸《そ》らされたカイゼルが僅《わず》かに体勢を崩す。

その瞬間だった。サフィアの剣が光り輝き、瞬《また》く間に魔力の気配が吹き上がったのだ。

「ガラ空きだぞ、下郎」

それは、まさに閃光《せんこう》だった。

一閃された瞬間にカイゼル諸共《もろとも》、後方にいた黒狼《こくろう》の団員数名が凄《すさ》まじい衝撃と共に吹き飛んだ。力の余波は断崖《だんがい》の一部を切り崩し、大きな音を立てて土煙を巻き上げる。

周囲から見れば、まさに刹那《せつな》の瞬間に起こった光のような出来事。煙を上げながら積み上がった崖《がけ》の残骸《ざんがい》を見上げ、一時戦闘を忘れて動きを止めていた両陣営は、その奇跡を起こした者の二つ名を思い出していた。

「……閃光姫《せんこうき》、サフィア」

概念魔術、というものがある。

本来魔術というのは、その現象をおこすための理論を理解しないと魔力で再現することはできない。術理なくして奇跡は顕現せず。故《ゆえ》に、死や時間の本質を知り得ない人間に、死者蘇生も時間操作も行うことはできないのである。

これは神より力を賜《たまわ》りし人間に課せられた、絶対不変の法則《ルール》なのだ。

しかし、時にこの法則を覆《くつがえ》す者がいる。例えば極寒の地で暮らす子供が、誰にも教わることなく魔術で巨大な氷山を創造したという話がある。子供の彼に氷の知識などないはずなのにだ。理論ではない。概念としてそれを理解した者が、時に術理を必要とせずに奇跡を顕現させてしまうこと。これを『概念魔術』と呼ぶ。

光はサフィアにとって希望の象徴であり、神への祈りだった。

幼き頃に流行《はや》り病《やまい》で両親を亡くし、妹と二人だけで生きることを余儀なくされたサフィア。妹と共に地元の修道院に預けられた彼女は、そこに併設されていた教会に毎日三度、欠かさず通い、ステンドグラスから差し込む光に向かって祈りを捧げた。

──妹を、家族を守ることのできる力が、この身に授かりますように、と。

願いが叶《かな》うと思っていた訳じゃない。何かが変わると思っていた訳でもない。

それでも、ステンドグラスから差し込む暖かな光に包まれていると、まるで亡き家族が自分を優しく包み込んでくれているような気がした。この先どれほど困難で過酷なことが待ち受けていようとも、自分が妹の光となって導いていける気がしたのだ。

光の概念魔術は、そんな祈りの生活の中で気付いたら既に授かっていたものだった。

光の質量化という解明されていない現象すら、概念的に理解し顕現させる。それを攻撃に昇華させているのが、サフィアの操る光の概念魔術の本質だ。万が一、概念として死を理解する者が現れれば、死者蘇生すら可能としてしまうかもしれないほどの奇跡の魔術理論。

国にも数えるほどしか存在していないそんな概念魔術の使い手こそが、若くして最強の聖オルド騎士団の一員に選ばれた一廉《ひとかど》の傑物。自分たちが相手にしているのは光の概念魔術の使い手、閃光姫《せんこうき》サフィアなのだと、この場にいる者たちは初めて実感していた。

「う、うぅ……」

噂《うわさ》には聞いていても、実際これほどの使い手だとは思っていなかったのだろう。コレルを含めて、騎士団の人間はすっかりサフィアの規格外の実力に動揺してしまっている。サフィアの技を目《ま》の当たりにした衝撃が徐々に引いてきた今も、まだ迂闊《うかつ》に動けないでいるようだった。

（……今なら）

今ならこの場を収めることができるかもしれない。

一抹の希望を抱いたサフィアの行動を、しかし崖上《がけうえ》にいるコレルの衝撃的な言葉が打ち崩した。

「――貴様の妹は預かっている！」

瞬間、背筋が凍る。それはまさにサフィアにとって死刑宣告に近い言葉だった。

「……な、に？」

あまりの衝撃に喉から絞り出した言葉が形を成さない。頭がコレルの言葉の意味を理解することを拒み、次に取るべき最適な行動を思い浮かべることができない。この悪意が渦巻く戦場という場に於《お》いて、愚かにもサフィアは呆然《ぼうぜん》と立ち尽くしてしまう。

それを見て己の言葉の有効性を理解したのだろう。コレルは慌てたような表情から一転。勝ち誇ったような笑みを浮かべてサフィアを見つめる。

「君は昨日からずっと家を空けていただろう。その間に、君の家に僕の部下を向かわせたんだ。君の大事な家族は今、こちらの保護下にあるはずだ」

「……ヨナに、なにをするつもりだ」

「なにもしないさ。姉が犯罪者とはいえ、その家族に罪はないからね。今頃は兵舎で、それこそお姫様のように丁重に扱われているだろうが……」

コレルは一度宙に視線を這《は》わせながら、再びちらりとサフィアへ瞳を向ける。それはサフィアがこれ以上抵抗すれば、その限りではないということなのだろう。

コレルのあまりに騎士道精神に反したやり口に、そして最愛の妹が巻き込まれたという事実に、サフィアは生まれて初めて他人への強烈な殺意を覚えた。

「貴様ぁぁぁ……！」

「ひっ……」

サフィアの体から凄《すさ》まじい魔力が溢《あふ》れ出る。そのあまりの迫力にコレルは思わず尻もちをついていたが、サフィアが手を出す様子がないことに気付くと、慌てて立ち上がって埃《ほこり》を払っていた。わざとらしく咳払《せきばら》いをして居住まいを正す。

「わ、わかったら、さっさと僕に代わってあいつらを始末するんだ。ほら、仕留めきれていないようだぞ！」

コレルが指差す方向を見れば、瓦礫《がれき》の中からカイゼルが立ち上がる様子が見えた。直前で攻撃を防いでいたのか、その体は多少の傷こそあるものの、特別大きなダメージを負っている様子はない。戦斧《せんぷ》を軽々と担ぎ直すその姿は、まだまだ戦意に満ち溢れているようだった。

「いてて……思ったよりやるじゃねえか、副団長さんよ。油断しちまったぜ」

「さあ、やれ！　やるんだ！」

コレルが叫ぶ。妹を盾にとり、サフィアに黒狼《こくろう》を倒させたその後は、傷ついたサフィアを自分たちで断罪してしまおうという魂胆なのだろう。周囲の騎士団の人間がなにも言わない所を見ると、これすら作戦として織り込み済みだという事か。

（これが……）
・・・・こんなものがサフィアとヨナが志した騎士団の本当の姿だというのだろうか。
お国に仕える騎士団が悪事に加担し、私利私欲のために権力を振りかざし、あまつさえ守るべき一般市民を人質に取る。こんなものがサフィアの信じた正義の形だったのか。
《ましてや正義など最初から形がないものなのだ》
あるいはあれは、正義など最初から存在しないという意味だったのだろうか。
仮に、今目の前にあるこんなものが、サフィアの憬《あこが》れた正義だとでもいうのなら——

「さあ、やれ！」

正義というのは、サフィアが思うよりもずっとくだらないものだったのかもしれない。

サフィアがそう歯軋《はぎし》りをして、剣の柄《つか》に手を掛けた──その瞬間だった。

「──お話の途中、失礼します」

戦場に、メイドが降り立った。

誰もがきっとその状況を理解できなかっただろう。本当に、何の比喩《ひゆ》でもなく、突然カイゼルとサフィアの間に一人の仮面をつけたメイド服の少女が音もなく降り立ったのだから。

少女は虚をつかれて動けないでいる両陣営の中心で手を交差させると、その指に挟んでいた玉のようなものを地面へと叩《たた》きつけた。

「うわぁ!?」

「な、なんだこれは！　け、煙か!?」

瞬間、爆発音のような音が鳴り響くのと同時に辺り一面が煙に包まれる。瞬《また》く間に視界が灰色に染まり、騎士団と黒狼《こくろう》の人間が混乱の中に叩きこまれた。

「ぐあ!?」

「どうした!?　一体何が──ぎゃあ!?」

するとと今度は各所から何者かに襲われているかのような悲鳴が聞こえてくる。しかしその正体を確認しようにも、こうも視界が奪われていたのではなにも分からない。

一体何が起こっているのか。サフィアがいつまでも状況を摑《つか》めないでいると、唐突に後ろから声を掛けられる。

「私たちで敵をかく乱します。サフィア様は逃走のご準備を」

「き、君は……」

サフィアに声を掛けてきたのは件《くだん》のメイド服の少女。動物を象《かたど》ったような妙な木彫りの仮面を着けていて、顔こそよく見えなかったが、声ですぐその正体が分かった。先日、スラムでレオに付き従っていたユキと呼ばれていた少女だ。その手には血のついた小刀のような物が握られており、彼女が煙の中でなにをしてきたのかを言外にサフィアに教える。

しかし、この少女にそんなことが可能なのだろうか。前に見かけた時は無言でイドラの傍《そば》をうろついていた感情の薄い人形のような子だったのに、それが今はまるで別人だ。間違ってもこんな――サフィアに気《け》取《ど》られずに背後に回れるような存在ではなかったはずなのに。

「お早く」

驚愕《きょうがく》して動こうとしないサフィアを急かすようにユキが繰り返す。

その言葉にはっとする。そうだ、今は呆《ほう》けているような状況じゃない。

「し、しかし――」

妹が人質に取られているんだ、と。

そう伝えようとしたサフィアの言葉を先回りするようにユキが呟《つぶや》く。

「妹君なら、すでにこちらで保護しています」

「な、なんだって!?　それは一体どういう――」

「説明は後です。それよりも、今は急いであちらへ」

言い残して、仮面を整え直し、再びユキが煙の中へと消えていく。その先からまたいくつもの悲鳴が聞こえてきた。

(妹を保護している……?)

妹は騎士団に連れ去られたはずではなかったのか。ユキの言葉が仮に本当だとしたら、妹は今どこにいるのか。そもそも彼女は、何故《なぜ》自分を助けるのだろう。

新たな疑問が次から次へと浮かんでくる。だが今はそのすべてに蓋《ふた》をして、思考を切り替えた。もしユキの話が真実なら、今はここを切り抜けて妹の無事を確かめる事を優先すべきだ。降って湧いたせっかくのチャンスを無駄にする訳にはいかない。そうサフィアが前を向き、ユキが示した方向へ駆け出そうとした――その時だ。

突如《とつじょ》としてその後方から、連続して凄《すさ》まじい爆発音が響いてきたのだった。


下の様子はレオたちのいる断崖《だんがい》の上からも確認できた。

ユキが地上へと降り立ち、レオが渡した煙玉を炸裂《さくれつ》させた瞬間、眼下の者たちは混乱の渦の中に叩《たた》き込まれていた。奪われた視界の中では敵味方も判別できず、手当たり次第に剣や魔術を振るっては各所で同士討ちが起こっている。レオたちがいる場所からはそんな人垣の中を縫うように移動しながら敵を襲うユキの姿が僅《わず》かながら確認できていた。

「……大したものだな」

そんなユキを眺めながらレオが呟《つぶや》く。

本来今ユキが行っている役目はイドラかヴァイスに任せるつもりだった。しかし「先陣を切る役目は是非私に。必ずや役に立ってみせます」という本人たっての希望もあったので、こうしてユキに任命することになったのだが、正直レオは驚かされていた。

完全に予想以上の働きである。

（もはや最初に会った時とは別人だな。こうなるともう疑う余地はないか）

レオは先日、酒場でシャルマンたちに絡まれた際、ユキがまったく動揺していなかったことを思い出す。街でも有名な悪党集団の人間に怒りを買いながら、それを意にも介していない様子だったか弱い少女。あの光景を見た時から、正直レオはユキに対して少々きな臭いものを感じていたのだが、どうやらその予測は正解だったらしい。

観察している限り、間違いなく何らかの戦闘訓練を受けた人間の動きだ。それもかなり高度な訓練を幼い頃から積まされているはず。そうでなければユキの年齢、体格でああはいかない。

やはりユキは最初から無害な少女の性格を装って、レオたちの前で偽《いつわ》りの仮面を被《かぶ》っていたのだろう。そこにどういう意図があったのかは分からないが、これが本来のユキの姿であるのならば、どちらにしても只者《ただもの》ではない。訳を後で聞く必要はあるにしろ、レオにとっては嬉しい誤算であった。

「あんなもの、どこで手に入れたのよ」

同じように隣で眼下を見下ろしていたイドラが聞いてくる。その隣にはヴァイス、そして金で雇ったスラムの人間も荷車を引いて二十人ほど並んでおり、その全員で黒狼《こくろう》や騎士団の混乱する様子を観察していた。ちなみに身元を隠すために全員レオが事前に闇市で購入しておいた多種多様な木彫りの面を着けている。

「闇市で買ったのさ。表街とスラムが混在するような大きな都市には、探せば色々なものを取り扱っている人間がいる。それこそ、本来日常生活では使わないような武器や火薬、薬物なんかですらも取り扱う商人《ろくでなし》どもがな」

そして金さえ払えば、子供ですらそういった危険物を簡単に手に入れることができてしまうのが、そういう街の抱えている一つの闇だ。おかげでずいぶんと散財をしてしまった。嬉しそうに札束を数えていた商人たちの笑顔が脳裏に思い起こされる。

「たとえそれを知ってても、実際に利用しようと思うかよ。なんか妙に手馴《てな》れてる感じがするというか……大将、心臓に毛が生えてんだろ」

「素直に誉《ほ》め言葉として受け取っておこうか」

レオがすっかり軽くなった袋財布を弄《もてあそ》んでいると、唐突に横合いから咆哮《ほうこう》が上がった。

「――てめえらかぁ！　あんなふざけた真似《まね》をしやがったのは！」

鼓膜に響くような強烈な怒号。見れば、カイゼルと数名の部下が同じ崖上《がけうえ》に登ってレオたちを強く睨《にら》んできていた。いつの間にか煙幕の影響の少ないこの場所まで戻ってきていたらしい。

「ひ、ひぃ……カイゼルだ……！」

スラム民がその姿に動揺を露《あら》わにする。スラムで暮らしている彼らにとって、黒狼とその首領であるカイゼルは恐怖の象徴のようなものだ。怯《おび》えてしまうのも無理はない。

「なんだぁ、てめえら。そのナリ……そっちにいるのはスラムの人間か」

仮面で誰かまでは分からなくとも、レオが引き連れているスラム民たちの貧相な服装でおおよその身分の見当がついたのだろう。カイゼルが訝《いぶか》しげに眉を顰《ひそ》める。

「スラムのゴミどもが、いったいこの俺様に対して何の真似だ……！」

怒りに声を震わせてカイゼルたちがレオに向かってにじり寄ってくる。その様子にスラム民の多くが後退《あとずさ》ったが、庇《かば》うように一人の男がレオの前に躍り出ていた。

「うちの大将に何か文句でもあんのかよ、カイゼル。喧嘩《けんか》なら俺が代わりに買ってやるぞ？」

あれほどの武勇を示していたカイゼルにまったく怯えることもなく、そう挑発を返したのはヴァイスだ。指の関節をバキバキと鳴らしながら、好戦的な様子を窺《うかが》わせている。

その根性と迫力は頼もしいものであったが、しかし一方で裏目にも出た。

「その口調と声……それに体格。てめえ、ヴァイスか」

「……あ」

「……馬鹿ね」

モロバレである。所詮《しょせん》、市販の土産物屋《みやげものや》の仮面をつけて見た目を誤魔化しているだけなのだ。見知った者に近くで観察され、あまつさえ話し掛けてしまえば正体が露呈《ろてい》するのは当たり前の話だった。レオはそのことに苦笑し、イドラは呆《あき》れたように首を振っている。

「つーことは、そっちの女はイドラだな。見ねえ間に随分小綺麗《こぎれい》な服に着替えているが……てめえら、揃《そろ》いも揃って一体何のつもりだ？」

流れでイドラの正体まで勘付かれてしまう。スラムを支配する黒狼《こくろう》にここまでのことをしたとあっては、この先この街で今まで通り暮らしていくことはできないだろう。これでイドラとヴァイスは事実上、後戻りできない形となった訳だ。

イドラが小さく舌打ちをしていたが、レオにとっては都合がいい。

これで正真正銘、レオたちは一蓮托生《いちれんたくしょう》となったのだから。

「どあっ!?」

と、その時、唐突に横合いのヴァイスが声を上げる。

見れば、何故《なぜ》か突然ヴァイスの顔につけた仮面が粉々に砕けて、空中に破片をまき散らしていた。誰になにをされた訳でもないはずなのに、よろめくように一歩後退《あとずさ》っている。

「……いったぁー？」

つうっと流れ出てくる鼻血を手の甲で受け止めながら、じろりと前を見る。すると、カイゼルの後ろから進み出てくるようにして、一人の金髪の男が現れていた。

「あれま、側近のライルさんじゃん。黒狼ナンバー2のあんたも来てたのか」

「……ガキが。あまり偉そうな口を叩《たた》くなよ」

金髪をオールバックにした細身の男——ライルがボクシングのファイトスタイルのような構えを取る。

カイゼルたち黒狼と、レオたちスラム民。互いが互いを睨《にら》むように向かい合う。

「シャルマンをやったのはやはりお前らか？」

「はあ？　いったいなんのことだ」

カイゼルの言葉に首を傾《かし》げるヴァイス。イドラがちらりと視線を向けてくる気配に気付いていたが、レオはあえて知らない振りをした。

「……まあいい。どんな狙いがあろうが、ここまでのことをやらかしてくれたんだ。覚悟はできてんだろうな？」

戦斧《せんぷ》を担いでカイゼルとライルが一歩踏み出す。ヴァイスが鼻をおさえて「ふん！」と血抜きを行い、好戦的に笑って前へ出ると、それを見ていたイドラも溜息《ためいき》をつきながらその腕組みを解こうとしていた。

まさに一触即発。全員が臨戦態勢に入ろうとするそんな中で、けれどレオが構わずに口を挟んだ。

「悪いが、今はまだお前たちと遊んでやる段階じゃないんだ」

彼らの間に割り込む形で前に出たレオ。その言葉にカイゼルが眉を吊《つ》り上げる。

「なんだと……？　誰か知らねえが、てめえから殺されてえのか、ガキ」

「血気盛んだな。仮にも犯罪組織の首領だというならもっとどっしりと構えたままえよ。あんまり吠《ほ》えると小物に見えるぞ」

「ああん!?」と声を荒らげるカイゼルの口から葉巻が零《こぼ》れ落ちる。ころころと足元に転がってきたそれをレオが失笑しながら拾い上げると、衝撃で火が消えてしまっていた。

「なに、心配しなくても決着はすぐにつけることになる。本当は目的のものを手に入れたらここで手を引く選択肢もあったのだが……思いの外、勝算がありそうなんでな」

崖下《がけした》でユキと会話している女騎士の姿を視界に収めながらレオがそう告げると、そっとその片手を上げた。

「落とせ」

レオの言葉に反応したのは金で雇ったスラム民たちだ。彼らははっとしたように頷《うなず》くと、ここまでレオが引かせてきていた荷車に積んだ木樽《きだる》を素早く地面へ下ろす。そしてそのまま樽を崖下に次々と蹴《け》り落とし始めたのだ。

「な、なんだ!?　おい、貴様ら何をしている!?」

突然崖上からゴロゴロと転がってきた大量の樽に、下で戦っていた騎士団もレオたちの存在に気付いたようだ。対面の崖上にいるコレルもレオたちに剣を向け、大きな声で叫んでいる。

しかし、多くの騎士や黒狼《こくろう》の人間はレオたちのことよりもその樽の存在——正確にはその樽が地面に叩《たた》きつけられたことによって出てきた液体に気を取られているようだった。

どこかで誰かの叫ぶ声が聞こえる。なんだこの匂いは、と。

「匂《にお》い……？」

「カイゼル、お前はその力で多くの人間を畏怖《いふ》させ、従えてきたそうだが、逆の経験はあるまい」

「ああ!?」

状況が分からないまま崖下を見つめていたカイゼルがレオの言葉に目を向け、はっとする。

レオの持っている葉巻の先が、ちりちりと煙を上げてひとりでに燃え始めたのである。

（魔術だと!?　こいつ……いや、それよりも……！）

先ほど落とされた樽の存在。崖下から聞こえてきた匂いという言葉。そして、レオが手にする火の点いた葉巻。

次々と浮かび上がるキーワードがカイゼルにある予測を導き出させる。

「てめえ……まさか！」

しかし、カイゼルがレオの狙いに気付いた時にはもう手遅れだった。

「今度はお前たちが俺の獲物だ。明日までじわじわと追い詰められる恐怖に怯《おび》え、捕食の時を待つがいい」

ぴん、とレオが火のついた葉巻を指で弾《はじ》き飛ばした。葉巻はくるくると弧を描きながら、崖《がけ》下《した》の煙の中へと消えていく。瞬間、崖下は大きな光に包まれた。

「うわぁぁぁあああああ！　火、火だぁぁぁ！」

凄《すさ》まじい勢いで辺りに広がったのは、熱風を巻き上げながら光を放つ紅蓮《ぐれん》の炎だ。

ただでさえ視界の悪い崖下の一部に上がった火の手は、地面に撒《ま》かれた油を通り道に瞬《また》く間に辺り一面へと広がっていく。人から人へ、木から木へ。その猛威を容赦なく強めていく炎は、ついにカイゼルたちにとって最悪の事態を巻き起こした。

「ボス、ぶ、物資を積んだ馬車が燃えています！」

「……っ！」

ライルの指差す先を見れば、確かに物資を積んだ馬車に火が燃え移っている。事態に気付いた一部の騎士や商人が魔術で消火に取り掛かっているようだったが、混乱の只中《ただなか》ということもあってあまり上手くいっていない様子だ。

「ほら、どうした？　早く行かないと物資がすべて燃えてしまうぞ」

焦るカイゼルに対してレオが薄く笑みを浮かべる。カイゼルは静かに歯軋《はぎし》りをした。

「てめえ……最初からこれが狙いで……！」

「いいのか？　あの中に目的のものがあるのだろう？　早く消火に協力してやらないと、それも炭になってしまうぞ？」

「なっ……て、てめえ……」

それも知っているのか、とカイゼルが怒りで顔を歪《ゆが》める。ここにきてようやくレオが何者なのか気になっている様子だったが、今はそれどころではないと判断したのだろう。毒づくように舌打ちをすると、その背に戦斧《せんぷ》を収めていた。

「クソガキが……必ず見つけ出して殺してやるからな」

殺意を込めるようにそう言い残すと、部下を率いて崖を一気に駆け下りていった。

「……楽しみにしている」

それを見送って小さく呟《つぶや》くレオ。その隣で共に崖下を見下ろしながら、ヴァイスが壮観とばかりに額に手を翳《かざ》している。

「おーおー、良く燃えてんねー。結構な量の食料や金品が積んであったろうに、もったいねえ」

崖下では何台もの荷台が大きな火を上げて燃え盛っていた。あれでは仮に消火が間に合ったところで積荷のほとんどは価値のないものになってしまうだろう。ヴァイスが言うように、勿《もっ》体《たい》ないと言えば確かに勿体ない。

しかし、レオは至って平静な態度で眼下の炎を眺めていた。

「まあいいさ。こちらはもっと金になるものを既に確保しているのだからな」

レオは崖下《がけした》に向けている視線をちらりと横にずらす。

多くの者が煙と炎に巻かれて混乱に陥っている中、離れた場所から冷静にこちらを見上げているメイド服姿の少女と目が合う。彼女はレオに向けて両手を上げると、そのまま指の先をくっつけて腕で大きな○を描いていた。

——作戦完了の合図だ。

「一旦退くぞ。敵が混乱に陥っている間に街まで戻り、約束の場所で落ち合う」

「街に……ね。まあ、予定通りだけれど、黒狼《こくろう》と騎士団をまとめて敵に回したこの状況でわざわざ街に戻るということは、つまりそういうことなのよね？」

急いで撤退の支度《したく》を始めるレオの背中に、イドラが疑問を投げかけてくる。

レオは荷物の入った鞄《かばん》を肩にかけると、振り返りながら口元をつりあげた。

「もちろん、今回の『戦利品』を回収しに行くのだよ」

その不敵な笑みは、すべてがレオの計画通りに進んでいることを意味していた。


木を隠すなら森の中、という言葉がある。

物を隠すのであれば同種の物の群がりの中に紛れさせるのが最適だ、ということを意味する有名な格言であるが、だからといってこれを人で実行しようと思うものはそういない。ましてや街の治安組織と犯罪組織の双方に追われている人間が、平然と街にある大衆酒場の二階で食事に興じているなど一体誰に想像できるというのだろうか。

時折外を騎士団の人間が駆け回っている様子が窺《うかが》えるが、逆を言えばそれだけだ。恐らく未《いま》だに西の森周辺を手当たり次第に探っていて、騎士団も黒狼も街にはそれほどの人員を回していないのだろう。まさかこの状況で街にいるはずがないと、そう思い込んでいるのだ。

そう考えると、あの格言の本質とは結局「人間の認識の外を衝《つ》け」という所にあるのだろうと。レオは葡萄酒《ぶどうしゅ》の味と香りを楽しみながらそんなことを思っていた。

現在、この場には五人の人間が座っている。

酒の入った水差しを抱え、レオの後ろに控えるようにして立っているユキ。レオの座る場所の対角の席にエールを呷《あお》っているヴァイスと、無言で蜂蜜酒を口にしているイドラがそれぞれ座っている。そしてレオの対面の席に、さらにもう一人。

「飲まないのか？」

レオはマグを置きながら自らの前方へと目を向ける。

そこには今回の戦利品――サフィア・サーヴァインが出された酒にも手をつけず、難しい顔をして座っていた。

あまりに人目のつく場所で落ち着かないのだろう。目立つ騎士の鎧《よろい》を外し、その身をフードで覆い隠した今も、活気づく店内の様子を不安そうに見回している。

「心配するな。奴らはまだ森周辺を捜索しているはずだ。街はしばらく安全だろう」

念のために金で雇ったスラム民の見張りも外に置いているし、万が一の際の逃走経路の準備も万全だ。そこまでレオが説明すると、ようやくサフィアは肩の力を抜いたようで、静かに息を吸って、レオの方へとその視線を向けてきた。

「妹は今どこにいる」

いきなり本題だ。よほど妹のことが心配なのだろう。レオを見つめてくるその目には「妹に何かあればタダでは済まさない」という怒りの感情が宿っていた。

「安心しろ。敵の手の及ばぬ安全な場所で保護している」

「会わせてくれ」

「それはできない」

「何故《なぜ》だ！」

サフィアが机を両手で叩《たた》いて立ち上がる。

その声に店内の視線が集まりサフィアははっとするが、酒場ではただの喧嘩《けんか》程度は珍しくもないのだろう。すぐに店内の客たちは興味をなくしたように各々《おのおの》の酒盛りへと戻っていた。

サフィアはほっと息をつく。

「座りたまえ。妹は俺の手の者が丁重に保護している。手荒な真似《まね》は何もしていないさ」

レオはそう言ってサフィアを宥《なだ》めた。

レオは事前の調査でサフィアの最大のアキレス腱《けん》が妹であることに気付き、コレルが動くよりも早くヨナの保護に向かった。サフィアは昨日、レオたちと別れるときに「作戦終了まで家には戻らない」と言っていた。故《ゆえ》にレオは街でサフィアたちの住んでいる借家の場所を調べ、昨夜の段階で街に向かい、サフィアの同僚を装うことでヨナの身柄を確保したのだ。

ヨナには今回の事情を「サフィアを陥《おとしい》れるために君を狙っている者がいる」とだけ説明し、姉が戻るまで安全な場所へ匿《かくま》うという名目のもと、スラム民たちと一緒に街の一角に身を隠してもらっている。今頃は騎士団の人間に扮《ふん》したスラム民に丁重にもてなされているはずだ。

そこまで説明して、ようやくサフィアは一旦の落ち着きを得たようだった。

「……助けてくれたことには感謝している」

しかし、彼女にとって妹がどこの誰とも知れない人間と共にいる事実は変わらない、サフィアは席につきながら、改めてレオたちに厳しい視線を向けてきた。

「しかし、私は君たちを信用することができない。早く妹と会わせて欲しい」

「感謝していると言いながら随分な言いようだな。炊き出し場で再会を誓いあった仲だというのに、こうして再び会えたことをもっと喜んではくれないのか？」

「喜んださ！　君たちがあんなことさえしていなければ！」

言いながら再びサフィアが声に怒りを滲《にじ》ませる。

彼女が言う『あんなこと』とはなんだろうと顎《あご》に手を当て、すぐに答えへ行き着いた。

「……ああ、林道に火を放ったことか？」

「それ以外になにがある……！　あの場には私の部下もいたんだぞ……!?」

「元部下、でしょう。まんまと裏切られていたじゃない」

「それは……そうだが」

「自分に剣を向けてきた相手を心配するだなんて、副騎士団長さまの慈愛の心には頭が下がるわね。あなた、騎士より神職の方が合っているんじゃない？　いっそ転職してみたら？」

お前に騎士は向いていない、と。イドラの言外の皮肉にサフィアは沈黙していた。

ヴァイスが隣で「性格悪りぃ女」と呟《つぶや》きながらマグを呷《あお》る。

「……彼らは、理由があったんだ。恐らく団長のコレルに脅《おど》されていて……」

「理由があれば悪事に加担してもいいと？　その理屈だと、大抵の犯罪を正当化してしまうことになるが」

「そ、そういう訳では……」

「君は戦場でもそうして迷っていたようだが……」

レオがまた葡萄酒《ぶどうしゅ》を口にして空になったマグを机に置く。するとユキがすかさず水差しからおかわりを注いでいた。

「彼らは君を裏切り、犯罪組織に加担した。それは君にとって明確な『悪』であるはずだ。ならばその悪を裁くのが、君が目指した正義の騎士団の仕事だったのではないか？」

「わ、分かっている……」

「今日君が斬らなかった悪は、明日誰かを不幸にするぞ。それは見知らぬ誰かかもしれない。もしかしたら、君の大事な妹であるかもしれない」

「分かっている……！」

「なまじ正義などというあやふやなものに拘《こだわ》るから目が曇る。この世は黒と白というように分かりやすく色分けなどされていない。いつまでも正義と悪の線引きに悩んでいると、いつか君は大事な物を見落と――」

「分かってる!!」

サフィアが叫びながらレオの言葉を遮る。

ぐっと握った拳に力を入れて、小さく肩を震わせていた。

「私だって……分かっているんだ……」

絞り出すような声で呟くサフィアを見つめながら、レオは小さく肩を竦《すく》めた。

どうやらまだ悩みの只中《ただなか》のようだ。これ以上この話題で彼女の心をつついても、無駄に苦悩させてしまうだけだろう。ならば今は、先に話の本題に入ってしまった方がいい。

ユキが注いだ酒を一口味わうと、レオはそのマグをことりと机に置いた。

「本題に入ろう。俺たちが何故《なぜ》、危険を冒してまで君を助けたのか。一体これからなにをさせるつもりなのか。気になっているだろうことを説明させてもらう」

レオは単刀直入に切り出した。

「俺たちはこれから、黒狼《こくろう》と騎士団を両方潰《つぶ》して蓄えのすべてをもらいうけるつもりでいる。サフィア、君には妹の無事を保証する代わりに、その手伝いをしてもらいたい」

「なっ……!?」

レオの言葉にサフィアが驚きの声を上げる。その様子を他の三人は黙ったまま見つめていた。

「ふざけないでくれ！　何故《なぜ》私がそんな犯罪の片棒を担がなければならないんだ！」

当然のことながらサフィアが声を上げて拒絶の意思を示してくる。

だが無論、そんなことはレオも織り込み済みだ。

「君や俺たちにもはや選択肢はないはずだ。この場にいる全員は騎士団と黒狼の両方から追われている身。平穏な生活を取り戻すには彼らを打倒するしかない。特にサフィア、君はコレルに手を回されたら首都に戻ることもできないだろう。それとも幼い妹に逃亡生活を強いるか？」

レオの言葉にサフィアはぐっと言葉を噤《つぐ》む。

レオの言葉が正しいことを誰よりも彼女が理解しているからだ。

「あの手の男はお前が思うよりもずっと執念深い。どれだけ遠くに逃げても必ず追手がかかる。なにより、金も身寄りもない人間が見知らぬ土地に移ってすぐに生計を立てられると本気で思っているほど、世の中を甘く見ている訳じゃないだろう」

「……だとしても、こんな人数で騎士団と黒狼の両方を相手にできると思っているのか？　先ほどの戦いで数が減っているかもしれないとはいえ、相手は何百人もいるんだぞ」

「無論、俺たちだけじゃない。こちらもそれ相応の数を用意する」

「そんな戦力がどこにいる。もしかしてスラムの人間か？　戦《いくさ》の経験もないスラム民が戦力になると本気で思っているなら――」

「そうじゃない」とレオは机の上で手を組み、そこに顎《あご》を置いて呟《つぶや》いた。

「騎士団を使う。彼らとの間に交渉の席を設け『協力してくれ』とお願いする。そうやって一時的にで構わないから、こちら側の戦力に引き込むんだ」

レオの提案した作戦に「なっ」とサファイアが目を丸くした。

「で、できるわけがないだろう！　お尋ね者の私たちがそんなことを言っても捕まって処刑されるだけだ！」

「だから交渉するのさ。人は会話ができる生き物だろう？」

「聞くはずがない！　騎士団はほぼ全員コレル団長の言いなりなんだ。そもそもあのスラム嫌いの団長が、君たち《スラム民》との交渉の席につくはずがないだろう！」

「つくさ。なにしろこちらには――大魔鉱石があるのだから」

レオの言葉にピタリとサファイアの動きが止まる。

レオはそのサファイアの瞳をじっと見つめた。鋭くも美しい青色の瞳。そこに浮かぶ驚きの感情の中に、確かな動揺の色があるのをレオは見逃さなかった。

それで確信する。自分の考えが正しかったのだということを。

「今回の君の任務は物資を守ること。その中でもとりわけ大魔鉱石を死守することにある。そのために君は厳重な情報封鎖まで行って今回の作戦を立てた訳だが」

それはつまり、そこまでのことをしなければいけないほど内通者——裏切り者の存在を最初から警戒していたということだ。

「周りの人間がすべて裏切り者かもしれない。しかし、大魔鉱石だけは絶対に守らなければならない。じゃあイドラ、そんな状況でお前なら大魔鉱石をどこに配置する？」

レオはあえて視線を横に移し、隣で腕を組んだまま話を聞いているイドラに問いを投げかけてみる。イドラは面倒臭そうに溜息《ためいき》をつきながらも、その内容を繋《つな》ぐように口を開いた。

「……私なら最も信頼のおける人間に預ける。つまり——自分自身で隠し持っておくわ」

「その通り。それが現状考えうるもっとも安全なやり口だ」

大魔鉱石が巨大な岩石というならともかく、実際は拳大ほどの大きさだと聞いている。ならば最初からそれを自分の懐《ふところ》に隠しておけばいい。そうすれば荷馬車が襲われても、最悪自分一人が逃げることで大魔鉱石だけは守り切ることができる。

そして閃光姫《せんこうき》サフィアにとっては、たとえ大勢に囲まれてもその場から逃げるだけならば決して難しいことではないのだ。

「あるのだろう？　その服の下に、大魔鉱石が」

レオの言葉に、サフィアは懐を隠すようにマントを引き上げた。

しかし、それこそが何よりの肯定の証《あかし》だ。

「大魔鉱石があるならばコレルは必ず交渉の席に着く。そして交渉の場さえ作ることができれば、俺が必ずコレルにイエスと言わせてみせる。あとは騎士団と俺たち。そして閃光姫サフィアの力さえ合わせることができれば」

必ず黒狼《こくろう》と騎士団――そのどちらも最終的に打倒することができるだろう。

それが今回の事件の構図を予測していた時から――そして、あの林道でサフィアの力を目にした時からレオが思い描いていた、勝利への未来予想図だった。

そうレオが説明を終えると、しんと場が静まり返る。

サフィアが驚くような顔でレオを見つめている。レオの背後では何故《なぜ》かユキも頰に手を当てて恍惚《こうこつ》とした表情を浮かべている。熱でもあるのだろう。

「選択しろサフィア。これは取引だ。悪を斬るために俺《悪》の話に乗るのか、それとも断るのか」

断るならサフィアは妹と孤立無援で逃亡生活を続けることになる。下手をすれば国から指名手配をされ、一生誤解を解けぬまま犯罪者として隠れて暮らすことになるだろう。

しかし、話に乗るならレオたちという仲間の協力を得て戦うことができる。レオのやろうとしている半ば強盗紛《まが》いの行為に加担するような形にはなるが、それにさえ目をつぶれば騎士団と黒狼《こくろう》の結託の証拠を摑《つか》んで自分の無実を晴らすこともできるかもしれない。それはサフィアにとってなにより大切な妹との平穏な生活が取り戻せることを意味している。そして――

「部下の不始末の尻拭いをしてやれるのは、上司である君だけだ。もとより彼らを置いて逃げるつもりなどないのではないか？」

「――！」

「君にとっての正義が何かは分からなくとも、すべてを投げ出して逃げることが君の目指した理想の姿であるはずがない。君と、部下と、妹のことを考えるならば、君の選択はもう決まっているはずだ」

レオはすっと手を差し出した。

「己が成すべきことのために、悪を許容しろ。もう君は、綺麗事《きれいごと》だけではなにも救えない事を知っているはずだ」

サフィアはレオの手を見つめ、しばらく口を開かなかった。

一分。あるいは五分経《た》ったかもしれない。その間も決して手を動かさずにレオはサフィアを見つめ続けていた。その視線と、言葉の隙のなさに――とうとうサフィアが折れた。

「……分かった。協力しよう」

苦渋の決断だったのだろう。項垂《うなだ》れるようにして手を取ってくるサフィアに、レオは口角を吊《つ》り上げる。これで、すべての欠片《ピース》が出揃《でそろ》った。

「しかし、私に部下を斬ることはできないぞ。私が相手をするのはあくまで団長か、黒狼の人間だけだ」

「十分だ。もとより騎士団は最終的にこちらで相手をするつもりだからな」

手を離しながら念を押してくるサフィアに、レオがそう答える。そんな二人の様子を見ていたイドラが横から口を挟んだ。

「で、その騎士団を一体どうやってこちら側に引き込むつもりなのかしら？　そもそも、話し合いの場を作ることすら至難の業に思えるのだけど」

「ああ、そうだな。ではそろそろ向かうか」

イドラの言葉にレオが残りの酒を飲み干してから立ち上がる。

「あん？　向かうって、一体どこに行くんだよ大将」

「決まってるだろう？」

突然立ち上がったレオに疑問の表情を浮かべている一向。そんな彼らにレオは告げた。

まるでこれから散歩にでも向かうというかのような軽さで、驚くべきその目的地を。

「駐屯《ちゅうとん》騎士団の本部だよ」

ヒューゲルライン駐屯《ちゆうとん》騎士団領、騎士団本部。

騎士兵舎と訓練場、本部が塀《へい》に囲われる形で並び建つその場所で、普段からコレルが詰めているのは本部の一階にある団長室と書かれた絢爛豪華《けんらんごうか》な一室だ。これみよがしに並べてある表彰状や勲章。無駄に煌《きら》びやかな装飾品に彩られた室内はすべて部屋の主であるコレルの趣味だ。一般兵士の給料数年分はある特注品の机と椅子にその身を置き、多くの書類に囲まれながら、コレルは今まさに部下からの報告を受けている所だった。

「見つかりませんで済むかぁ！」

怒りに任せて机を両手で叩《たた》くと報告した部下――サイモンがその身を竦《すく》ませる。

ふうふうと鼻息荒くサイモンを睨《にら》みながら、コレルは「くそ！」と毒づいて荒々しく席に着いた。そのまま机に肘を置いて頭を抱える。

（……まずいまずいまずいまずいまずいまずいまずい――！）

コレルは今、非常に焦っていた。

途中まではすべてうまくいっていた。予定通りサフィアにすべての罪を被《かぶ》せ、黒狼《こくろう》の裏を掻《か》き、自分がその手柄と勝利を一人占めするはずだった。事実、あと一歩のところまでそれは成っていたのだ。

それが一転、窮地《きゆうち》に追い込まれている。どうしてこんなことになってしまったのか。

（これもすべてあの女のせいだ……！）

コレルはその脳裏にサフィアの姿を思い浮かべる。

コレルは首都にいる頃から彼女が嫌いだった。

自分が最も嫌う平民出の女。ロクな血筋も権力も持ち合わせていない癖に、貴族である自分よりも周囲から評価され、最年少で栄誉ある聖オルド騎士団の騎士となり、あまつさえ尊敬する父から一定の信頼を勝ち得ている。

貴族の男児である自分が、平民の女に負けている。そのことが、コレルの無駄に高いプライドをずっと傷つけ続けていたのだ。

平民の、それも女風情《ふぜい》が、歴史あるシーゲル家の正当な嫡男《ちゃくなん》である自分よりも優秀であるなどと、そんなことあっていいはずがない。女など、優秀な人間の遺伝子を後世に残すための生殖装置として黙って男の言うことを聞いていればいいのだ――と。

もはや妄執とすら言っても良いほどの男尊女卑思考に、差別主義。コレルはそんな典型的な選民思想に凝《こ》り固まった排他的理想主義者だ。そんなコレルが、自分とは何もかもまったく逆の存在であるサフィアを忌み嫌うのは当然の帰結であるといえた。

いつか必ず陥《おとしい》れてやる。そんな逆恨みにも近い歪《ゆが》んだ感情を抱えて、コレルは日頃からずっとチャンスを窺《うかが》っていたのである。

そんな時だ。父が命じてきた、コレルとサフィアのヒューゲルラインへの赴任。そしてこの街にはびこる犯罪組織黒狼に関する調査報告書と、物資輸送の計画表を見て――この悪魔の計画を思いついたのは。

そうだ。いっそサフィアを犯罪者に仕立て上げてしまえばいい。

輸送計画をすべてサフィアに考えさせ、裏でその情報を自分が黒狼《こくろう》に流す。そうして度重なっていく物資護送任務の失敗に議会は次第にその眉を吊《つ》り上げていき、最終的には騎士団の責任問題に発展するだろう。当然その責任は団長であるコレルにも及ぶだろうが問題はない。サフィアを裏切り者の内通者として仕立て上げ、その責任のすべてを押し付けてしまえばいい。なにせ輸送計画をすべて立案していたのは他の誰でもないサフィアなのだ。計画の全容を知る彼女こそが情報を流していた内通者だったと知れば誰もが納得する。後々裁判で必要になる証拠も、犯人であるコレルならいくらでも用意することができる。

犯罪者として仕立て上げることができればサフィアの現在の評価など関係ない。騎士だろうが、宰相だろうが、王族だろうが例外なく裁判にかけて処断することができる。それが平和を愛し、民を守る――この世の絶対基準である『正義』の姿なのだから。

正義は悪を許さない。たとえそれが、他人によって作られた仮初《かりそめ》の悪であろうとも。

――完璧だ、と。あの閃光姫《せんこうき》サフィアを奈落の底へと叩《たた》き落とす、唯一の計画に思えた。

実際それは上手く行っていたのだ。もう少しでサフィアを捕らえ、黒狼を殲滅《せんめつ》し、すべての計画は完了するはずだった。それがまさか――逃げられるなんて。

謎の第三勢力の介入。それによって混乱に陥った騎士団は、まんまとサフィアの姿を見失ってしまっていた。

　それだけではない。大魔鉱石まで見つからない。どちらも騎士団に必死に捜索させているが、未《いま》だに目立った成果は上がってこない。どうやら黒狼の方でも捜索隊を結成しているらしく、あの場が一旦休戦となった今も、森周辺や街のあちこちで騎士団との小競り合いが頻発しているらしい。そのせいで騎士団側の捜索が思うように進んでいないのも、成果が上がらない理由の一端を担《にな》っているようだった。

「くそ！　あの犯罪者どもめ！　だから下賤《げせん》な血の流れる人間は嫌いなんだ！」

　毒づいても仕方ないと分かっていながら、罵《ののし》る言葉が止まらない。

　それも仕方ない。状況は最悪だ。このままでは恐らくコレルの首が飛ぶことになる。

　三回目までの任務失敗の責はサフィアに押し付けられるが、それも本人がいればの話だ。責任を押し付けるべき犯人役に逃げられたら意味がないし、身内に内通者を生んだということでコレルに新たな責任問題が生まれる。任務連続失敗の責も、内通者を生んだという失態も、その犯人であるサフィアをコレル自身が捕らえて初めて帳消しとなるのである。

　ましてや大魔鉱石が失われればそれは完全に今回の大捕り物を指揮したコレルの責任だ。言い逃れる術《すべ》はない。大魔鉱石の発見と犯人の捕縛。もはやこれはコレルが生き残るために達成しなくてはならない絶対条件なのである。

「やはり首都に連絡しましょう。あの戦場で多くの兵が戦闘不能となり、このままでは捜索するにしろ、戦うにしろ、人員の絶対数が足りません。すぐにでも応援を手配するべきです」

「できる訳ないだろう!? 父上になんと説明すればいいのだ!」

コレルはサイモンの意見を一蹴《いっしゅう》する。

ただでさえ今回の輸送隊をできるだけ自分の手の者で固めるために「作戦は完璧だから人員派遣は最小限で問題ない」と本部に大見得を切っているのだ。それを今更「任務に失敗したので手を貸して下さい」などと言えるはずがない。そもそもそれを知られた時点でコレルは終わりだ。ここから挽回《ばんかい》するには、本部に知られる前にすべての事態を収束させるしかない。

しかし一向に成果が上がらない。もはやコレルにはどうすればいいのか分からず、こうしてその苛立《いらだ》ちを部下にぶつけることしかできないでいた。

そんなコレルの理不尽な言葉にぐっと拳を握って耐えるサイモン。彼は何か考えるように顎《あご》に手を当てると、意を決して顔を上げていた。

「あの、団長。これは可能性の話なのですが、もしかして大魔鉱石は――」

しかし、そんな時だった。

サイモンが言葉を紡ぐよりも早く、彼らの下へついに吉報が舞い込んできたのだ。

「団長! 大変です!」

「な、なんだ! 何かあったのか! すぐに報告しろ!」

突然部屋に駆けこんできた部下の無礼も忘れ、コレルが立ち上がる。

何か進展があったのか。まさかサフィアか大魔鉱石、そのどちらかを見つけたのか。成果を期待するコレルに部下が報告したのは、しかしそんなコレルの予想を遥《はる》かに超えた驚くべき内容だった。

――サフィア・サーヴァイン、来訪。

突如《とつじょ》としてコレルの下に飛び込んできたのはそんな耳を疑うような不可解な報告だった。

コレルが部下に案内されてやってきたのは本部のとある一室。そこは団長室からほど近い場所にある、外部来客用に用意された応接室だ。

正方形に配置された四つの簡素な革張りのソファーと、それに囲まれる無機質な机以外には食器棚と観葉植物くらいしか置かれていない。コレルが使っている団長室の目を奪われるような煌《きら》びやかさとは比べるべくもない至って普通の部屋だ。そんな普段滅多に使われることのない室内は――しかし、今多くの人間によって緊張の只中《ただなか》にあった。

ソファーを囲むように抜き身の刀を構えて並んでいる甲冑《かっちゅう》姿の騎士たち。その中心には熱い紅茶の入った陶器を傾けるコレルと、それに向き合う数人の人間の姿がある。コレルは湯気の立ち上る陶器を机に置くと、対面の客人へと目を向けた。

（……一体どういうつもりなんだ）

驚くべきことに、そこには部下からの報告通り、サフィアの姿があった。

彼女はコレルの対面のソファーに腰掛けながら、出された紅茶にも手をつけず、周囲の剣を向けてくる騎士たちを見て緊張した面持ちを浮かべている。

狙っていた獲物が、何故《なぜ》か自分の方からコレルの張った網の中へと飛び込んできた。

本来なら喜ぶべきこの状況。けれどコレルは、ここにきて警戒心をむき出しにしていた。

明らかにおかしい。心の中にある警笛が音を鳴らして何かをコレルに知らせている。

無論、最初は喜んだ。探し求めていた獲物が向こうの方から現れてくれたのだ。あわよくばこれで大魔鉱石の所在も分かるかもしれないと密《ひそ》かに心が躍った。

だが、いざこうして本人と向かい合い、腰を落ち着けてみると、その気分に水を差すかのように徐々に疑念が鎌首《かまくび》をもたげてくる。これは本当に、ただ喜ぶべき場面なのだろうかと。

（……そもそも、何故ここに来た？）

ここへ来れば捕まることは分かりきっているはずだ。どんな弁明をしたところでサフィアの味方をする人間は一人もいない。物資強奪事件の黒幕という汚名を着せられたまま裁判に掛けられれば、最悪処刑される可能性もある。それはサフィア自身も分かっているはずだ。

その上でこの場所にのうのうと戻ってきた、その理由は一体なんなのか。

（妙な奴らを何人か引き連れてきているしな……）

コレルは視線をサフィアの横に向けた。

この場には、サフィアの他にも数人の見慣れない人間の姿がある。現在コレルの対面でサフィアと並んで座っているフードを深く被《かぶ》った少年と、その後ろに立っている柄の悪そうな少年一人と少女が二人。その中の一人は何故かメイド服を身に纏《まと》っている。

全員、数刻前に戦場で見た姿だ。確か目の前のフードの少年は崖上《がけうえ》でスラム民らしき人間を二十人ほど引き連れていた。あの時は全員仮面をつけていたが、今はもう外している。

サフィアの仲間だろうか？　だとしたらあの炎上は、もしかしてサフィア自身の指示？　ならその狙いは？　ここに来たのは一体何が目的なのか？

深まる疑念。答えの見えない詰問《きつもん》に、ますますコレルの中で猜疑心《さいぎしん》が大きくなってくる。

自分はこの場でまずどうアクションを起こすべきなのかと。コレルが思考の迷路の中を彷徨《さまよ》い続けていると、その様子を見ていたフード姿の少年が嘲《あざけ》るように笑みをこぼした。

ソファーの肘掛に頬杖を突いたまま、ゆっくりと口を開く。

「お前たちには今、二つの選択肢がある」

先手を打つようにそう言い放った少年に、部屋中の視線が集まった。

「……なに？」

最初に口を開いたのが自分でもサフィアでもなかったことに虚を突かれたコレルは、ただただ目を丸くして発言者である少年の姿を見つめている。

誰だお前は、と。言外にそう問うてくるコレルの視線を、少年は赤い瞳で見つめ返した。

「お前たちが取れる選択肢は二つあると言っているんだ」

「選択肢？」

「そう、選択肢が二つ——俺たちがこれから始める交渉に乗るか、乗らないか」

少年が机に出された紅茶を手に取る。毒を警戒してか、背後でメイド服姿の少女が慌てて毒見を申し出ていたが、少年はそれに毒が入っていないことを知っているかのように首を振って平然と口をつけていた。

確かにコレルは紅茶に毒を入れる指示など特にしていなかったが、少年はそれを見抜いていたのだろうか。

「交渉とは一体どういうことだ？　そもそも、お前は一体どこの誰なんだ？　サフィアくんの仲間なのか？」

語気を強めるコレルの質問に、けれど少年は答えない。周囲には抜き身の剣を構えた大勢の騎士が立ち、その切っ先を今も少年たちに向けている。そのことにサフィアや、連れの面々は張り詰めた警戒心をあらわにしているのに、ただ一人少年だけは顔色一つ変える様子がない。

この殺気立った応接室内に於《お》いて明らかに異質と言える存在だ。見た目だけでただの小僧だと侮ってしまっていたが、今一度その評価を改める必要があるかもしれない。

そうコレルは僅《わず》かに警戒心を強めていたが、彼はこの時まだ気付けていなかった。

二十歳にも満たなそうなただの少年を、いつの間にか対等な敵として認識させられてしまっている。その時点で、既に会話の主導権を少年に握られてしまっているのだということに。

そして、多くの人間が見守る中で、ついに二人の対話が始まった。

「そもそも、おかしいと思わないのか？」

「おかしい？」

「おかしいだろう？　街の荷物に火を放ち、騎士団から追われる罪人であるはずの俺たちが、自ら騎士団の本拠地へやってきている。その理由は何だと思う？」

少年の言葉に、コレルは口元に手を当てた。

それはコレルもずっと考えていたことだ。捕まれば裁かれると分かっているはずなのに、自ら網にかかりに来た彼らの行動にはきっと何か意味がある。それは一体何なのか？

出頭しに来たわけではないだろう。目の前にいる少年たちの態度は罪を償いに来た人間のそれではないし、捕まれば消されると分かっていて自首を選ぶとも思えない。

（では何故《なぜ》ここに来た？　ここに来れば捕まる。捕まれば消される。それが分かった上でここに来たということは、自分たちは捕まらないという、何か確証のようなものでもあるのか？）

では、それは一体なんなのか。

（……確か、交渉しに来たと言っていたな）

何の交渉かは分からないが、そもそも騎士団が犯罪者と交渉の席につくと思っているその根拠の正体が気になる。あるいはそこに、少年たちがこの場所に来てなお、自分たちの安全を確信している理由があるのではないかとコレルは思い至る。

（考えろ。僕が彼らに手を出せない理由。彼らが森で火を放ったことの意味。その彼らが今副団長と一緒にいて、僕の目の前に座っているということが一体どういうことなのか。あるはずなんだ。彼らが考える、この交渉を実現させるための何らかの切り札が）

コレルは過去最高に思考を回転させた。森で起こった出来事から、現在までの流れをあらゆる要素に置き換えてつなぎ合わせる。恐らく厳格な父に帝王学を教わっていた時にだって、これほど頭を働かせたことはなかっただろうと思える濃密な時間。

たっぷり一分間。その頭を悩ませて、コレルはついにその答えに辿《たど》り着いていた。

「――大魔鉱石か！」

思わず視線を跳ね上げて対面の少年を見つめる。

少年は、暗いフードの下から覗《のぞ》く口元を微《かす》かに吊り上げている。コレルはそれを見て、ようやくすべてを理解していた。

「持ってるんだな、大魔鉱石を！　そのために……っ、森でのあれは、サフィアを逃がすための大立ち回りだったのか……！」

「理解が早いようで助かるよ」

少年の言葉にコレルは頭を抱えた。

――最悪だ。大魔鉱石を握られている。

恐らく最初からサフィアが所持していたのだろう。どれだけ騎士団に現場を捜索させても見つからないはずである。既に大魔鉱石はサフィアによって現場から持ち去られていたのだ。

あの煙幕や炎はそのための目くらましだった。一体どこからがサフィアと少年の計画だったのかはコレルには分からなかったが、まんまとコレルはその術中に嵌《はま》ってしまったわけだ。

これは非常にまずい事態だ。

大魔鉱石は現在少年たちが握っている。当然この場には持ってきていないだろう。だが間違いなく、今後の動向次第で自由に葬り去ることのできる何らかの態勢を整えているはずだ。大魔鉱石が葬り去られる。もしそんなことになればコレルはおしまいだ。いかにサフィアをここで捕らえた所で、肝心要《かんじんかなめ》の大魔鉱石を失ってしまっては団長であるコレルは結局責任を逃れる事ができなくなる。騎士職の剝奪《はくだつ》で済めばいいが、コレルの父は厳しい人間だ。コレルの判断で首都からの応援まで制限していることを知れば、最悪勘当《かんどう》もありうるだろう。

勘当――つまり、貴族でなくなる。

それはコレルにとって死にも相応《ふさわ》しい罰だ。想像して思わず顔が青ざめてしまう。

そしてそれを見逃してくれるほど、目の前の少年は甘い相手ではなかった。

「状況は理解できたようだな。こちらが大魔鉱石を隠している限り、お前に俺たちを捕らえる事はできない。大魔鉱石を取り返したいのならば、我々と交渉の席につくしかないんだよ」

「くっ……」

少年の言葉にコレルは一瞬、戦場の時と同じようにヨナの名前を出して脅そうかとも思った。だが、恐らく無駄だろうと瞬時に判断して言葉を噤《つぐ》む。

結局、ヨナの保護に向かわせた部下からは「家はもぬけの殻だった」と既に報告を受けている。その時は原因が分からなかったが、きっと目の前の少年たちに先手を打たれていたのだ。

作戦前に誘拐のことが露呈《ろてい》しないように、ヨナの保護に向かわせるのをサフィアの出立直前まで待っていたことが完全に裏目に出た。コレルの部下がサフィアの家に着いた頃には、ヨナはとっくに少年たちによって保護された後だったという訳だ。となれば、サフィアの家族愛を利用して交渉を有利に進めることもできない。コレルは苦虫をかみつぶしたような顔をする。

もはや完全に形勢は少年の方に傾いてしまっていた。

無論、実際にはコレルには少年の交渉に応じるという選択肢の他に、彼らを拷問して大魔鉱石の場所を吐かせるという強引な手段がある。というよりも、まだ完全に確証のある訳ではない子供の話を真面目に受け止めるくらいなら悩まずにそうするべきだろう。

所詮《しょせん》相手はサフィアを除けば少人数の少年少女たちだ。大人数人がかりで痛めつければ普通はすぐに音を上げるものだし、普段のコレルなら絶対にそうしている。大人が「交渉に乗れ」などという少年の話を真に受けること自体が馬鹿げているのだ。

しかし、少年の態度がコレルにその考えを起こさせなかった。とても若造とは思えない、主導権を握って離さない言葉巧みな話術。深淵《しんえん》からこちらを覗《のぞ》きこんでいるかのような、恐ろしく鋭い獅子《しし》のような瞳。たとえ身体《からだ》中の生皮を剝がされようとも、絶対にこの少年は口を割らないと。そんな確信を抱かせる少年の挙動と存在すべてが、コレルからそのもう一つの選択肢を無意識に奪い去ってしまっていたのだ。

だから次にコレルが選んだその言葉は、きっと少年が引き出した必然であった。

「……交渉とは、一体なんだ」

「団長!?」

コレルの言葉に後ろでサイモンが驚きの声を上げる。しかし、コレルはそれを黙殺して対面の少年を見つめた。

「黒狼《こくろう》の殲滅《せんめつ》に協力して欲しい」

「黒狼の……殲滅だと?」

「我々はあれらに追われていてね。首領のカイゼルは執念深い男だ。このままでは街を出た所でどこまでも追手をかけられることになるだろう。そこで……」

「……僕たちの手を借りたい。そう言いたい訳か」

「簡単だろう? 噂《うわさ》に名高い優秀なコレル団長なら」

優秀。少年が発したその言葉に、コレルがぴくりと反応を示す。

それを少年は見逃さない。

「サフィアから聞いている。コレル殿は自分と変わらぬ若さでありながら団長という役職に就き、若手貴族たちの模範となっている非常に優秀な人間なのだと。しかし厳格な父の厳しい指導方針のせいもあり、それが周りから正当に評価されていないともな」

「……ほう」

少年の言葉にコレルがサフィアの方を見つめ、その口角を密《ひそ》かに吊《つ》り上げる。

「なんだ、分かっているじゃないか」と。

そう、自分は本来サフィアなどよりもずっと優秀な人間なのだ。幼い頃から名講師たちの下で数々の英才教育を受け、貴族たちの模範となるべく研鑽《けんさん》を積んできた。実際貴族の集まる学園では常に成績は上位であったし、剣の才もあると専属講師から賞賛を受けていたのだ。

そんな自分が平民のサフィアに劣るはずがない。自分が今まで一歩彼女に後れを取っていたのはすべて父の過保護な抑圧を受けていたせいで、自分の実力に問題があった訳ではないのだ。

それを目の前の少年が口にして、サフィアもそう思っていたのだということを知って、コレルは上機嫌になる。ようやく自分の力が認められた気がして、自然と口が軽くなっていた。

「なるほど。確かに黒狼は僕たちにとっても無視できない敵ではある。どちらにしても戦わなければならない相手なら、彼らを倒すまでの間、互いに共闘するというのは悪くない」

「団長！」

「君は黙っていたまえ！　今は団長の僕が話しているんだ！」

後ろから声をかけてくるサイモンを強い口調で制する。彼が思わず黙り込んでしまったのを確認してから、再びコレルは話に戻った。

「だが、仮に僕たちが共闘して黒狼《こくろう》を始末したとして、その後君たちが大魔鉱石を返してくれる保証はあるのかな？」

利用されるだけ利用されて、持ち逃げされてしまってはたまらない。

コレルは目の前の少年を見つめる。

「どれだけ価値のあるものでも捌《さば》く伝手《つて》がないのでは意味がない。特に大魔鉱石なんて物騒な物を金に換える方法を我々が持っているように見えるか？」

「……見えないな」とコレルは呟《つぶや》く。

大魔鉱石はたとえるなら現代における核物質のようなものだ。ある一部においてはとてつもない価値を持つ代物《しろもの》ではあるが、一般人には運用のしようもなく、また取扱が危険過ぎて一般業者ではとても捌けない。下手に手を出せば、国や大型犯罪組織から目をつけられることになるのだから、まず子供にどうこうできる代物ではないのだ。

「今回の交渉道具として役目が終われば、我々にとってあれは邪魔にしかならないただの石ころだ。そんな代物は喜んで返還させてもらうよ。無論、こちらが退散した後でな」

「……なるほど」

もし返還しなければ少年たちは国ぐるみで追われることになる。

少年の言葉に嘘《うそ》はないように思えた。

ここにきて、ようやくコレルにも少年の意図が見えた気がした。

このままでは彼らは黒狼と騎士団の両方に追われることになる。ならば騎士団と共闘して、せめてその片方だけでも潰《つぶ》しておこうというのだろう。

無論、たとえ黒狼を倒し、大魔鉱石を返還しても騎士団に火を放った事実は変わらない。依然彼らはお尋ね者として追われることになるが、それでも黒狼と騎士団の両方から狙われ、大魔鉱石を奪ったまま国ぐるみで追跡されるよりは遥《はる》かにましだ。

一見まともな衣服を身に纏《まと》ってはいるが、戦場での様子を思い出すに彼らの身元はスラム民。戸籍を持たない彼らであれば、上手く追っ手を撒《ま》くことができれば、なあなあの内に罪を逃れることもできるかもしれない。そうなれば、僅《わず》かとはいえ彼らにも生き残れる芽が出てくる。

だからこうして危険を承知で交渉に出てきたのだろう。騎士団本部に直接乗りこむという暴挙まで犯して、たった一つの生存の可能性を摑《つか》みに来た。そのことにコレルは素直に感服する。

（こいつ……やはりかなりのキレ者だな）

ただし、あくまで子供レベルでの話ではあるが。

コレルは湧きあがりそうになる笑みを嚙《か》み殺して顔を上げた。

「いいだろう。その話に乗ろうじゃないか」

コレルの同意を示す言葉に、その場にいる人間のほとんどが驚いている様子だった。

騎士団側の人間は勿論《もちろん》、サフィアや、その後ろの少年少女三人も目を丸くし、交渉したフード服の少年へとその視線を向けている。ただのスラム民が騎士団との交渉を成功させた。その驚くべき少年の功績に、各々《おのおの》が賞賛を感じているのだろう。

「そうか……話が早くて助かるよ」

だがコレルには、当の少年も明らかにほっとしたような顔を浮かべているように見えた。どれだけ平気そうな顔をしていても所詮《しょせん》は若造。やはりどこかで気を張っていたのだろう。自らの交渉が上手く行ったことについ本音を覗《のぞ》かせてしまう迂闊《うかつ》さは、やはり彼がまだまだ子供である証拠だとコレルは密《ひそ》かにほくそ笑む。

これならきっと大丈夫だ。

後ろでサイモンがまだ何か言いたそうにしていたが、コレルは構わず話を進めた。

「もちろん裏切ればその時は容赦しない。肝に銘じておいて欲しい」

「ああ、勿論だ」

「今更だが、君の名前を聞いてもいいかな?」

「これは失敬。俺の名前はレオ。後ろの三人はそれぞれイドラ、ユキ、ヴァイスだ」

「そうか。ではレオ。僕たちは一体何をすればいいんだ?」

コレルの質問に、はっとしたように今まで黙っていたサフィアが口を開いた。

「決着は明日、騎士団と私たちの共同作戦でつけるつもりです。騎士団にはそれまで、大魔鉱石の捜索で各地に散らばっている黒狼《こくろう》の一味を各個撃破し、作戦開始の早朝までに少しでもその数を減らして欲しいのです」

「早朝まで？　もしかして今から夜通しでか？」

「はい、現在黒狼との小競り合いに苦心されていらっしゃるようですが、それは双方が捜索に人員を割いているからです。今からでも騎士団が敵の殲滅《せんめつ》にのみ集中すれば、未《いま》だ捜索に手をかけざるを得ない黒狼を撃破していくのは容易なはず。故《ゆえ》に騎士団には部隊を割いて、明け方まで黒狼の人員を減らしていってもらい——」

「残った本拠地の人間を、後発の騎士団と君たちで共同殲滅する、という訳か。なるほど」

「これが作戦概要です。ご確認を」

サフィアが描いたのだろう作戦書類に目を通す。

やや騎士団側に負担の大きい作戦であるように思えるが目立った穴はない。さすがは聖オルド騎士団の正騎士に選ばれるだけのことはある。

コレルは「分かった」と口にして、手近な部下に書類を渡した。

「その計画表をもとに部隊を結成しろ。先発組は長丁場になる。すぐに食事の準備をして夕食を摂《と》らせ、出発を急がせるんだ」

「かしこまりました」

室内に詰めていた騎士たちが続々と部屋から出ていく。

残ったのはコレルとサイモン、護衛の騎士が数人と、レオたち五人のみだ。コレルはすっと手を上げて、残りの部下に武器を下げさせた。

「交渉成立、だな」

レオの言葉にコレルが頷《うなず》きを返す。その二人の様子を見て、隣のサフィアが静かに胸を撫《な》で下ろしていた。

「今日は兵舎の方へ泊まっていくといい。裏には人工のものだが温泉もある。明日の作戦開始までゆっくり体を休めてはどうだろうか?」

「ありがとう。お言葉に甘えるとしよう」

レオが立ち上がってイドラたちに声をかける。彼女たちは黙って部屋を出ていったが、サフィアは少しの間動かず、コレルの後ろに立つサイモンを見つめているようだった。

しかしそれも一瞬だ。互いに特に言葉を発することなく視線を外すと、サフィアも静かに退室していく。最後まで残っていたレオもそれに続いた。

「それでは失礼する。互いに今回の同盟が正しい決断であったという事を祈るばかりだ」

「僕は既に確信しているよ。いい夜を」

「いい夜を」と、同じように呟《つぶや》いてレオは案内役の騎士と共に退室していった。

部屋にはコレルとサイモンの二人だけが取り残される。

しばらく室内はしんと静まり返っていたが、サイモンはコレルの顔色を窺《うかが》うと、恐る恐る声を掛けた。

「よかったのですか、団長」

「……なにがだ？」

「同盟のことです。いかに大魔鉱石のためとはいえ、あんな子供の集まりと手を組んだ所で、我々にメリットがあるようには思えません。いいように戦力として利用されるだけなのではありませんか？」

「そんなことはないさ。向こうにはサフィア・サーヴァインがいる。他はともかく、彼女一人だけでも一騎当千の活躍をしてくれるはずだ。特に、あの化け物相手にはな」

コレルは言いながら戦場で見たカイゼルの武勇を思い出す。

魔術に長けた強者《つわもの》だとは聞いていたが、正直予想以上の怪物だった。人間の体が紙切れのように宙を舞っていた光景が今でも脳裏に思い浮かぶ。いかに数に勝る騎士団といえどもあれを倒すのは相当に骨が折れるはずだ。そこをサフィアが担当してくれるというなら騎士団にとっては願ってもない話である。

「僕は黒狼《こくろう》を少々舐《な》めていた。先の戦いで兵が減ってしまった今、奴らを確実に倒すためには少しでも強力な戦力が欲しい」

「最悪手を組むのは良いとしてもです。その後、彼らを逃がすのは絶対に反対です。特に真実を知るサフィア副団長を取り逃がせば――」

「逃がすつもりなどないさ」

コレルは陶器を持ち上げながら琥珀《こはく》の水面を揺らす。そこに映る自分の顔を眺めながら、薄く笑みを浮かべた。

「多少頭が切れるようでも所詮《しょせん》子供だな。大魔鉱石さえ返せば、スラム民である自分たちからは興味が失《う》せ、逃げることができると思っている」

「で、では……？」

「逃がす訳がないだろう？　四六時中彼らに部下を張りつかせて、大魔鉱石が確保できた瞬間に全員捕縛してやる。僕は僕を甘く見る人間を絶対に許さない」

コレルは視線を細めた。

そもそも子供が大人と本気で交渉できると思っている時点で間違っているのだ。大人とは子供が思う以上に狡猾《こうかつ》で自分勝手な生き物だ。仮にレオたちに約束を守るつもりがあっても、コレルにその気はない。彼らの役目が終わった後は、戦いの手柄を一人占めするためにも彼ら全員を処分するつもりだ。

処分――つまり殺すのだ。スラムの人間など殺した所で抗議してくる家族もいない。むしろ黒狼《こくろう》の一味だったということにしてしまえばその行為は称賛されることとなる。もともとこの街には不要だと思っていたスラム民を減らす口実にもなって万々歳だ。

最初からコレルに、スラム民とまともな交渉をする気などないのである。

「子供が大人を甘く見ればどうなるのかということを、あの生意気なガキどもにしっかり教えてやろうじゃないか。自らを優秀だと勘違いした平民の女ともどもな」

そう言って、コレルは大きく口をあけて笑っていた。勝利を確信しているのだろう。

現状で戦力的優位にあるのは未《いま》だ数に勝る駐屯《ちゆうとん》騎士団だ。そこにサフィアの加勢まで期待できるとあっては、勝ちを確信して笑ってしまうのも無理はない。

しかし、そんなコレルを見つめるサイモンは未だに拭いきれない不安を抱えていた。

（本当にそうなのか……？　これで正しいのか……？）

サイモンにはどうしてもあの少年が不気味に思えてならない。大勢の人間に剣を向けられた状況下で平然としていたこともそうだが、なにより交渉の最後に浮かべていた悪魔のような笑みが忘れられない。まるで盤上の駒が思い通りに動いていることを面白がっているかのような、逆に呆《あき》れて嘲《あざけ》っているかのような、見たこともない表情だった。

子供相手に考え過ぎかとも思うが、あの優秀なサフィアが前に出ずに交渉を任せていたという事実がサイモンにはどうしても引っ掛かる。

（サフィア副団長……）

自らの上司――元上司の姿を思い浮かべる。

ついに裏切ってしまった。家族のために致し方なかったとはいえ、何年も上司として慕っていた相手を陥《おとしい》れてしまったという現実が、サイモンの心に未《いま》だ暗い影を落とす。

尊敬できる人だった。今目の前で笑っている性根の腐った俗物とは違う。職務には厳しかったが、休日には買い物や訓練に誘ってくれるほど部下と対等に向き合い、真剣に付き合ってくれる人だった。家庭の相談に乗ってもらったことも一度や二度ではない。年下ということも忘れ、いつのまにか心から忠義を尽くしてしまうほど、サフィア・サーヴァインという人間は理想の上司だったのだ。自らを裏切った人間を、カイゼルの凶刃から救ってくれるほどに。

そんな人を、けれどまたこれから裏切らなければならない、そのどうしようもない現実に、許されるはずがないと分かっていながらも、サイモンは心の中で謝罪を告げる。

そんな部下の心の葛藤など露《つゆ》ほども知らず、コレルは勝利気分で紅茶を傾ける。

「ん……なんだ、冷えてるじゃないか」

しかし、ずっと机の上で放置されていた紅茶はもうすっかり冷え切ってしまっていた。

騎士団本部でコレルたちが過ごす――彼らにとって最後となるその夜は、こうして静かに更けていったのである。


「……む？　ユキはどこに行ったんだ？」

食事よりも先にお風呂に入りたい、という女性陣《イドラ》による要望の下、レオたちが本部を出て敷地内を横断していると、いつの間にユキがいなくなっていることにサフィアが気付いた。

きょろきょろと周囲を見回し、やはりその姿が捉《とら》えられないことに首を傾《かし》げている。

「ユキならさっきトイレに行くっつってたぜ。後から合流するから心配するなとよ」

「なんだ、そうなのか」

ヴァイスの言葉にサフィアはほっと胸を撫《な》で下ろす。しかし、今度は何故《なぜ》か怪訝《けげん》そうに視線を細めてヴァイスを見つめていた。

「……そういうことはもっとこう、言葉を選んであげるべきなんじゃないのか。彼女は女性なんだぞ」

「トイレはトイレだろ。なんだ、もしかして大小どっちなのか聞いといた方がよかったか？」

ヴァイスの言葉に、女性陣の視線が一気に冷ややかなものへと変わった。

「……最低ね。あんた、モテないでしょ」

イドラの言葉にうんうんとサフィアが頷《うなず》く。

「失礼な奴だな。じゃあなんていえばよかったんだよ」

「そのくらい自分で勉強しなさい。そうね、さしあたり、まずはデリカシーって言葉の意味から学んだらどうかしら」

「面倒臭えなあ……いいんだよ。俺は直球で勝負するタイプなんだ。ほっといてくれ」

ヴァイスはがしがしと頭を掻《か》く。レオがそれに思わず隣で薄く笑みをこぼしていると、ヴァイスは「まあ、そんなことより」と言って、レオに視線を向けた。

意外にがっしりとした二の腕を一本。レオの肩に大きく回して、組み付いてくる。

「――さっき、凄かったじゃねえか、大将」

視線を合わせてきてからの唐突な言葉。レオは怪訝《けげん》そうに首を傾《かし》げる。

「……何の話だ?」

「何の話だ、じゃねえよ。今から作戦本部に直接乗り込んで交渉しに行くって大将が言い出した時は頭がどうかしちまったのかと思ったが、まさか成功させちまうなんてな。驚いたぜ」

案内役の兵士に聞こえないようにレオに顔を寄せて、ヴァイスが何やら興奮している。

どうやら先のレオとコレルの交渉戦の結果に、いたく感激しているようだ。

「あんなもの、大したことではない」

「十分大したことだろう。あのスラム民嫌いの団長を相手に、あそこまで高圧的に話を進めながら交渉を成功させるなんて、誰にも真似《まね》できることではない。私は肝が冷える思いだったぞ」

先ほどの舌戦を思い出しているのか、サフィアは額を押さえながら呻《うめ》いている。

一つ間違えれば殺し合いが始まっていてもおかしくはない状況だった。多くの騎士に剣を向けられる中で、ただ見守るしかなかった彼女の心労は推して知るべしである。

「……それにしたって博打《ばくち》が過ぎるわ。今回たまたまうまくいっただけの話で、これからもあんなことを続ける気でいるのなら、あなたいつか死ぬわよ」

無言でレオの右隣を歩いていたイドラも呆《あき》れたようにそう忠告してくる。

その思わぬ言葉に、レオは少し吹き出してしまった。

「……なに笑ってるのよ」

「いや、失敬。昔、部下《家族》にもよく同じことを言われたものでな」

レオは前の世界のことを思い出す。

対立組織のボスとの決着にロシアンルーレットを提案した時。地元の警察組織と交渉するためにレオが直接出向いた時。敵のアジトを割り出すためにわざと身柄を拘束された時。レオが無茶をするたびに、部下にもよく似たようなことを言われたものだ。

あなたのそれは計画ではない。ただの運否天賦《うんぷてんぷ》の博打だ。今まで無事だったのは、たまたま運に愛されてきただけだ。そんな勝負ばかりしていると、いつか必ず命を落とすことになると。

特に側近の部下や、愛人たちなんかは口を酸っぱくして注意してきた。

しかし、それでもレオは決して最後までやり方を変えなかった。

「俺はこれでも、俺なりの確信があって動いている。周囲には運否天賦に身を任せた博打に見えるのだろうが、俺にとってはその運の要素すら物事を左右する重要なキーパーツなんだ。それを嗅《か》ぎ分けられるか、嗅ぎ分けられないかで、その先の運命は決まってくる」

「しかし、運など人間にどうすることもできないものだろう？」

「できるさ。運は自分の選択一つで引き寄せることが可能だ。俺は実際にそれで勝ち続けてきた。イカサマ抜きのポーカーでも負けたことはない」

勝ちの匂《にお》い。負けの匂いというものは必ずある。いかに負けの匂いがする時にリスクと損失を減らせるか。いかに勝ちの匂いがする時に大きく張ってリターンを得られるか。人生というものはその嗅《か》ぎ分けと判断の正しさですべてが決まるとレオは思っている。実際それでレオは前の世界で頂点に立った。これは経験と結果が伴っているレオの人生論なのだ。

それになにも、すべてを運に頼っている訳ではない。

特に今回の交渉戦においては明確な勝因があった。

「それこそコレルはあそこで俺たちを拘束して尋問するべきだった。そもそも、自分たちが圧倒的優位な状況に於《お》いて相手の交渉に乗る意味などない。コレルにはいくらでも他に取れる手があったはずだ」

例えば大魔鉱石をレオたちが隠していると分かったのだから、手当たり次第にスラムの人間を補縛してレオの部下を割り出してしまう手もあるし、あるいは見失っていたヨナをたった今スラムで補縛したと嘘《うそ》をついてサフィアを寝返らせても良かった。あの場にいるレオたちにそれを確認する術《すべ》はないのだから十分に有効な手だ。

「しかし、コレルはそれをしなかった。それは何故《なぜ》だと思う？」

「……思いつかなかったからか？・・・・・・」

「違う。リスクを嫌ったからだ」

街を捜索しても見つからないかもしれない。尋問しても吐かないかもしれない。外のヨナを確認する何らかの手段を持っているかもしれない。

　どれを選んでも、どうしても大魔鉱石を失ってしまうリスクは僅《わず》かにある。故《ゆえ》にコレルはそのリスクを回避するために、問題の先延ばしをしたのだ。

　大魔鉱石の無事さえ分かれば、無理にその捜索を急ぐ必要はない。どちらにしても黒狼《こくろう》は倒さなくてはならないのだから、まずは協力するふりをして目の前の問題を解決し、それからじっくり所在を探ればいい。そう考えているのだろう。

「大方作戦後は見張りをつけて大魔鉱石の場所を割り出し、その後全員を補縛すれば良いと企《たくら》んでいるのだろうが、大甘だ。その相手に与えた時間が致命的な刃となって自分に返ってくる。コレルはこれからそれを嫌というほど思い知ることになるだろう」

　リスクを嫌い、自分で何かを選ぶこともできないくせに、自分の能力だけは過剰に評価している愚かな人間。それがコレルという男の本質だ。

　だから少々自尊心をくすぐってやった程度のことであっさりと警戒の紐《ひも》を緩める。レオが褒《ほ》めた途端、交渉に乗り気になった様は実に小物らしく滑稽《こっけい》だった。

　街で商人たちから聞かされていた、まさに人物像通りそのままの人間だ。

「ああいう男は最初から最後まで何かを得ることなどできまいよ。ましてやそんな人間に、俺が後れを取るはずもない」

　そんなことを話しているうちにようやく目的地に着いたのか。男女で色の分かれた暖簾《のれん》の下がっている木屋の前で、案内役の兵士が立ち止まる。

「貸し切りにしていますのでごゆっくりご堪能《たんのう》ください。本日の寝所となる兵舎への案内は皆様のご入浴が終わった頃に別の者を寄こします」

「それでは私はこれで」と礼をして立ち去る兵士。

その姿を見送りながら、レオは先ほどの話を続ける。

「本部に乗りこむというリスクを背負った俺と、リスクを嫌って逃げたコレル。その違いは明確だ。そこに運も何もない」

「……」

「役者が違うのだ。登壇するキャストがあれという時点で、決着はとうについている。それこそ最初からな」

レオの言葉に、その場にいる全員が言葉を失っているようだった。

そんな彼女たちから笑って視線を切り、レオは暖簾《のれん》をくぐる。

「ゆっくり温泉で温まって、あとで寝る前に作戦を詰めよう。明日は忙しい一日になる。極力体を冷やすなよ」

「ヴァイス、行くぞ」と。そう手を振って、レオはヴァイスと共に暖簾の向こうに消えていく。

サフィアはその様子を、しばらく黙ったまま見送っていた。

「……私たちも行きましょう。体中が煤《すす》臭いったらないわ」

「あ、ああ……」

しかしイドラの言葉にはっと我に返ると、そのまま二人は赤色の暖簾をくぐる。

緊張しきりだった激動ともいえる彼らの一日に、今日初めての休息の時が訪れていた。


「づあああああぁぁぁ……」

白濁色の湯が張られた大型浴槽にその身を沈めながら、ヴァイスが実にオヤジ臭い溜息《ためいき》を吐き出していた。

今日一日の疲れを一度に放出しているかのようなその姿に、先に洗い場で体を洗おうとしていたレオも思わず笑みが零《こぼ》れる。脱衣所にあった洗浄用の布に固い石鹸《せっけん》の泡を染み込ませると、がしがしと腕から洗い始めた。

本部敷地内に建てられた大浴場は思ったよりもしっかりとした造りだった。木造平屋建ての建物内の脱衣所を潜れば一面石造りの浴場が広がっており、木の桶《おけ》や椅子も用意されている。

風呂の中央でぼこぼこと音を立てながら湯を沸かしているのは、魔法陣の浮かんだ石のような物体だ。恐らくは噂《うわさ》の魔道具という奴だろう。実際に温泉を掘っている訳ではなく、魔道具を使うことによって即席で人工の温泉をこしらえているらしい。

近世ヨーロッパ時代にも確かに風呂はあったが、根拠のない風説などによってどちらかといえば忌避されていたもののはず。しかしこの力の入れようを見ると、もしかしたらこの世界では普通に娯楽として受け入れられているのかもしれない。

そんなことを考えながら、レオは背中を洗おうと手を伸ばした。

「お？　背中は自分じゃ洗いにくいだろう。どれ、俺が流してやるよ」

「うん？　いや、別に自分でできるが……」

「固いこと言うなよ。あんたは俺らの大将だろう。でーんと構えて、黙って背中くらい流させてりゃ良いんだよ」

そう言ってヴァイスは浴槽から上がると、断るレオから強引に布を奪い取って背中を流し始めた。ガシガシと乱暴ながらも、意外に痛みを感じさせない要領の良さがある。しばらく様子を見ていたが、どうやら特に問題なさそうなので、レオはそのまま身を任せることにした。

吹き抜けになっている夜空を見上げながら、ぼそりと呟《つぶや》く。

「大将、か」

「うん？」

「いや、お前は俺をずっとそう呼んでいたと思ってな」

この際だ。レオは会った時から気になっていたことをヴァイスに聞くことにする。

「思えばお前は最初からそうだった。お前たちから見れば俺など正体不明の怪しい若造だったろうに、そんな人間に対し、お前だけは何故《なぜ》か最初から好意的だった」

基本他人に対して塩対応なイドラはもちろん、ユキも今でこそああだが、最初は無害な少女の仮面を被《かぶ》ってレオに対して線を引いていた。それはスラムに住む人間に限らず、初対面同士の人間なら抱いて当然の警戒心だ。

しかしヴァイスは違う。イドラもユキも、レオという人間をまだ見定めようとしているそんな中で、彼だけが何故か初対面からレオに対して好意的だったのだ。よくレオとイドラの会話のフォローに入っていたし、少なくとも警戒心を抱いている様子はなかった。

それがレオにはずっと不思議だったのだ。

「ずっとお前を観察していたが、なにか裏がある様子でもないしな。よかったら理由を教えてくれないか」

ヴァイスは一体自分になにを見ているのだろう。ずっと気になっていたその疑問をレオが口にすると、ヴァイスは「あー」と考えながら、しばらくしてこう口を開いた。

「しいていうなら、匂いかね」

「匂《にお》い？」

首を傾《かし》げるレオの後ろでヴァイスは布を置いて、自分の腕を眺める。そこには初めて会った時から嵌《は》められている無骨な手枷《てかせ》が鎖をだらりとぶら下げており、ヴァイスの動きに合わせて無機質な音を立てていた。

「俺は別に、大した過去なんてないんだ。ただ食いぶち減らすために普通に奴隷として売られて、しばらくは闘技場みたいな場所で同じような境遇の奴らと戦わされてた」

「闘技場？　賭け試合か？」

「そうだ。よく知ってるな。普段は独房に繋《つな》がれてて、試合の時だけ外に出されて戦わされる。勝てば生きられるし、負ければ死ぬ。それが金持ちどもの賭けの対象となり、俺を買った奴はそんな俺らの生き死にで金を儲《もう》けていた訳だ」

「これはその時の名残な」とヴァイスは手足に嵌《は》められた枷《かせ》を強調した。

いわゆるクラブファイトなどと呼ばれる違法試合のことだろう。レオがいた前の世界でも存在していたものだし、もっと言えばレオの部下が直接経営していたこともある。法外なファイトマネーを手にすることができる代わりに凄惨《せいさん》な内容になることも多い無法の催《もよお》しだ。ましや奴隷となればロクな報酬もなく、ただの金儲《かねもう》けの見世物に使われていただけであっただろうに、それを「大した過去じゃない」と言いきれるあたりが、ヴァイスのこれまでの壮絶な人生を物語っているように思える。

しかし当の本人はなんでもないことのように話を続ける。

「ガキの時から、ほぼずっと鉄の檻《おり》の中で生きてきた。外に出られるのは誰かと戦うときだけ。俺の幼少の記憶は、常に錆臭《さびくせ》え鉄と血の匂《にお》いに塗《まみ》れている。わざわざこんなもんを今でもぶら下げているのは、そんな過去の記憶を、頭悪い俺なりに忘れねえようにするためだ」

ヴァイスがじゃらりと手首の枷を持ち上げながら言った。

「それこそいろんな奴らと戦ったよ。唯一共通してたのは、どいつもこいつも自分が生きることに必死な危ない奴ばかりだったってこと。あと、むさい男ばかりだったってことかな」

「もしかして、お前の女好きはその影響か？」

「ご名答。でも悪いことばかりでもないんだぜ。そのおかげで俺は、相手がどんな人間か大体匂いで分かるようになったからな。特に危ない奴や強い奴はすぐにこの鼻にひっかかる」

そういう人間は特有の気配や匂いというものがあるのだと語るヴァイスの話は、先にレオがサフィアにした運の嗅《か》ぎ分けの話に通ずるものがある。だから突拍子がないように思えるヴァイスの話も、レオはすぐに呑《の》み込むことができていた。

「その中でも大将、あんたはとびっきりだ。俺は最初あんたに会った時、目の前に死神でも現れたのかと思って、ひっくり返りそうになっちまった」

その時のことを思い出しているのか、口角を吊《つ》り上げて不敵な笑みを浮かべている。

「それは危険、という意味か？」

「ああ、危険だね。あんたは俺の人生の中で一度も会ったことのないような大悪人だ。正直、今でも俺と同じくらいの年の人間だなんて信じられないぜ。もしかして、中身だけ稀代《きだい》の悪党に乗っ取られちまったんじゃないのか？」

ある意味正解に近いヴァイスの言葉に笑いそうになりながら、しかしレオは疑問を口にする。

「ならば何故《なぜ》手を組む。そんな悪党なら、むしろ関わらない方が無難なんじゃないのか？」

当然の疑問として口にしたその言葉だったが、対するヴァイスは「なにいってんだ」とでもいうかのようにすぐにその答えを返していた。

「その方が面白いじゃねえか」

「……面白い？」

「ああ、面白い」そういって、ヴァイスは桶《おけ》に汲《く》んだお湯をレオの背中に流し掛けた。無数の泡が液体と混ざって排水溝へと流れ落ちていく。

「俺は別に闘技場で戦わされていたことを不幸だとは思っちゃいない。十年そこらで飽きて全員ボコボコにしてから逃げちまったが、それでも最初は面白かったからあそこにいたんだ。強制されてやらされたことなんて一度もない。全部俺の意志だった」

つまらなかった家を出たのも、闘技場で戦っていたのも、そこから再び出たのも全部自分の意志。その方が面白そうだったからという、ただそれだけの理由なのだとヴァイスは語る。

「退屈でつまらない普通の人生なんてこりごりだ。それなら俺は、危険でもいいからスリルと緊張に満ちた血生臭い人生を送りたい。この街にきたのも、そんな毎日の待っている強烈な匂《にお》いがしたからなんだ」

そこまで聞いて、ようやくレオは理解した。ようするに、彼は狂っているのだと。

「死神上等。危険な匂い大歓迎。大将、あんたが俺をこの退屈から救ってくれるというのなら、俺は一見クソ弱そうなあんたを大将と仰ぐことだって厭《いと》いやしない」

危険が好き。争いが好き。痛みが好き。

普通の人間が普通に感じる幸せや平穏をあるがままに感受することができず、制定された法律に逆らい、自らが思うままに生きようとする所謂《いわゆる》社会不適合者。ヴァイスはそんな自分と同じ類《たぐ》いの人間であるのだと分かって、レオはようやく納得に至る。

だから好意的だったのだ。その危険や不幸をどうしようもなく感じさせるレオの存在は、彼にとって心から待ち侘《わ》びた非日常だったから。

「俺はただ感じたいんだ。生きてるって喜びを。そしてそれは大将、たぶんあんたの傍《そば》でしか感じられない気がする」

「……生きている喜びか」

「あんたにはないのか？　やりたいこと。成し遂げたいこと。この世界で生きる、そんなあんたの目的があるなら、俺にも聞かせてくれよ」

この世界でのレオの目的。レオはヴァイスに言われて考えてみる。

悪の頂点に立つ。この世界に来てからもレオが内に秘めているその信念は、いうなればレオがこの世界で目指す明確な目標にはなるのだろう。しかし、この場合ヴァイスが聞いているのはそういう着地点の話ではない気がする。

何故《なぜ》、どういう考えを持って、その覇道《はどう》を目指すのか。そういうことだろう。

レオは少しの間考えて、空を見上げながらゆっくり口を開いた。

「……一つだけ、しこりのようなものがあるんだ」

「しこり?」

——そう、しこりだ。

レオは前世で悪の帝王と呼ばれていた。世界経済を支配し、あらゆる巨大組織すらもすべて傘下に収め、逆らう者のいない絶対君主として裏社会に君臨していた。

しかし、それはあくまで後年の話だ。

そこに至るまでの道で、失うものが何もなかった訳ではない。

「家族がいたんだ。自分と同じ境遇の、血のつながらない家族たちが」

それは今のように、レオがまだ何者でもなかった、ただのスラム民だった頃の話。レオには今のヴァイスたちのような同じ境遇の仲間たちがいた。

血の繋《つな》がりこそなかったが、共に雨風をしのぎながらごみを漁《あさ》り合う仲間たちは、それこそ血縁すらも超える絆《きずな》で結ばれた家族のようで。レオがその才覚をあるマフィア組織の幹部に見《み》初《そ》められて裏の組織入りを果たしてからも、その手が汚れることも厭《いと》わずついてきてくれた。

世の中には血縁すらも超える、言葉では説明できない関係があるのだと。そう教えてくれた、今はもう遠い過去の記憶。そもそもレオが家族というものをとかく重要視するようになったのは、そんな彼らの存在があったからこそなのだ。

「お前たちを誘ったのは、その昔の仲間に少しダブって見えたからだ。無論、後々有用な協力者として手を組めるかもしれないという打算も多分にあったがな」

「なるほどね。そりゃ大将らしい。……それで、その家族たちっていうのは？」

「とっくに死んだよ」

それこそあっけなく。組織が抗争に巻き込まれる度に一人ずつ凶弾に倒れていった。

仕方のないことだ。マフィアの下っ端なんてものは基本的には組織の鉄砲玉で、組織の矛や盾になるために存在している。生きるためには自分自身がその下を使う側になるしかなく、あの時のレオたちにはそのための経験も力もなかったのだから。

――だが、今は違う。

「今の俺には経験がある。力がある。すべてを思い通りにするためのノウハウは、既にこの頭の中に叩《たた》き込んである」

もしももう一度あの時に戻れるのなら、家族を誰一人として欠けさせたりはしない。すべてを思い通りに動かし、支配し、家族も、世界も、この世のすべてをこの手中に収めて見せる。

あまねくすべてを我が家族たちのものに。

それを今度こそ、もう一度初めからこの世界で実現させるのだ。

「それがお前の言う、俺がこの世界でやりたいと思っていることだな」

レオの言葉にヴァイスが黙り込んでいた。あるいは子供の大言壮語と思われただろうか。

そう考えるレオだったが、ヴァイスは「そうか」とだけ呟《つぶや》くと布をレオに返して立ち上がり、
レオと同じように空を見上げた。

「だったら俺に見せてくれよ。あんたが歩むその最高にスリリングな人生を。その果てになら、俺は非業の死を遂げたっていいんだ」

ヴァイスはレオの言葉を嘲笑《あざわら》ったりなどしなかった。

初めて年相応の少年のようなわくわくした笑顔を見せて、その白い歯を覗《のぞ》かせるだけだ。

在りし日の仲間たちの笑顔が、一瞬だけ重なって見えた。

「というか、やっぱ記憶喪失って設定は嘘《うそ》かよ」

「ん？　……ああ、別に完全に嘘という訳でもないんだがな」

今更説明するのも難しい。レオは一つ苦笑を零《こぼ》して誤魔化すと、その場を立ち上がる。

そのまま浴場内に建てられた木製の仕切りに向けて歩き出した。

「ん？　おい、大将。どこにいくんだよ」

「……スリルのあることがしたいんだろう？」

ヴァイスの言葉をその背に受けながら立ち止まり、レオは目の前にある大きな壁を見上げる。それは男湯と女湯を分ける木の仕切りだ。当然その向こうには女湯があり、今頃はイドラたちとサフィアがゆっくりと湯につかっている頃だろう。

レオはヴァイスの方に振り向いて、笑みを浮かべた。

「ここに男が二人いて、向こうには女湯がある。となれば、やることなど一つだろう？」

その言葉にヴァイスはしばらくぽかんとした表情を浮かべていたが「ぶはっ」と吹き出すと

喜び勇んで後に続いてくる。

いつの時代も、どんな世界でも男の結束というものはこういう馬鹿な行いから始まるのだと。

レオは木の壁に手を掛けながらそんなことを思っていた。

「私たちがご主人様に従う理由、ですか？」

一方、女湯の方でも女子勢の話にレオの名前が挙がっているところだった。

既に合流していたユキが椅子の上に座り、白い髪を水で流して洗っている。イドラとサフィアの二人が湯船に浸かりながらそれを眺め、なんとなくの雑談に興じていた。

「ああ、君たちはもともとあまりつるんだりするタイプではなかっただろう。どういう経緯から手を組む気になったのかと思ってな」

サフィアの質問に、ユキが髪を洗う手を一旦止めてその瞳を閉じる。何を話すべきで、何を話すべきじゃないのか。あるいはそんな話題の取捨選択をしているのかもしれない。

額から流れた汗が頬を伝って顎《あご》から滴《したた》り落ちる頃、ようやくユキがその口を開いた。

「私は、さる暗殺一族が営む村で育ちました」

さらりとユキがいきなり衝撃的な話を口にする。

「その村では各地から行き場を失った孤児が集められ、暗殺一族によって厳しい戦闘訓練を施《ほどこ》されます。将来的に暗殺者として犯罪組織や権力者に高い金で売るためです。私もそうやって暗殺者として育てられるべく集められた、多くの子供の内の一人でした」

淡々と語られるその内容の思わぬインパクトにサフィアは目を丸くする。対してイドラは頭に手拭いを乗せて夜空を見上げながら、冷静に耳だけ傾けている様子だった。

「自分で言うのもなんですが私は優秀でした。体術訓練では他の訓練生も含めて成績は一番でしたし、勉学の面でもあまり苦労をした覚えはありません。生きることに必死だったというのもありますが、もともとそういった方面の才覚が人より秀《ひい》でていたようです」

そう語るユキの言葉にサフィアは昼間の戦いを思い出す。確かに少女とは思えない身のこなしであったように思うし、ユキは年齢に反して達観し過ぎている。レオも大概だが、ユキのそれは恐らく血の滲《にじ》むような努力の賜物《たまもの》なのだろう。

妹と同じ、まだ成人も迎えていない少女が過ごしたであろうその過酷な日々に思いを馳《は》せ、サフィアは胸が締め付けられるような思いだった。

そんなサフィアの心情を慮《おもんぱか》った訳ではないのだろうが、ユキはその環境を「特につらくはなかった」と語った。

「ここで訓練した人間は将来、たった一人の主のために仕える。そう教えられながら育ったせいか、いつしかその顔も見えない主に会う日が楽しみになっていましたし、それが生き甲斐《がい》にもなっていたからだと思います」

ユキはそこで「しかし」と付け加える。

「私には商品としてある致命的な欠陥がありました」

「致命的な欠陥？」

サフィアが首を傾《かし》げる。その後ろでイドラが納得したように呟《つぶや》く。

「魔力欠乏症ね」

「あっ……」と得心がいったように呟くサフィア。イドラの言葉にユキが頷《うなず》いた。

「私には生まれつき、ほとんど魔力がありませんでした。なんとか独学で鍛錬《たんれん》を続けて、僅《わず》かながら『糸』のようなものを生成することはできるようになりましたが、それだけです。残念ながらこんなもの、戦闘には何の役にも立ちません」

ユキが指の先から、普段見せていたあの光る糸のようなものを垂らして、自嘲《じちょう》するようにそう零《こぼ》す。

「魔術を使えない暗殺者など商品として欠陥品もいいところです。いくら戦闘技術や頭脳が秀でていると言っても、魔術使用不可というその項目があるだけで買い手は絶対に現れない。商品の一定評価基準年齢である十五を超えても、それ以上の魔力の増加が認められないことが確認されると、すぐに私の処分が決まったのです」

「処分？」

「殺される、という事です」

その言葉にサフィアは「なっ！」と思わず立ち上がっていた。起伏の激しい艶《つや》やかな裸体から水が滴《したた》り落ちる。その様子をユキはあくまで冷静な態度で受け止めていた。

「殺すのか⁉　まだ成人も迎えていないような少女を、解放するのではなく⁉」

「それはそうでしょう。そんな暗殺一族が営む村の存在が世間に知れたらまずいじゃない。口封じのために殺すのはむしろ当然の処置だと思うけど」

「しかし！」と憤慨《ふんがい》しそうになるサフィアをユキが手で制する。ユキにとっては既に終わった話だ。今の論点はそこじゃないと伝えたいのだろう。その意図を察したのか、サフィアはまだ納得いかなそうにしながらも湯船に浸かり直した。

「無論逃げました。私が厳しい訓練に耐えていたのはいつか来る主に仕えるためなのであって、殺されるためではありません。村の追っ手を振り切るのは少々骨が折れましたが、私はなんとか命からがらこの街へ落ちのびることに成功したのです」

その壮絶な逃亡生活を想像したのか、サフィアがはらはらとした顔をしながらも、ユキの言葉にほっと胸を撫《な》で下ろす。ユキはその百面相に少しだけ微笑《ほほえ》みを浮かべていた。

追手の気配がないことを確かめ、ある程度落ち着いてきたユキが次に始めたのは主探しだ。暗殺者としてのしがらみから解放されたとは言っても、今まで「そうあれ」と育てられてきたユキがいきなり生き方を変えられる訳もない。そこでユキは人畜無害な少女へと扮《ふん》し、自分の仕える主を探し始めたのだ。

「もしかして、最初私の周りをうろちょろしていたのって……」

「はい、イドラ様を主候補にと考えておりました。スラムでも特に一目置かれる危険人物だと聞き及んでおりましたので」

「……呆《あき》れた。勝手に品定めされていた訳ね。しかも、最終的にはフ・ラ・れ・たわけ？」

溜息《ためいき》をつくイドラにユキは謝罪するように頭を下げる。フラれたというイドラの言葉の意味するところを理解して、サフィアは改めて聞き直した。

「何故《なぜ》『彼』だったんだ？」

彼という言葉が誰を指すのかは明白だ。

ユキは顎《あご》から水滴を垂らしながら視線を返して、感慨《かんがい》深そうな様子で呟《つぶや》いた。

「名を……頂いたからです」

「名？」とサフィアが聞き返す。

「私たちの村では全員に名がありません。名前は私たちが一人前となり、主に仕えて初めてその主から賜《たまわ》れるものだったからです」

だから追放者となったユキには自分で主を見つけない限り、あるいは見つけても名前がもらえる保証がない以上、もう永遠にそれは与えられないのではないかと思っていた。いつか理想の主に仕え、素敵な名前をもらえる日を夢見ていたユキにとって、それは故郷に戻れなくなったこと以上に彼女の心に深い影を落とす現実であった。

だからだろう。あの時、あの瞬間――ユキはそれこそ天にも昇る心持ちだったのだ。

「――ユキ。そうあの方が名付けてくれた瞬間、私は初めて命を吹き込まれたような、そんな気がしたんです」

うっとりと頬を染めてそう夢見心地に語るユキ。その様子にサフィアは首を傾《かし》げた。

「名前をつけてくれたから……え？　それだけなのか？」

「十分です。この世で初めて私の名前を呼んだのは、母親でも父親でも村の人間でも顔を知らない主でもない。彼だった。それだけで私が生涯お仕えするに十分な理由なのです」

「まるで雛鳥《ひなどり》の刷り込みのような話ね……」

「事実としてあの方は傑物です。それはイドラ様も認めていらっしゃるのでは？」

心外だとばかりに言い返してくるユキにイドラは黙りこむ。

サフィアはてっきり否定するものだとばかり思っていたのだが、意外にもイドラは湯船から上がってその縁に腰掛けると「そうね」と肯定を返していた。

「……意外だな。君がそんな風に他人を素直に評価するなんて」

「他者を認められないほどに狭量ではないつもりよ。実際、あれは人間の皮を被《かぶ》った紛れもない怪物だわ。それは近くでずっと観察していた私たちが一番よく分かっている」

パシャと水面を蹴《け》るイドラ。今まであった様々な出来事でも思い出しているのだろうか。いつも無表情な彼女がどこか複雑そうに、水面に揺れる自分の顔を見つめていた。

「なら、君も彼に心酔して協力しているということか？」

「まさか。お互いの目的のために利用し合っているだけよ。これは私が私として生きるために必要な一時的な同盟。……そのはず」

「……曖昧だな。もしかして、君も何か悩んでいるのか」

サフィアの言葉にイドラは「はあ」と溜息《ためいき》をついて、濡れた髪をかきあげる。

「他人のことより自分の心配をすれば？　あなたこそ一体なにがしたいの？」

「なにが、とは？」

「分かっているでしょう。正義の騎士であることに拘《こだわ》りながら、こうして私たちに協力している。あの男が仕組んだ結果ではあるけど、いい加減自分の中での自分の立ち位置くらい、はっきりさせなさい」

ずっと思い悩んでいたことの核心を突かれ、サフィアは沈黙する。

イドラは立ち上がってその美しく起伏に富んだ曲線を惜しげもなく月の下に晒《さら》した。腰に手を当て、未《いま》だ湯船の中にいるサフィアを見下ろす。

「真ん中なんてない。正義につくのか、悪につくのか。いつまでも戦場の中に迷いを持ちこんだままでいると、本当に死ぬことになるわよ」

サフィアはイドラの言葉に何も言い返すことができない。

湯船の中で俯《うつむ》くサフィアを見て、イドラは興味を失ったように視線を切っていた。

「……って、あなた、いつまで髪洗ってるのよ。いくらなんでも長すぎじゃない？」

ユキが未《いま》だに髪を洗っていることに気付いてイドラが白い目を向ける。

「ご主人様に褒《ほ》めて頂きましたので。いつお手つきされてもいいように身なりを整えておくのは、メイドとして当然の務めかと」

「……あっそ」

呆《あき》れたように肩を竦《すく》めながら、イドラが足元にある木製の桶《おけ》に視線を落とす。

器用にそれを足の甲で持ち上げると「……というか」と呟《つぶや》きながらその目尻を吊《つ》り上げた。

「気付いてるの――よ！」

イドラは足元の桶を思いっきり蹴《け》り上げる。凄《すさ》まじい勢いで鋭角に飛ばされた桶が湯気の中に消えると、その向こうから「ぐえ!?」という悲鳴が聞こえてきた。続いて桶の飛んでいった方向――男湯側から何かが落ちたようなけたたましい音が響いてきた。

空を切り裂いて飛んだ桶の影響で両湯を分けていた仕切り周辺の湯気が晴れていく。

「レ、レオ!?」

そこには仕切りの上から身を乗り出し、女湯側を覗《のぞ》き込んでいるレオの姿があった。レオは僅《わず》かに苦笑しながら、男湯側に落ちた何かを見つめている。

「乱暴だな。共に山の頂きを目指した盟友が下でのたうち回ってるじゃないか」

レオの言葉通り、壁の向こう側からは「いてぇえ……」という別の呻《うめ》き声が聞こえてくる。

十中八九、ヴァイスのものだろう。

「覗きの駄賃としては安いものでしょう。いたいけな美女三人の裸体を拝めたのだから」

月明りの下に晒《さら》された体を隠そうともせず、腰に手を当てて真っ向からレオを見つめているイドラの言葉に、レオが鼻で笑いを返した。

「ガキが良く言ったものだ。確かに発育はいいようだが、女扱いして欲しいならもう少し慎ましさを持て。男の前で真っ裸で仁王立ちするような女じゃ自家発電の肴《さかな》にもならん」

「へえ……言ってくれるじゃない」

「ご主人様、女体の観察をお望みなら、この私めが」

薄ら寒い笑みを浮かべるイドラに、体に巻いた布を解こうとするユキまで加わって、浴場は混沌《こんとん》の様相を呈してくる。そんな様子を湯に身を隠して眺めていたサフィアは、一つ苦笑した後に微《かす》かに星が瞬《またた》く夜空を見上げた。

(正義につくか、悪につくか……か)

明日にはその答えも出ているのだろうか。

未だ出口の見えない迷路にその身を焦がし、サフィアはくすんだ星を見つめ続ける。

各々《おのおの》の思惑が交錯し、欲望と裏切り、そして様々な葛藤が絡み合いながら更けていく戦士たちの夜。

そして——決戦の朝がやってくる。

四章　それぞれの絶望

その日は、これからの冬の訪れを僅《わず》かに感じさせる空気の冷え込んだ朝だった。

スラムの宿屋跡を改築した黒狼《こくろう》のアジト。馴染《なじ》みのその場所に身を寄せて、夜通し出入りしていく部下の報告を聞いては怒声を飛ばす。そんなことを昨日の夜から現在まで延々と繰り返し、その苛立《いらだ》ちをぶつけるように呷《あお》り続けた酒の器が、今も閑散とした室内のそこかしこに転がっている。

蹴《け》り壊された家具の数はいくつになるのだろう。周辺に散乱した机や椅子の残骸《ざんがい》が、そのアジトの主の苛立ちをそのまま表しているようだ。

そして今もまた大きな音を立てて、その展覧会に新たなコレクションが加わっていた。

「見つからない……じゃねえだろ!?」

「ボス、落ち着いてください！」

酒を置いていた机を戦斧《せんぷ》で叩《たた》き斬ったカイゼルが、聞き飽きた報告を持ってきた部下ニコルに詰め寄る。ニコルは目の前に振り下ろされた戦斧に腰を抜かして座り込み、ライルはそんなカイゼルを後ろから諌《いさ》めようとしていた。だが、カイゼルは聞く耳を持たない。

「俺は大魔鉱石か、あの仮面のガキのどちらかを見つけてこいと言ったんだ。なら、お前がする報告はそうじゃねえだろう。なあ？」

「で、ですが、昨日の夜頃から騎士団の連中が明らかに徹底した攻勢を仕掛けてきて、それに対処してたら捜索が思うようにいかず……」

「そんなもの、探しながらブチ殺しゃあいいじゃねえか」

「む、無理っすよ！　明確にこちらを潰《つぶ》しにかかってきてる向こうと違って、こっちはボスの命令で各所の捜索に戦力を分散させているんです。夜通しの捜索でみんな疲れてきているし、こんなのどう考えても無茶で――」

それがニコルの最期《さいご》の言葉となった。話を最後まで言い切ることもなく、ニコルはカイゼルの戦斧によって脳天から真っ二つに叩き割られてしまっていたのだ。衝撃で床が砕け散り、辺りには血潮と共にニコルの肉片が散らばった。

「ニ、ニコル！」

無残な姿となった部下にライルが駆け寄る。完全に事切れたニコルをその手に抱き、ライルはカイゼルへと振り返った。

「ボス！　何も殺すことはないでしょう！　ニコルは今まで不満も言わず夜通し働いてくれてたじゃないですか！」

「うるせえ。俺の命令も聞けず、その責任まで擦《なす》り付けようとするゴミなんざ俺の部下じゃねえ。文句があるならてめえもミンチにするぞ、ライル」

猛獣も逃げ出しそうなカイゼルの殺気に周りの部下も震えあがる。しかしライルはそのどす黒い殺意に塗《まみ》れた瞳の中に、僅《わず》かに別の色が浮かんでいるのを見逃していなかった。

「なにをそんなに焦っているんですか、ボス……！」

ライルの言葉にカイゼルは答えない。しかしその沈黙こそが、言外にライルの指摘を肯定しているようにも思える。

そう、カイゼルは焦っていた。物資がすべて焼失してしまったばかりか、目的であった大魔鉱石まで見つからない。部下に総出で探させているにも拘《かか》わらず一向に成果が上がらない上に、何故《なぜ》か騎士団は途中から徒党を組んでこちらの邪魔ばかりしてくる。

もしかして騎士団の方で既に大魔鉱石を発見したのかとも思ったが、現状部下に探らせている限り、そのような情報も出てこない。原因が分からないまま時間ばかりが経過して、確実に戦力だけが削られてきている。

焦らない方がおかしい。これではまるであの若造が言っていた通りの展開ではないか。

《今度はお前たちが俺の獲物だ。明日までじわじわと追い詰められる恐怖に怯《おび》え、捕食の時を待つがいい》

（まさかあのガキが……？　いや、そんなはずはねえ。あんなガキに一体何ができる）

カイゼルはその考えを否定するかのように頭を振る。いくらなんでもありえない。馬鹿な妄想に囚《とら》われるのは、ライルの言う通り焦りが思考を支配している証拠だ。

しかしそれも無理のないことだった。普段傲岸不遜《ごうがんふそん》なカイゼルがここまで焦っているのには、もう一つの大きな理由がある。

（まずい……使者との約束の時間は今日の正午なんだぞ）

カイゼルがコレルとは別に交わしている件《くだん》の密約。

その刻限がもう目の前まで迫ってきている。

あの女は駐屯《ちゆうとん》騎士団のような温《ぬる》い相手じゃない。カイゼルたちが約束を反故《ほご》にしたとなれば、即座に動いて黒狼《こくろう》を潰《つぶ》しにかかるだろう。それを可能にするだけの力があの女にはある。

彼女に比べれば黒狼など、吹けば飛ぶ程度の儚《はかな》い塵《ちり》のような存在でしかないのだから。

リターンを求めた分だけリスクが絡む。

今回の裏取引には、比喩《ひゆ》ではなくカイゼルの命そのものが掛かっているのだ。

（もう後がねえ……一体どうする？）

こうなったらいっそ、何か知っているかもしれない騎士団の本部に乗り込んで、手当たり次第に兵を殺しながら情報を聞き出すべきだろうか？

部下が減ってしまった今となってはかなりの危険を伴う手だが、このまま正午を迎えて使者を怒らせるよりは百倍ましだ。サフィアのいない今の騎士団程度なら自分一人でも潰せる自信はある。ここで何もせずに手をこまねいているくらいなら、現在最も情報がありそうな騎士団本部に最後の光明を賭けるべきだと、カイゼルはそう決断する。

今すぐに街中へ散らばった残りの部下たちを集め、その総力を以《もっ》て騎士団本部へと大攻勢を仕掛けるのだ。

「おいライル！　お前は今すぐ――」

街に出て部下どもをかき集めてこい――と。カイゼルがそう言い切る前に、店の入り口の方から、小さく扉をノックする音が聞こえてきた。

「あん？　誰だこんな時に！　また見つからなかったっていうふざけた報告か⁉」

もしそうなら、先のニコルのようにそいつの頭も叩《たた》き割ってやると。

カイゼルは頭に血が上った様子で乱暴にそのドアを開いていた。

「なんだコラ！　またくだらねえ報告をするようなら、てめえら血祭りにあげて――」

そういって顔を出したカイゼルの目の前に、銃口が突き付けられた。

それは油断だ。まさかこんな正面扉から堂々と敵が訪ねてくるはずがないという真っ当な考えが招いた愚かなる油断。あるいは思い込み。そんな致命的な隙が『ボス自らドアを開く』なという暴挙へと及ばせ、この決定的な状況を生んでしまっていた。

「やあ、カイゼル。約束通り、お前たちと遊びに来てやったぞ」

右手に銃を構えて、うっすらと笑みを浮かべるレオと、その銃口を驚いた顔で見つめているカイゼル。無情にもカイゼルが言葉を紡ぐ間もなく、その銃弾は放たれてしまう。

それが本日、この場で起こる戦争――その開戦の狼煙《のろし》となった。

「ぐあああっ!?」

銃声が響く瞬間、本能的に体を捻《ひね》ったカイゼルの肩に銃弾が命中する。その苦悶《くもん》の声と、血飛沫《ちしぶき》をあげながらのけ反る首領の姿に、ライルもようやく異変に気付いた。

「き、貴様ぁっ！」

ファイティングポーズを取って即座に入り口に立つレオへと突貫する。身体能力強化を使っているそのスピードは、魔力で動体視力の強化を行わない限り常人が簡単に捉《とら》えられるようなものではない。瞬《また》く間に距離を詰められ、その拳が横側からレオの顔面を捉えようとする寸前。

「ぶっ!?」

突然ライルの横の壁を手が突き破り、彼の顔面を鷲摑《わしづか》みにする。何が起こったのか分からないライルが穴のあいた壁の向こうを見つめると、そこにはうっすらと不敵な笑みを浮かべる一人の男の姿があった。

「お、お前……！」

「よう、ライル。三下《さんした》は三下同士、こっちで一緒に遊ぼうや」

万力《まんりき》かと錯覚するような握力で顔を摑《つか》まれたライルはそのまま外へと引き擦り出され、ヴァイスと共に壁の向こうへ消えていく。

後には肩を押さえて苦悶の表情を浮かべるカイゼルと十数人の部下。そしてレオと、その後ろに控えるユキ。剣を抜いたサフィアの姿が残っていたのだった。

「てめえら……一体なんのつもりだ」

「なんのつもりも何もないだろう。昨日言った通り、決着をつけに来てやったんだ」

フードの下から冷たい視線を向けてくるレオが、その手に持つ一見ただの筒のようにも見える小銃をひけらかす。カイゼルは窓の外を見ていた部下に視線を向ける。しかしその部下が無言で首を振って外の様子を伝えると、信じられないとばかりに目を見張った。

「まじか。たった四人でアジトにカチコミとか、お前ら正気かよ。ここにもっと人数がいたらどうするつもりだったんだ？」

「半日がかりで騎士団に削ってもらったからな。それでもお前らは大魔鉱石が見つかるまで捜索の網を広げると考えていたし、ここにロクな人数が残っていないだろう事は織り込み済みだ」

「騎士団に……？」

その言葉に、レオの昨日の発言と、昨日から今日に至るまでの騎士団の妙な動きを思い出す。そこでようやくカイゼルは、自分の予測が正しかったのだということを知った。

「……どうやったのか知らねえが、昨日からの騎士団の攻勢はやっぱりてめえの仕業《しわざ》だったのか。連中と手を組みやがったんだな？」

カイゼルの言葉にレオは無言で口元に笑みを浮かべる。

そのことに忌々《いまいま》し気に舌打ちをして、カイゼルは警戒するように周囲を見回した。

「……イドラの野郎はどうした。どうやらこの場にはいねえみたいだが……」

「彼女《あれ》にはもっと重要な仕事を与えてある。街に散らばった黒狼《こくろう》の残党も、先発組の徹夜の努力によってそろそろ殲滅《せんめつ》される頃合いだろう。残るは手負いで、すっかり数も減ってしまったお前たちのみ。そんな奴らの相手など、ここにいる俺たちだけで十分だからな」

「手負いだぁ……？」

カイゼルが鼻で笑って立ち上がる。その身に纏《まと》っていた分厚いコートを破り去り、その切れ端で肩の傷口を縛ると、巨大な戦斧《せんぷ》を肩に担いだ。

「この程度の傷で勝ったつもりかよ。舐《な》めんなよ。数が減ってんのは騎士団も同じだ。てめえらをぶっ殺した後で、俺がじっくりとすり潰《つぶ》してやる」

劣勢とも思えるこの状況でそう言い切るカイゼルの瞳に虚勢の気配はない。確実に、絶対にこの場を乗り切れるのだという自分の実力への自負が感じられる。その姿にレオは少しだけカイゼルという男を見直していた。

「良い啖呵《たんか》だ。組織の首領たる者、己が部下の前で見せる姿は常にそうでなくてはな」

レオが弾丸を装填すると、サフィアが続いて剣を構える。

その姿にカイゼルはいやらしく口角を吊《つ》り上げた。

「よう、副団長様。民を守る正義の騎士が、今度はこんな悪党の仲間に鞍替《くらが》えか？」

「黙れ。自分の矛盾は、自分が一番理解している」

サフィアが顔の横で剣先をカイゼルに向けて固定する。剣道で言う所の霞《かすみ》の構えだ。

「今はただ、サファイア・サーヴァインという一個人として、己が心のままにお前を斬る」

迷いを孕《はら》みながらも強く決意した視線でカイゼルを捉《とら》えるサファイア。カイゼルは「はっ」と吐き捨てるような笑いを零《こぼ》して、次の瞬間には地が震えるような咆哮《ほうこう》を上げていた。

「やってみろやクソ共がぁぁぁっ!!」

地を蹴《け》って突貫するカイゼル。ユキとサファイアが静かに身構える中で、レオが不敵にそれを迎える。ここに、黒狼《こくろう》とレオたちの最終決戦が始まった。


「遅いな……先発隊の帰還はまだか」

コレルは本部敷地と街とを隔てる塀《へい》の正門前広場で、後発隊百五十人ほどの部隊と共に未《いま》だ戻らぬ先発隊の帰還を待っている所だった。

計画では早朝まで残党の掃討に当たっていた先発隊はあらかた黒狼捜索部隊の壊滅が確認できた段階で、本部で待つ後発隊と合流。その後、共に黒狼のアジトへ強襲をかける手筈《てはず》となっている。数時間前の段階では既に壊滅作戦は八割方完遂《かんすい》したと報告を受けていたし、ならばそろそろいくつかの部隊くらいは戻り始めていてもいいはずなのだが、一向にその気配がない。

先ほど街に放った連絡役も同じく帰ってくる様子がないし、状況が分からないコレルはいい加減焦《じ》れ始めていた。なにせ、レオたちは既にここを出ているのだ。

(先に行って黒狼の様子を見てくると言っていたが、やはり止めるべきだったな。うっかり黒

狼の連中に見つかって、既に戦闘が始まっていないとも限らない）

サフィアがいるから大丈夫だとは思うが、万が一ということもある。もし先に戦闘が始まって彼らが全滅してしまったら、肝心の大魔鉱石の場所を割り出すこともできなくなる。

もうこのまま後発隊だけでも出発するべきか。次第にコレルがそう悩み始めていた時、正門前に現れる人影の姿があった。

「誰か来たぞ？　先ほど放った連絡役の人間か？」

「いや……違う。あれは……」

ざわついた騎士たちが視線を向ける正門から歩いてきたのは、コレルの記憶が正しければサフィアたちと一緒にいた少年少女の中の一人。確か名をイドラと呼ばれていたはずだと思い出していた所で、少女が総勢百五十人の騎士団の前で立ち止まる。

綺麗《きれい》に整えられた長髪から美しい顔が覗《のぞ》き、鋭い金色の瞳でコレルたちを見据える。その抜き身の剣を連想させるような冷たい美しさに思わず息を呑《の》んでしまうコレルの前で、イドラが黒い革手袋を装着しながら口を開いた。

「いくら待っても先発隊なんてやって来ないわよ」

唐突なイドラの言葉に騎士団の間で動揺が広がる。この場にいる全員が抱いたであろう疑問をコレルが代表して問うた。

「それはどういうことだ？」

「言葉の通りの意味よ。先発隊はやって来ない。何故《なぜ》なら私が潰してきたから」

「……は？」

「まあ、正確にはここに帰ってこようとしていた一部をだけど。既に大抵が直接手を下す必要もない状態になっていたから、手間が省けて良かったわ」

淡々とそう口にするイドラだったが、コレルにはその言葉の半分も理解することができない。潰《つぶ》してきただとか、手間が省けただとか、一体何の話をしているというのだろう。

「ちょ、ちょっと待ってくれ。潰してきたって、騎士団を、君がか？　冗談を言っているのなら正直笑えな――」

「押し問答をしている暇はないの。私たちの……ボス？　が言っていた言葉を、今この場で手短に伝えるわ」

動揺するコレルの言葉を遮ってイドラが顔を上げる。冷たく、感情の籠《こ》もっていない視線で騎士団を睥睨《へいげい》すると、一言一言なぞるようにその言葉を口にし始める。伝言を伝えるその姿の背後に、コレルは確かにあの少年の幻影を垣間見《かいまみ》た気がした。

「『街のゴミ掃除役どうも御苦労さま。敵の数をあらかた減らし、朝を迎えた段階で君たちの演目は既に終了している。後は主役のみで行う最終舞台を残すのみである故《ゆえ》、どうか役目を終えた脇役は速やかに退場して欲しい。君たちの働きに心より感謝する。それではさらばだ』」

「――以上よ」そう言ってまるで憐《あわ》れな動物でも見ているかのような視線を向けてくるイド

ラに、コレルはしばらく呆然《ぼうぜん》としてしまっていた。

（潰した？　騎士団をか？　脇役？　誰が？　歴史あるシーゲル家の嫡男《ちゃくなん》であるこの僕か？）

何が本当で、何が嘘《うそ》なのかも分からない。まるで脳がそれを拒否しているかのように、コレルはイドラの言葉を何一つ呑《の》み込めないでいる。実際に連絡役や先発隊と連絡が取れない現状に於《お》いて、何かコレルの予想を超える異常事態が起こっていることだけは確かのようだ。

しかし、そんなコレルにも一つだけ分かることがある。

（この女は……僕を馬鹿にしている）

平民のくせに、スラムなんかで暮らしている無能のくせに、優秀な貴族である自分を馬鹿にしている。それはコレルにとって絶対に許せることではない。

殺してやる。コレルが手を上げると動揺していた騎士たちがはっと言葉を収め、剣の柄《つか》へと手をかけていた。

「良く分からないが、要するに君たちは僕を騙《だま》したということなんだな？」

「……この場に於いてまだその程度の認識なの？　呆《あき》れた状況理解力ね。あの男が無能と断じていたのも頷《うなず》けるわ」

相変わらず人をコケにしてくるイドラの言葉にコレルが歯軋《はぎし》りをする。

「君こそ分かっているのかい？　今、どれだけの人数に囲まれていると思っているんだ」

コレルが自らの背後を指し示した。今この場には完全武装した騎士が百名以上いる。当然魔術も使える精鋭ばかりだ。対黒狼《こくろう》戦を想定して集めたこの部隊が、少女一人にどうこうできる訳もない。

「人選ミスだったな。この場に何をしにきたのか知らないが、せめて何かまた交渉するならサフィアを連れてくるべきだった。謝るなら今のうちだぞ」

コレルはそう言ってイドラを脅《おど》す。これだけの人数で威嚇《いかく》すれば少しは態度も変わるだろうと思っての言葉だったのだが、イドラはその余裕の表情を崩すこともなく、大勢の騎士団を前にしてこう言い放った。

「馬鹿ね——だからじゃない」

「は？」

「残る障害はカイゼルと、ここにいる駐屯《ちゅうとん》騎士団。でも、どちらがより厄介かと言えば、数で動かれては後々面倒になりかねない騎士団の方に僅《わず》かに軍配が上がるわ。それは認めてあげる」

イドラが髪を肩越しにたくしあげる。艶《つや》やかな長髪が風に浮かんで宙に広がった。

「だから、私がここにきた。より厄介だと判断されたこの現場に、最も適切な戦力が配置されたの。これはただそれだけのこと」

「なんだと……？　なにを言っている……？」

「ありがたく思いなさい。どうやら勝ち馬にちゃんと乗れたみたいで、今日の私は少しだけ機嫌が良いの」

この場を支配するただならぬ雰囲気にようやく警戒心を抱き始めた様子のコレル。

しかし、今更警戒心を抱いた所で彼らの運命は変わらない。コレルは知らないのだ。今この街で勃発しているあらゆる戦いにおいて、自分たちが最も割を食う立場にある憐《あわ》れな当て馬なのだということを。これから始まるのは戦いではない。一方的な蹂躙だ。

イドラは笑う。いつも無表情なその顔を実に楽しそう《サディスティック》に歪《ゆが》めて。

「瞬《また》く暇も与えず一方的に殺してあげる。慈悲はないわ。憐れみならあるけどね」

そして、スラムの女王の目を覆うような虐殺《ぎゃくさつ》による、追加の番外演目が始まった。


ライルという男はもともと農村出身で、日々耕作をしながら食い扶持《ぶち》を稼ぐ、ごく普通の農民だった。だが度重なる不作と、領主による不当な増税などが重なって職を失い、結果的にスラムへと落ちてしまうことになる。そのことへの不満を、昔喧嘩《けんか》で鳴らした腕で世の中へとぶつけていたライルは、とうとう路頭に迷っていたところをカイゼルに拾われて黒狼《こくろう》に入った。

正直、一度脱落した人間に救う手立てを用意してくれない世の中には失望していた。そんな世界において、特に悪へと身を落とすことに大した抵抗はなく、唯一自分を拾ってくれたカイゼルに恩も感じていた。周りはろくでなしばかりだが、こんな自分を兄貴と慕ってくれる連中もいる。そんな奴らと暴れる毎日は思いの外《ほか》悪いものではなく、彼は彼なりに黒狼に愛着を感じていたのだ。そんな組織に誘ってくれたカイゼルを、ライルは心から慕っていた。

しかし、いつの頃からだろうか。

あのコレルという首都からやってきた貴族と裏で繋《つな》がるようになってから、カイゼルは次第に金の話しかしなくなった。

ただ仲間内で酒を飲み交わせば満足していたあの頃とは違い、女や宝石を調達してくるよう頻繁に部下に命令するようになり、特に怪しい仮面の女と密会しだしてからは「世界に進出する」という驚くべき野心を隠すこともしなくなっていた。

実際に団員が増え、組織はめきめきと急激に成長を遂げていったが、しかしライルはそれを素直に喜ぶことができなかった。

自分は昔の黒狼が好きだったのだ。知らない人間が急に増えて名前を覚えることにすら苦労する今みたいな日々よりも、少ないながらも気の合う仲間だけで、安い酒を肴《さかな》に明日する悪さを語り合っていた日々こそを愛《いと》おしく思っていたのである。

世界なんて大層なものは望んではいない。自分が望んだのは、自分たちが好き勝手に生きることのできる小さな庭だ。

ずっと言いたかった。無茶なことはやめようと。

ライルはずっと、カイゼルに方針を考え直して欲しいと思っていたのだ。

しかし、多くの仲間を失い、もはやどうしようもない状況に追い込まれてしまった今も、ライルはそんな自分の本音を伝えることができないでいる。

「つまらなそうな顔してるなぁ……」

唐突に聞こえてきたのは、そんなどこかけだるそうな声だった。

まだ生きていたらしい。ライルは溜息《ためいき》をついてそちらに顔を向ける。

「……大したものだな。既にかなりの拳打を浴びせたはずだが」

「頑丈さが一つのとりえでね。この程度でそうそうくたばったりしないさ」

耳をほじりながらそう笑うヴァイスの姿は、しかし決して楽観視できる状態には見えない。

戦いの衝撃で上着は所々が破れており、インナーのシャツも顔から垂れた血で首元が真っ赤だ。

しかしヴァイスは大して気にした様子もなく、真っ直《まっす》ぐにライルを見据える。ほとんど人気《ひとけ》がない黒狼《こくろう》アジト前の開けた通りで、二人は睨《にら》み合うように対峙《たいじ》していた。

「それにしても拳打ねえ。俺は空飛ぶ拳打なんて聞いたこともないが」

ヴァイスの言葉にライルは自分の拳を見つめる。そしてヴァイスに向き合うと、披露《ひろう》するようにその拳を前へと突き出していた。

「……これのことか？」

瞬間、パァンというけたたましい破裂音と共にヴァイスが顎《あご》を上げてのけ反った。衝撃による煙が一瞬昇り立ち、しばらくしてヴァイスは顎を下ろしてから口元の血を拭う。

「……風の魔術か？　実際飛ばしてんのは拳圧をイメージした、ただの風の塊だろう」

御明察。ライルはそう呟《つぶや》いてヴァイスの解答を肯定した。

そう、これは何の変哲もない風の魔術だ。魔力を媒介に術理を組んで生み出した風を操作し、相手にぶつけている。やっていることを説明するならそれだけだ。

しかし、他と少々違うのは、そのイメージをライルにとって馴染《なじ》み深い拳による拳撃に寄せて顕現させることによって、速さと正確さ。そして破壊力を生んでいるということだ。

実際、戦いが始まってからヴァイスは手も足も出ていない。遠目から繰り出される拳撃の速さと威力に翻弄《ほんろう》されて、なにもできずに殴られ続けているだけだ。そもそも、ろくに身体強化も使えない若造にライルが後れを取るはずもない。

魔術師という同じ土俵に立てていない時点で、最初から勝負は決まっていたのだ。

しかしヴァイスはそんなことを気にする様子もなく、一歩踏み出そうとしてくる。

「無駄だ」

即座に瞬間三度の拳撃を浴びせて後退させようとする。

しかし予想外にも、ヴァイスは少し揺らいだだけでその足を止めることはなかった。

「いつまでもやせ我慢が保《も》つと思うなよ！　荒れ狂う風の猛打《エアリアル・ラッシュ》！」

構わずライルは息をつく暇も与えない風の連撃を繰り出していく。練りだされた魔力によって生み出される風の拳打が、優に百を超える衝撃となってヴァイスの体を襲う。

鈍い音が連続して鳴り響き、血飛沫《ちしぶき》が舞った。

しかし、ヴァイスはそれでも止まらない。

「ば、馬鹿な……！」

ライルは拳を繰り出しながら、そこで初めて大きく動揺する。

ライルの風による拳打は見た目こそ地味だが、その威力は固い石材を砕くほどに研ぎ澄まされたものだ。それをこれだけの数、それも魔術による身体能力強化も行っていない者がまともに浴びて平気でいられるはずがない。身体《からだ》中の骨が砕けてもおかしくはないはずなのに。

しかし、ヴァイスは余裕を崩さない。今も続くライルの猛攻の中を悠然と突き進み、その顔に笑みさえ浮かべながらこう呟《つぶや》いてくる。

「遠くからちまちまちまちまと。つまらねえなぁ。喧嘩《けんか》ってのはそうじゃないだろ？」

「なに……？」

「殴られたら耐える。痛けりゃ我慢する。そうして男と男の意地をぶつけあって、最後までそれを貫き通した奴だけが己の我を通せるんだ」

奇《く》しくもそれは、先日レオがシャルマンに対して口にしていた理論とほとんど同じものだ。本人から聞いた訳ではないのだろう。恐らくヴァイスとレオの人間としての本質が似通っているが故《ゆえ》に起こった、偶然の一致だ。

体中から絶え間なく血飛沫《ちしぶき》を上げながらヴァイスは告げる。お前はつまらないと。

「そもそも戦いの最中で迷いを抱えたようなツラするなよ。どこぞの女騎士さんを思い出すな」

ついにライルの目の前にきたヴァイスは、ゆっくり拳を振り上げる。

その腕に嵌《は》められた枷《かせ》の鎖がじゃらりと音を立てた。

「白けるんだよ。男が戦っている中で余計なことを考えるな。戦う自分は常に傲岸不遜《ごうがんふそん》で迷いのない、自分が誇れる最強の自分でいろ」

完全に上からの物言いをしてくるヴァイスに、魔術の猛打から直接の打撃に切り換えたライルが怒りの声を上げる。

「お前のようなガキに何が分かる！　自分自身の理想と、組織の頭の野望の板挟みに苦しんでいる、この俺の何が！」

「んなもん知らねぇよ。あんたの事情なんざどうでもいい。……ただまぁ、そうだな」

ヴァイスが拳を体全体で振りかぶる。その間も止まらないライルの猛攻も、そのヴァイスの動作を止めるには至らない。

「あんたの悩みがもし、自分の大将に起因することだって言うんなら……」

その言葉を聞きながら、ライルは恐怖していた。

なんだ。こいつは一体何なのだ。これだけ殴っているのに、身体能力強化も使っているのに、一向に効いている様子がない。魔力もない人間がこれだけの攻撃を浴びていれば絶対に倒れないはずはないというのに、このタフさは一体どこから湧いてくるのか。

そして、ライルはようやく気付くことになる。ヴァイスという男の本当の強さの秘密に。

そして、気付いた時にはもう遅かった。

「それって、ただ単にあんたの大将が小物なんだろ。うちの大将と違って——な！」

ヴァイスの拳が振り下ろされる。本来なら身体能力強化でタフネスも上がっているライルが恐れる必要もないはずの一撃だ。しかし、その一撃はとてつもない轟音《ごうおん》を伴って、ライルの顔を巻き込みながら地面を叩《たた》き割っていた。

「ぐああああああああああああああああっ！」

脳天から全身を貫くような人外の拳に断末魔の叫びを上げながら、ライルは意識を叩き切られる間際、自分の予測が正しかったことを確信する。

魔力を感じられない、何の変哲もない一撃でありながら、明らかにライルのそれを上回る人外の破壊力。もはや間違いはない。

なんのことはない。ヴァイスは素で身体能力強化を使ったライルより強靱《きょうじん》なだけだ。

そもそも、何故《なぜ》ヴァイスは剝奪者《はくだつしゃ》の身でありながら、魔術師も入り混じるだろう闘技場の賭け試合において、厳しい剣闘士としての日々を生き抜くことができていたのだろうか。

その答えは、ヴァイスの体に対して行われていた非合法な肉体改造にあった。

ヴァイスが暮らしていた闘技場では、しばしば奴隷に対する魔術実験が執り行われていた。

魔力を持たない人間を商品化するために、魔術実験をして戦闘能力を強化しようというのだ。

無論、成功することの方が少ない。そもそも魔術は術理に基づいて顕現させる既存ルールの具現化であり、奇跡の顕現ではない。肉体改造などという未知の領域に応用して成功することの方が稀《まれ》なのは当たり前だ。しかし、そうでもしないと剝奪者の奴隷は商品にならない。そのため、教会の教えに反する違法とされながらも、奴隷に対する魔術実験はごくごく日常的に行われていたし、ヴァイスもまた、その新たな未知の可能性にむしろ乗り気で臨んだ。

ヴァイスはその中で生まれた、数少ない成功例の一人だ。

ヴァイスが成功した実験とは、通常の何倍もの身体能力強化。その結果の『固定』である。

身体能力強化は魔力を消費して一時的に体を強化する魔術であるが、ヴァイスの場合はその結果が魔術的に固定されている。つまり、強化された肉体こそが通常の肉体となったのだ。

恐らく偶然の結果として誕生した産物だが、この魔術によってヴァイスの肉体は魔術を使わずして人外の力とタフネスを有している。まともな人間が勝てないのは当たり前だ。

ライルの攻撃は、仮に千発打ったところで多少の傷を負うことはあっても、ヴァイスにとっての致命打には決して成り得ない。

勝負の土台に立てていなかったのはむしろ自分の方だったのだと。

その事実と、自分のあまりのピエロぶりに思わず笑ってしまい、馬鹿馬鹿しくなって意識を手放そうとしていたライルに、ヴァイスが言葉で追いうちをかけてくる。

「あんたも俺の大将についてりゃもっと面白おかしく生きられるだろうにな。上司に恵まれなかったという、その一点だけは、サフィアの姐《ねえ》さんとあんたに同情するぜ」

意識を失う刹那《せつな》、頭上からそんなヴァイスの言葉が脳裏に染みいってくる。

（……お前らの大将とやらは、そんなにも優秀な男なのか……）

心から羨《うらや》ましく思う。できることなら、是非とも自分も御相伴《おしょうばん》に与《あずか》りたいものだと。

ライルは次に目が覚めた時の己が身の振り方を考えながら、静かに意識を手放す。

それを見届けたヴァイスは、大きく伸びをしてから騎士団本部がある方向を見つめた。

「さて、あっちは大丈夫かね。何か問題が起きてなけりゃ、そろそろ終わっている頃合いだろうが……」

心配するだけ無駄か、と見切りをつけて、レオの加勢に加わるべく背を向ける。

あの女がどうこうなるはずもない。たとえあの騎士団が何人残っていた所で、イドラに傷一つ付けることすらできはしないだろう。そうヴァイスは確信している。

それも当然である。何故《なぜ》ならイドラは――

「あいつは、俺の完全上位互換だからな」

ヴァイスはレオたちが戦っているだろう建物に足を向けると、そのまま歩みを進めたのだった。


その戦場に立っている者は、もはやたったの数人程度しか残っていなかった。

地盤が至る所で陥没した本部敷地内。外と中とを区切る巨大外壁には大型弩砲《バリスタ》の矢のように打ち付けられた何人かの騎士が頭から突き刺さっており、地面にも死屍累々《ししるいるい》と積み上げられた死体の山がいくつもできている。

その中でも一際高く積み上げられた山の上に立ち、傷一つない様子で地上を見下すイドラの姿を、残ったコレルやサイモン、数人の兵士たちは呆然《ぼうぜん》とした様子で見上げていた。

まだ戦闘が始まってから十分と経《た》っていない。

しかし、コレルたちにはそれでも十分すぎるほどに悪夢のような時間だった。

「……あなたたちで最後ね」

底冷えのする声でそう呟《つぶや》きながら地上に舞い降りたイドラが、悠然とした足取りでコレルたちの方へとゆっくり近付いてくる。

コレルは湧きあがる恐怖に顔を歪《ゆが》めながら、残った部下たちに慌てて指示を送った。

「な、なにをしている！　早く斬れ！　斬るんだ！」

コレルの叫びに反応して、サイモン以外の兵士が半ばやけくそになりながらイドラに斬りかかった。やけくそ、というのはもはや自暴自棄になっているという事だ。

一斉にわらわらと斬りかかっていく彼らの姿に型や連携という本来あるべき訓練された戦闘概念はなく、それは精鋭の騎士団らしからぬ醜態《しゅうたい》であるようにも思うが、正直無理もなかった。彼らはここまでの戦いで嫌というほど思い知らされているのだ。

目の前にいる少女は、もはや自分たち程度でどうにかできる存在ではないのだと。

そして、彼らにとっては既知とも言える、予想通りの光景が訪れる。

「なっ……」

イドラの体に騎士たちの剣が触れた瞬間、剣が粉々に砕け散っていた。

イドラが何かをした訳じゃない。それはただの単純な強度限界。剣より固いものを斬ろうとしたが故《ゆえ》に起こった純然たる結果だ。

騎士たちは絶望する。やはりこうなってしまったと。既に何度も見た光景だったため予想はしていたが、実際に体験してみるとこんなに理不尽なことはない。避けるだとか、防御するだとか、そういう話以前にそもそも攻撃が通じないなどとは。

そして何度も見た光景だからこそ彼らは知っている。これから自分たちが辿《たど》る運命を。

決着はそれこそ一瞬だった。

「……え」

コレルが声を出す暇もない。イドラが瞬間的にその場から消えたと思った刹那《せつな》、凄《すさ》まじい音がコレルの背後から響いてくる。何故《なぜ》戦闘を見ていた自分の後ろから音が聞こえるのだと恐る恐る振り向いてみれば、そこには今まで目の前で戦っていた数人の兵士が、胸の甲冑《かっちゅう》に馬にでも蹴《け》られたかのような大きな陥没跡を残して地面に倒れていた。

口から血を流した悲痛な顔で、既に事切れている様子だ。

「次はいよいよ、あなたがああなる番ね」

「ひいっ！」

いつの間にか目の前に立っていたイドラの姿に、思わず悲鳴を上げて尻もちをつく。

「お下がりください団長！」

咄嗟《とっさ》にその間に剣を構えて割り込んだサイモンの声もろくに聞こえていない。コレルは顔面を恐怖にひきつらせて、周囲の惨状を確認する。

破壊された本部敷地内。無残に転がる騎士の死体。今この場に、もはや騎士団側の人間はコレルとサイモンしか残っていない。

まさに壊滅状態。優秀な自分の騎士団を、その状態に追いこんだのがたった一人の少女であるという事実が未《いま》だにコレルには信じられなかった。

それこそ悪夢でも見せられているかのような心持ちで、コレルはイドラを見上げる。

「なんだ……なんなのだお前は。何故我々の攻撃が効かないのだ！」

剣で斬っても、魔術を当てても、一向に効いている様子がない。それなのに向こうの一撃は絶対の致死の威力を持ってこちら側を襲ってくる。

こんな理不尽なことがあるものかと叫ぶコレルに、イドラは面倒臭そうに口を開いた。

「さっきも言ったでしょ。これはただの身体能力強化。あなたたちもよく知っている魔術よ」

「魔術……!?　スラム民のくせに魔術が使えるのか！」

「逆にいえばこれしか使えないけどね。私はこれ以外に適性がないの」

イドラがそう口にするように、魔術には適性というものがある。

この世界で火を熾《おこ》すには火を熾す仕組み——術理を理解し、それを魔力で顕現させる必要がある。逆にいえば、術理と魔力さえ揃《そろ》えば誰にでもそれが可能であるということになるのだが、時に術理を理解しても一切火を熾せない場合が存在する。それが適性だ。

適性がなければ仮に魔力があって、術理を理解していたとしてもその適性外の魔法を顕現させることができなかったり、人より極端に威力や持続力が低かったりする。イドラは不幸にも、あらゆる魔術においてこの適性を持たずに生まれてしまった。

「けれど、適性はプラスに働けば人より少ない魔力で人より高い効果を得ることができる。私は唯一使える身体能力強化に、その高い適性があった」

「だとしても、魔力で物質強化を行っているはずの我が騎士たちの剣で、全く傷つかないほどの身体《からだ》の強化など聞いたこともない！　仮にそんなことができたとしても、とんでもない魔力を常に消費し続けるはず！　そんな魔力……貴様は剥奪者《はくだつしゃ》ではなかったのか⁉」

「ええ、剥奪者よ。私はあらゆる魔術に適性を持たない上に、先天的魔力欠乏症にまで侵された正真正銘の欠陥品。だから……」

だから捨てられたのだ。

イドラはもともと別国の貧しい家庭の四女として生を受けた。幼い頃より感情表現に乏しく、また口数も少なかったイドラはあまり親兄弟に可愛《かわい》がられることはなかった。さらに兄妹の中でも末っ子であったということ。イドラが生まれた時点で既に家計がキャパシティを超えていたということ。なにより、イドラにそのどうしようもない『欠陥』があると後に発覚したことが、最終的な決め手となったのだろう。

イドラは六歳を迎える前に、奴隷商へと売られることが決まってしまった。

今でも奴隷商が迎えに来た日のことはよく覚えている。母が商人と話をしている裏で金貨がいっぱいに詰まった袋を別の人間から受け取っていた父は、そんな姿を見つめるイドラの顔を見て、バツが悪そうにこう言った。

「……そんな顔で見るなよ。お前はいつも無表情だったし、あまり口も開かなかった。俺たち家族のことがもともとそんなに好きじゃなかったんだろう？　なら、別にいいじゃないか」

口角を無理やりに吊《つ》り上げた不気味な愛想笑い。

それがイドラの見た、血の繋《つな》がった家族の最後の顔だった。

「──ならば、一体何故《なぜ》！」

イドラの意識をコレルの耳障《みみざわ》りな金切り声が引き上げる。少し感傷に浸り過ぎていたようだ。

イドラは少しだけ目の前の小物に感謝しながら、その答えを口にする。

「私は、魔力の燃費効率が狂ってるの」

それがイドラの強さの秘密だ。魔術を単純な数字に置き換えることは非常に難しいが、それでも無理矢理数字上に導き出すなら、イドラの魔力循環効率は常人のおよそ数千倍。

仮に常人が二倍の身体強化を一秒間持続させるのに一の魔力を消費するのだとすると、イドラは同量の魔力で同程度の身体強化を一時間以上持続させることができる。

要するに、魔力の燃費が驚くほどに良いのだ。

これが身体能力強化の適性の高さと相まって人外の強さを生み出す。いくら身体能力強化といえども、痛みなく剣を砕くほどに体の強化を行うのは不可能だ。仮にできたとしても、それには膨大な魔力を使うため、ろくに維持を行うことができないだろう。身体能力強化は発動している間はずっと魔力を消費し続けるのだから。

しかし、身体能力強化に対する高い適性と、驚異的な魔力の燃費効率を併せ持って生まれたイドラのみが唯一これを可能とする。

これはイドラの両親も知らなかった事実だ。イドラ自身、この能力に気付いたのは既に奴隷商に売られてしまった後だった。仮に両親がイドラのこの能力に気付いていたなら、絶対に彼女を手放していたりなどしていなかっただろう。何故《なぜ》ならこれは、理論上は最強の力なのだ。

魔術戦とは、いわば魔力という限りある力を競い合う戦いである。

魔術同士のぶつかり合いでは、より多くの魔力が込められた魔術の方が勝つ。だが、だからといって強力な魔術を連発しても空振りばかりでは先に魔力切れを起こしてしまう。そのため魔力総量に劣る側はそうやって上手く相手の息切れを狙う――いわば魔力の駆け引き。

だが、イドラにそんなものは必要ない。常に数十倍、数百倍の身体強化を長時間持続させることが可能な彼女には、そもそも生半可《なまはんか》な攻撃自体が通じない。けれどイドラ自身の攻撃はそのすべてが相手の身体強度を易々《やすやす》と貫く、絶対にして致命の一撃となって放たれる。

魔術戦が魔力の競い合いであるというのなら、イドラに理論上勝てる者など存在しない。

仮に相手が百の魔力しか持たない人間の場合、常に百以上の身体能力強化を維持するだけで、そもそも相手の攻撃そのものがイドラには永遠に通らないのだから。

「それも、魔力さえまともにあったらの話だけどね。いくら燃費が良かろうと、元の魔力がカスなんだから戦闘は長続きしないし、実際サービスし過ぎてもう魔力も切れる直前よ」

「まあ、もっとも――」と言って、イドラはサイモンを目にも見えぬ一撃で蹴《け》り倒した。

「ぐがぁっ!?」

「あなたたちを始末する程度、どうということもないけれど」

地面に転がり、一撃でほぼ意識を刈り取られた様子のサイモン。長年騎士として仕え、閃光《せんこう》姫《き》サフィアの側近として選ばれるほど優秀なはずであるこの男も、イドラの圧倒的な力の前では赤子も同然だ。ついに自分ひとりとなってしまったコレルは「ひいい」と情けない声を上げながら後退《あとずさ》った。

「た、助けてくれ！　その男は平民出身だから殺してもいい！　でも僕は高貴な血を引く貴族なんだ！　どうか助けて欲しい！」

挙句、部下を差し出して自分の命乞いだけを始める始末。イドラは呆《あき》れたように溜息《ためいき》をついて、地面で微《かす》かに呻《うめ》いている様子のサイモンへ同情の目を向けた。

「……付くべき人間を間違えたわね。あの偽善者《女》ならたとえ自分が追いこまれようと、部下を差し出すような真似《まね》だけはしなかったはずよ」

聞こえているのかどうか分からないがイドラはそう零《こぼ》す。しかし、それもサイモンが自ら選んだ道だ。たとえ脅《おど》されていたのだとしても、こうなる可能性も考慮した上でコレルに下ったのであれば、サイモンにはその結果を甘んじて受け入れるべき義務がある。それが一介の騎士として戦場に出た者が負わなければならない最低限の責任というものだ。

そう言っていたレオの言葉を思い出し、イドラはその拳を振り上げた。

なんてことはない。ただの素手での打撃。だが、イドラの力でそれが顔面へと叩《たた》き込まれれば一体どうなるのか。さすがのコレルにも容易に想像することができる。

「や、やめ――」

脳髄を垂れ流して絶命する自分という悲惨な未来を想像して、最後の命乞いをしようとするコレル。しかし、イドラが聞く耳を持つはずもない。

「さようなら」

絶対的な死の鉄槌《てっつい》がコレルの顔面に振り下ろされる。

その拳が直撃し、想像した通りの光景を生み出そうとした――その時だった。

「……大したものだ」

ぴたり、とイドラの拳がコレルの顔面を粉砕する直前で止まる。

しかしコレルは既に恐怖で意識を失っていたのか、白目を剝《む》いてそのまま後ろに倒れてしまった。その股間からは湯気を立てて淡黄褐色の液体まで流れ出ている。

イドラはその姿を「うわぁ」という表情で見下ろしてから、声の方向へとその視線を向けた。

「驚異的な魔力の燃費効率に身体能力強化への類を見ない魔術適性。なるほど、確かに人外の力だ。こんな小さな街に、よもやこれほどの逸材が潜んでいるとは思ってもみなかった」

騎士団領と外とを分ける塀《へい》の正門からそう言って歩いてきたのは、いつかの酒場でカイゼルと一緒にいた仮面の女だった。まるで散歩のような気軽さで辺りの惨状を見回しながら、イドラの方へ向けて語りかけてくる。

「だからこそつくづく惜しい。剝奪者《はくだつしゃ》でさえなければ、それこそ将来的に世界で覇を唱えることもできただろうに」

「興味ないわね。私は私の好きに生きられればそれで充分よ」

「……実際にそれができていないのに、か？」

ピクリとイドラが眉を顰《ひそ》める。自然と表情が険しくなるその様子を、女が仮面の下で静かに観察しているような気がした。

「……それで？　黒狼《こくろう》のお客様が一体こんな場所へ何をしに来たのかしら。残念だけど観光ならあまり眺めは良くないわよ」

イドラが周囲に広がる惨状を指し示すと、仮面の女が「そうだな」と肩を竦《すく》める。

この光景を作りだした犯人がイドラであることは分かっているだろうに、そんな相手を前にしてもまるで動揺した様子がない。イドラはそのことに僅《わず》かに警戒を強めた。

「どうやらチェックメイトのようだ。もしやと思って来てみたが、やはりここにも大魔鉱石はないようだし、向こうもそろそろ決着がつく頃だろう」

「勝敗は――」と言いかけて、大方の見当がついているのかそっと首を振る。仮面の女はそのままイドラを仮面の奥から見据えた。

「……なら、私にできることはもう事後処理だけだ。塵《ちり》一つ残さないように、戦場の大掃除をすることとしよう」

「……掃除？　なに。それはどういう――」

どういう意味なのか。そうイドラは最後まで言い切ることができなかった。

瞬間的に爆発するような殺意が仮面の女の周りを取り巻いたことが肌で分かったからだ。イドラは思わず溜息《ためいき》をつく。

「……やっぱりそういう手合いなのね。こんな場所に来た時点で想像はついていたけど」

「理解が早くて助かる。なら、今自分がどういう立場なのかも、こうすれば恐らく分かってもらえるだろう」

仮面の女が片手を横に振ると、何もなかった空中に光り輝く魔法陣が浮かび、百を超える数の大量の剣が出現した。

大小様々な剣が宙に浮くその光景は、まるで無から突然物質が生み出されたかのようであったが、イドラは自らの記憶の底からその謎の答えを掘り起こすと、小さな声で口にする。

「……創造魔術」

創造魔術とは、魔力を媒介に無から物質を生み出す高等魔術だ。

万物を作りだす夢のような魔術に聞こえるが、例えば剣を作りだすなら剣という物質と構造への深い造詣が必要である。なにより物質創造にはどんな小さなものでも莫大《ばくだい》な魔力を消費するため、通常大量生産は不可能だ。そのため本来、戦場で即席の武器を作るような使い方には向いていないはずなのだが、目の前にある現実は違う。

仮面の女は魔力切れを起こすこともなく、実に余裕そうな雰囲気を漂わせている。

「理解したらしいな。ならば、分かるだろう？」

それが意味するところは、仮面の女がとてつもない魔力の持ち主であるということだ。

あれほどの数の創造を可能とするなど、一国の英雄でも聞いたことがない。僅かにイドラの記憶に引っ掛かる何かがあるような気がしたが、今この場で思い出すことはできなかった。

それよりも問題なのは、イドラはこれから魔力がほとんど切れた状態であの化け物の相手をしなくてはならないということだ。

「とんだ貧乏くじを引いたわね……追加の演者なんてお呼びじゃないのよ」

一体あれ相手に残りの魔力でどこまでやれるか。その絶望的な状況に頭痛を覚えながらも、イドラは静かに構える。

「彼我《ひが》の戦力差を理解していながらそれでもなお構えるか。その心意気やよし」

仮面の女が再び腕を振ると、浮かんでいた剣がその切っ先を一斉にイドラへと向けた。

あれほどの数の剣の動きが寸分狂わず連動している。風の魔術か、重力を操っているのかは分からないが、どうやら魔術操作まで精密なようだ。いよいよもって笑いがこみあげてくる。

「我が名はロッド。せめて苦しみを与えず、一瞬のうちに終わらせてやろう」

「やれるものならやってみなさい、引き立て役《トリックスター》さん」

そして剣の矛先がイドラへと一斉に襲い掛かると、圧倒的な強者同士の戦いが始まった。


一方、黒狼《こくろう》アジト内での戦いも決着がつこうとしていた。

「ぐあ⁉」

苦悶《くもん》の声を上げたカイゼルの脇腹からひしゃげた丸い銃弾が零《こぼ》れ落ちる。

何度目かになるその痛みに顔を歪《ゆが》めながら、カイゼルは吐き捨てるように愚痴《ぐち》をこぼした。

「くそが……一体さっきからなんなんだよ、その妙な武器は！」

カイゼルがそう言って睨《にら》む先には、レオが片手に持っている鉄製の小さな銃がある。

レオは自らが持つそれに視線を落としながら、カイゼルが言った言葉に対し、余裕を保った口調で呟《つぶや》いた。

「そうか。やはりお前たちは銃を知らないか」

それはそうだろう、と。

魔術という圧倒的に優位な遠距離攻撃方法が一般に広く普及しているこの剣と魔法の世界において、銃などという手間も材料も掛かる原始的な武器が発達するはずもない。街で情報収集を行っていた際、紙に書き起こした銃の絵図に街の人間が首を傾《かし》げていたその時点で、レオはこの世界に重火器という概念が存在しないのだということにいち早く気付いていた。

だから作らせたのだ。

この街は工業都市。ましてや中世に近い世界である。露店商や闇市を少し回れば、細工師を生業《なりわい》にしている者はいくらでも見つけることができる。この銃はレオが闇市で必要物資を調達していた際、見つけた細工師に金で依頼して作らせたものだった。

中世の細工師に銃の制作を依頼するなど荒唐無稽な話のようにも思えるが、銃は近代の最新機構に拘《こだわ》らなければ存外簡単に制作することができる。それこそ初期のタンネンベルクガンと呼ばれるものは、ただの鉄の筒の先端に弾を詰め、中の火薬を発火させて弾を飛ばすという極めて単純な造りをしている。レオが持っている銃もほぼこれと同じ構造で、形だけ銃に寄せているが、弾丸は加工した丸い鉛の球体を先端から込めているだけだし、ライフリングも施《ほどこ》されていない上に、引き金だってついていなかった。

だがそれで十分なのだ。実際カイゼルは、銃という初めて相対する武器に先ほどから対応しきれていない。この世界の武器では考えられないような速度で飛んでくる攻撃に翻弄《ほんろう》され、戦闘の主導権を摑《つか》み切れないでいる。まさにレオの狙い通りの展開であった。

「存外この世界でも脅威なものだろう。人類の英知が作り出した対人殺傷兵器というものは」

「くっ……」

開幕時の状況とは違い、都度、身体能力強化を発動してくるカイゼルの肉体は鉛の弾丸では容易に貫くこともできなくなっていたが、物理的なダメージ自体はその身に与えられている。銃は何の訓練もしていない子供でも、歴戦の猛者《もさ》を容易に殺すことのできる唯一の武器だ。

この世界において未《いま》だ圧倒的な弱者であるレオが、魔術を使う人間を相手にする武器として銃火器を選んだことは、これ以上ない最適解であると言える。

とはいえ、いくら効果的でも所詮《しょせん》は即席の銃。耐久性は度外視な上に構造もシンプル。撃てればそれでいい、という注文の下に完成した原始的な武器は、数発も撃てば即座に不良を起こす欠陥品である。実際、次弾を発砲しようとした傍《そば》から早速弾詰まりを起こしてしまった。

しかし、そこはそれ。既に代替案は用意してある。

「――っと……詰《ジャム》まったな。ユキ、換えだ」

「こちらを」

装填不良の起こった銃を脇に捨てれば、すかさず後ろに控えていたユキが肩に下げたバッグから新しい銃を取り出して渡してくる。シンプルな構造であるが故《ゆえ》の設計は、逆説、その量産を容易にする。銃は念のために予備も含めて何セットか注文してある。万が一使えなくなっても、すぐに交換が可能だ。

「くそがぁぁぁ！」

その隙をついて戦斧《せんぷ》を振り上げたカイゼルが家具を蹴散《けち》らしながら突貫してきた。

銃という攻撃手段は確かにあるが、それを扱うレオは魔術もろくに使えない普通の人間だ。この攻撃を避けることは難しい。しかし、そこはユキがいる。

「させません」

ユキは即座にレオの体を抱えると少女のものとは思えない力とスピードでレオごとその攻撃から逃れていた。対象を失った一撃がけたたましい音を立ててアジト内の床を砕く。

「くそが、ちょこまかと――」

即座に戦斧を抱え上げてレオたちを追撃しようとするカイゼルだったが、その怒りのあまり、彼は背後で唐突に膨れ上がった魔力に気付くのが遅れてしまっていた。

そう、この場にいるのはレオとユキだけではないのだ。

「――輝かしき閃光の連撃《ライトニング・カリヤゾ・アグライア》」

室内が唐突に光り輝いたと思った瞬間、サフィアの放った質量を持つ光の刃が無数の攻撃となってカイゼルを襲っていた。

「ぐああああああああああ！」

咄嗟《とっさ》に戦斧《せんぷ》でその身を隠すカイゼルだったが、辺り一帯を巻き込みながら破壊する怒濤《どとう》の光の刃は瞬《またた》く間に彼を覆い尽くす。室内のあらゆる家具や壁を粉々にしていく光の暴威は、ついに外壁を大きく破壊してカイゼルを店外にまで吹き飛ばした。

闇を切り裂くような光を斬撃に変え、回避不可能と思える速度で攻撃へと昇華させる。

光の概念魔術を操りし若き女騎士——閃光姫《せんこうき》サフィア。

まさに彼女を表すものとしてこれ以上なく相応《ふさわ》しい二つ名だった。

「ん……？」

「——よう、大将」

レオがサフィアと共に瓦礫《がれき》を踏み分けながら店の外に出ると、服がぼろぼろになったヴァイスが手を上げて脇に立っていた。少し離れた場所にライルが倒れている様子も窺《うかが》える。どうやら先に戦闘を終わらせていたようだ。

店の外には騒ぎを聞きつけだしたスラム民たちが何人か集まってきていて、物陰に隠れながら遠目からレオたちの様子を窺っている。それを横目に一瞥《いちべつ》し、レオはヴァイスに語り掛けた。

「思いの外早かったな。随分ぼろぼろのように見えるが、手当てしなくてもいいのか？」

「見た目だけだ。こんなもんほっときゃ治る。むしろ加勢してやるつもりだったんだが……」

ヴァイスがちらりと視線を向ける。

「必要なさそうだな」

「ああ、もう終わりだ」

そこには血をぼたぼたと地面に垂らしながらレオたちを睨《にら》むカイゼルの姿があった。

戦斧を支えにしてなんとか立ちあがってはいるが、身体《からだ》中は傷だらけで至る所から出血しており、その姿はサフィアの攻撃によるダメージの大きさを物語っている。

対するレオたちはほぼノーダメージだ。せいぜい斧が掠《かす》ったか、戦闘中に飛んできた破片によって負った小傷がほとんどで、命に関わる直接的な攻撃は一切受けていない。特にレオは遠目からの攻撃に終始していた上、ユキによる働きもあって、無傷といっていい状態だった。

もはや趨勢《すうせい》は決している。カイゼルの勝ちの芽はもう完全に摘み取られていた。

そもそも、最初にレオの銃弾をその身に浴びてしまった時点で勝負はついていたのだ。なにせレオ側にはサフィアがいる。万全の状態のカイゼルとすら互角以上に渡り合っていたサフィアに、レオとユキという戦力まで加えれば、負傷したカイゼルに勝ち目などあるはずがない。

この場にいたカイゼルの部下たちもサフィアの攻撃によって早々に退場した。戦力外だと思っていたレオまで銃という武器を使って渡り合いだしていた。完全に分が悪いことはカイゼルにも分かっていたはずだ。それにも拘《かか》わらず強引に戦いを続け、明らかに決着がついた今になっても未《いま》だ戦斧を抱え上げようとしている。サフィアにはその理由が分からなかった。

疑問が口を衝《つ》いて出そうになったが、言葉が形を成す前にレオが一歩進み出る。

「何か言い残す言葉はあるか？」

決着だ。レオがカイゼルの額に銃口を突き付けた。

既にカイゼルの魔力は切れ、身体能力強化も解けている。そんな状態で銃弾を額に受ければただでは済まないだろう。カイゼルもそれは分かっているのだろうが、もはや銃から顔を逸《そ》らす体力もないのか、特に動く様子もなく、どうやら立っているだけで精一杯のようだった。

「妙な戦い方をしやがって……てめえは一体なんなんだ……」

喋《しゃべ》るのすら億劫《おっくう》そうにしながらカイゼルが呟《つぶや》いた。

「銃《これ》がお気に召したようなら何よりだ。事前にこしらえた甲斐《かい》があるよ」

「それだけの話じゃねえよ……てめえ、恐らくだが……魔術を使えやがるな？」

カイゼルのその言葉にレオの眉尻が僅《わず》かに反応する。

そして少しの間を置くと、くつくつと漏らしだすように喉で笑い始めていた。

「なんだ。気付いていたのか」

レオが左手の人差し指を上げる。するとその先端に小さな魔法陣のようなものが浮かび上がり、ぽっと音を立てて小さな燈火《とうか》を生み出していた。

紛《まが》う方《かた》なき、火の魔術の顕現である。それを見てカイゼルはちっと舌打ちを飛ばす。

「やっぱりな……てめえがその銃とかいう武器を使うとき、僅かに周囲に魔法陣が浮き出ていた。てめえ、さっきの戦いの中で、魔術で何かしてやがっただろう」

「ご名答だ」

レオは種明かしをする。

そもそもタンネンベルクガンは内部に詰めた火薬に焼いた棒などを突っ込むことによって発火させる構造ではあるが、それでは戦闘において実用的とは言えない。弾だけならまだしも、一発ごとに火薬を仕込むような暇は戦闘中にはほとんど存在しないからだ。

ならばレオは一体どうやってその問題を解決したのか。

その答えは非常に簡単だ。そう――魔術である。

「そもそも筒の内部で爆発を起こしたいだけなら火薬など入れる必要はない。それこそ魔術を使えばいいいんだ。爆発など燃焼の原理の延長に過ぎないのだからな」

筒に弾を込め、内部で魔術を発動し、発射する。とても単純な話だ。

カイゼルが見たという魔法陣はその魔術の発動の際に浮かび上がったものだったのだ。

レオの答え合わせに、カイゼルは眉を顰《ひそ》めた。

「崖《がけ》の上で葉巻に火をつけてやがったのもそれかよ。なんでスラム民のてめえが魔術を使えるんだ……てめえ、実は剝奪者《はくだつしゃ》じゃなかったのか？」

カイゼルの言葉に、レオは静かに首を振った。

「いいや。剝奪者だったさ。俺は間違いなく、魔術を使うことのできない人間だった」

そう――一昨日の夜までは。

思い出されるのは、レオがカイゼルの部下であるシャルマンたちを殺した二日前の夜。

突然脳裏に響いた、あのメッセージのことだ。

《『悪ノ権能』の第一条件を達成しました。対象の潜在魔力の一部を、契約対象に常態加算します》

どこかで聞いた覚えのある謎の声が脳裏に流れた瞬間、レオは不思議と自分にとある能力が備わっているということを瞬時に理解した。

レオが持っていたある能力――正式名、悪ノ権能。

それは『レオの意思で殺した対象の魔力の一部を自分のものにできる』というもの。これは魔力の回復という意味ではなく、上限値の増大だ。本来個人ごとに限界のある魔力の保有許容量が、殺した人間の数だけ増え続けるというものだ。

条件は殺すこと。これはレオの意思によるものであれば直接的でも間接的でも構わない。仮に他人に命じた殺害であっても、レオの意思が介在したと判断されれば魔力はレオに吸収される。奪える魔力は対象の魔力総量の半分以上。レオの意思によって殺せば殺すだけ、魔力は事実上無限に増え続ける。

まさに悪人であるレオのために選ばれたかのような業の深い能力である。そんなものが何故《なぜ》レオに付与されているのかは分からない。レオ自身、何者かの意思が介入しているように思えてならなかったが、少なくともレオから能力の詳細を聞いたイドラたちは、その何者かを『神』であると判断しているようだった。

理由の分からない力の存在。それに、若干の気持ち悪さを感じない訳ではない。

だがなんにしろ、使えるカードがあるというのなら、ありがたく使わせてもらうべきだろう。

レオはカイゼルの額に直接銃口を押し当てた。

「夢の終わりだ、カイゼル。祈る神がいるなら、懺悔《ざんげ》の時間くらいは与えてやるが？」

「はっ……冗談だろ。そんな殊勝な精神を持ち合わせているなら、こんな掃きだめで聖書に唾《つば》吐くような生き方しちゃいねえよ」

「……違いない」

笑うレオの顔を、カイゼルはぎろりと怨念《おんねん》のこもった視線で睨《にら》み返す。

「こんなはずじゃなかったんだ……俺は世界に出るはずの男だった。実際途中まで計画はすべて上手く行っていた。騎士団だけならこんなことにはなっていなかったはずだ」

「あと、一歩のところだったのに……」と、カイゼルはヒューヒューと息を漏らす。

限界が近いのだろう。カイゼルが腕を震わせてレオを指差した。

「お前だ……お前が現れてからすべてがおかしくなった。スラム暮らしで満足しているようなガキどもが、俺の覇道《はどう》を邪魔しやがって……！」

お前さえいなければ、と。地獄の底から響くような声で呪いの言葉を吐いてくるカイゼルに、思わず後ろで聞いていたサフィアも息を呑《の》む。

しかしそれを一番近くで聞いているはずのレオはあくまで無感情だった。

「馬鹿を言うな。お前が失敗したのは最初からお前にその器がなかっただけの話だ。自分の力量のなさを、自分以外の誰かのせいにするんじゃない」

「なんだと……！」

「どこかの誰かに分不相応な夢でも見せられて勘違いしたか？　こんな小さな街で天下を取った程度の御山の大将が、覇道《はどう》などと笑わせてくれるなよ」

レオは低い声を発してカイゼルを見下ろす。そこにあったのはカイゼルの威圧など頭から呑《の》み込んでしまうほどの恐ろしく底冷えのする表情だった。

「こちらは全世界八十億――その悪の頂点に立った男だ。最初からお前など、俺と同じ土俵にも立てていないんだよ」

カイゼルにその言葉の意味などきっと分かっていなかっただろう。

ただ彼が大きな銃声と共にその身を崩しながら最後に見ていたのは、ライルやニコル。多くの見知った仲間たちと酒を呑み交わす過去の自分の姿。それは皮肉にもカイゼルが目指した世界からは程遠い、それでも一番楽しかった頃の黒狼《こくろう》の姿だった。

「……終わったな」

額から血を流して倒れるカイゼルの姿を見届けたヴァイスがレオへと語りかけてくる。

レオは頷《うなず》きながら銃をズボンの隙間に収め、自らの掌《てのひら》をじっと見つめた。

(……『使う』までもなかったか)

それは万が一の事態のために使用を想定していたレオの秘密兵器。そのための準備も色々と行っていたのだが、ついにそれを使う機会が訪れなかったことに密《ひそ》かに苦笑する。

しかし、それならそれでいい。もともとレオにとっては色々と博打《ばくち》の要素が多い不確定な武器だった。使わずに済んだのならそれに越したことはない。

それよりも騒ぎが大きくなる前に崩れたアジトを捜索して、もらえるものをもらっておこう。ニールから聞いた話では物資強奪で蓄えた金品がまだ溢《あふ》れるほど眠っているはずだ。今のうちに頂いておかないと、本部から騎士団の増援が来たらすべて押収されてしまう。そうなってはイドラも半ば後戻りさせない形で同盟に引きこんだことを許してはくれまい。

(向こうもそろそろ終わった頃だろう。待ちくたびれているかもしれないな)

急ごう。そう思い立ってレオがユキたちに指示を飛ばそうとした時、じっとカイゼルの死体を見ていたサフィアが静かに呟《つぶや》いた。

「彼は、何故《なぜ》最後まで投降しなかったのだろうか」

振り向けば、何やらサフィアは悲痛そうな表情を浮かべている。

死んだカイゼルに同情しているのか、あるいはその生きざまを憐《あわ》れんでいるのか。傍目《はため》からはその心情まで窺《うかが》い知ることはできない。

だが、どうせまた余計なことで悩んでいるのだろうことは分かる。カイゼルの最期《さいご》をその瞳で目《ま》の当たりにして、本当にこれで良かったのかと今更自分に問うているのかもしれない。

「別の道もあったはずだ。こうなることが分かっていて、何故彼は悪の道へ進んだのだろうか」

思い悩んでいる様子のサフィアに、レオはアジトへ足を向けながら小さな声で呟いた。

「順番が逆だ。やりたいことのために進んだ道が、たまたま悪だっただけの話だろう」

「……え？」とサフィアが顔を上げる。それは一体どういう意味を持った言葉なのか。

彼女が疑問を口にする前に——事態が急変した。

突然、レオたちの目の前でアジトが爆発でも起きたかのように弾《はじ》け飛んだのだ。

「なんだぁ⁉」

「ご主人様！」

瓦礫《がれき》を撒《ま》き散らしながら吹きすさぶ凄《すさ》まじい爆風にユキがレオを庇《かば》う。ヴァイスとサフィアも腕で顔を覆いながら、何が起こったのかとアジトの方を確認していた。

からからと石の転がる音を立てながら次第に風と煙が晴れていく。突然の事態に、騒ぎの様子を見守っていたスラム民たちが遠くで逃げ惑っているものの、今の爆発に巻き込まれた人間はいないようだ。この辺りが黒狼《こくろう》の縄張りだったのが幸いしたと、そうサフィアが密《ひそ》かに安堵《あんど》する中で、どうやら無事だったらしいユキの声が状況の第一報を伝える。

「イドラ様……？」

レオたちがその声に目を向けると、確かに跡形もなくなったアジトの瓦礫《がれき》跡にイドラが立っていた。しかしその体は随分傷だらけで、服も至るところが破れて血が滲《にじ》んでしまっている。

「イドラ！　だ、大丈夫か！」

それを見て、サフィアが慌ててイドラに駆け寄り肩を貸そうとする。イドラはその手を鬱陶《うっとう》しげに振り払い、あくまで気丈に振舞おうとしていたが、誰が見ても彼女は満身創痍《まんしんそうい》だった。

そのことにまずユキとヴァイスが顔色を変える。恐らくこの中でイドラを最も知るこの二人だからこそ瞬時に悟ったのだろう。イドラが負傷している。その事実が指し示すことの異常性と、その事態が示唆《しさ》することの危険性に。

「――勢ぞろいだな」

声は頭上から聞こえてきた。

「奇《く》しくもこの場に舞台の役者が全員揃《そろ》っているようだ……手間が省けて非常に助かる」

レオたちの頭の上。空中に浮かぶようにして仮面の女――ロッドの姿がある。

その周囲には百を超える大小様々な形の剣が同じく宙に浮かんでおり、レオたちを見下ろすロッドの周りで刀身を輝かせていた。その光景を見上げてレオは感嘆の息を漏らす。

「驚いたな。魔術というのは空まで飛べるようになるのか」

どこか的外れなレオの感想に脱力しながらも、サフィアが言葉を返す。

「風や重力の魔術を扱えば可能だが、高等技術だ。精密な魔術操作や莫大《ばくだい》な魔力量を要求されるし、簡単にできることではない。少なくとも私はできないが……それよりも」

サフィアが言って、宙に浮かぶ剣を見つめる。

「問題はあの周囲に浮かぶ剣の方ですね。見たところ、すべて創造魔術であるようです」

「信じられんな……あれだけの数の創造魔術を可能とする人間など聞いたことがない」

「……いや、待てよ。もしかして……だがしかし……」と、ぶつぶつ呟《つぶや》き始めたサフィアたちの話は門外漢であるレオには良く分からない。

しかし、あの仮面の女が凄《すさ》まじい実力者であるということだけは理解できる。イドラの実力については計画を組み立てる段階でヴァイスたちから聞いて良く知っている。そのイドラがあれほど痛めつけられているのだから疑う余地はないだろう。そんな人間が今、自分たちに明らかな敵意を向けてきている。説明されるまでもなくこれは非常事態である。

——第三勢力の介入。レオが想定していた中でも最悪のパターンの一つが最悪のタイミングでやってきてしまったのだから。

「……あれは一体誰なんだ？　カイゼルたちの仲間の一人なのか？」

サフィアが空中のロッドを見上げながら疑問符を浮かべている。

「ただの取引相手だよ。コレルたちとは別の、恐らくカイゼルたちにとっては本命のな」

「取引相手……？」

「カイゼルたちは騎士団の他に、あの女とも密約を交わしていたんだ。今回の物資強奪作戦を完遂《かんすい》した暁《あかつき》には、積み荷の目玉である大魔鉱石をあの女に横流しする、という密約をな」

「な、なんだと⁉」

サフィアの顔が驚愕《きょうがく》の色に染まる。レオは口元に笑みを浮かべてロッドを見上げた。

「商談が破綻《はたん》したから掃除しに来たのか？　事情を知っていそうな者を鏖殺《おうさつ》しておこうとする徹底ぶりは見上げたものだが、少々やり方が雑だな。美学に欠けているぞ」

レオの言葉に、ロッドはあくまで感情を伴わない声色で答えた。

「……それはすまない。なにぶん、力《これ》くらいしか能がないものでな。力でねじ伏せること以外、うまいやり方を知らないんだ。許せ」

「……それでもなお、強硬手段に打って出るのは、それなりの理由があるからか？」

例えば、大魔鉱石を欲しがっている人間がいたという情報をもとに、その候補をリストアップされるだけでも、目の前の女の正体に辿《たど》り着ける可能性がある、だとかだ。

だからロッドは、可能な限り関係者を抹殺しておこうとしているのではないだろうか。

「……答えるつもりはない」

ロッドの周りで浮遊している剣の切っ先が、地上にいるレオたちの方へと一斉に向けられる。

問答無用、ということらしい。

(どうやら俺たちが大魔鉱石を持っていることは知らないようだが……まあ、仮に持っていると言ったところで、交渉が通じるような相手でもないか)

どうせ口封じに皆殺しにしようとしてくるに決まっている。

レオは前方で同じようにロッドを見上げているイドラの背中に目を向けた。

「イドラ、戦えるか」

「無理ね。もうほとんど魔力が切れたわ」

レオの問いかけに、背を向けたままイドラが答える。振り向くのも億劫《おっくう》なほど疲労しているのだろう。恐らく騎士団との連戦で魔力が枯渇したのだ。

だからイドラは、恐らくロッドをここまで誘導した。彼女がロッドを引き連れてここにやってきたのは、自分一人では打開が困難であると判断したからに違いない。レオたちに頼るという屈辱の選択をせざるを得ないほど、今の彼女はギリギリの状態であるということだ。

——最強の戦力《イドラ》が封じられている。

その事実を前に、レオは初めて考え込むように顎《あご》に手を当てる。

しかし、敵はそれ以上レオに長考の時間を与えてなどくれなかった。

「っ、来るぞ！」

ヴァイスが叫ぶのとほぼ同時に空から百の剣が降り注ぐ。それは魔力を帯びている影響で凄《すさ》まじい破壊力を有しており、地面に突き刺さった瞬間に爆風と余波を伴って周囲を吹き飛ばす。そんなものが百もある全体の殲滅《せんめつ》力は筆舌に尽くしがたいものだった。

「輝かしき閃光《せんこう》の――くっ、駄目だ！　間に合わん！」

サフィアも同系統の技で迎撃を試みるが、破壊力もスピードも敵の方が圧倒的に上だ。サフィアの剣が光るよりも速く叩《たた》き折られ、剣の雨が起こす爆風の中に巻き込まれてしまっていた。

上空まで砂煙が巻き上がった後、付近に一瞬の静寂が舞い降りる。

からからと瓦礫《がれき》の零《こぼ》れ落ちる音がそこかしこから聞こえ、徐々に舞い上がっていた土煙が晴れると、辺りは建物という建物が全壊し、いくつもの瓦礫の山が連なる荒野のようになっていた。付近にはレオ以外の四人がボロボロの姿になって地面へと転がっている。

唯一、ユキに突き飛ばされて難を逃れたレオが、肩を押さえながら立ち上がっていた。

「ユキ、生きているか」

血の滲《にじ》む肩の痛みに耐えながら、近くに倒れていたユキを抱き起こす。

返事はない。意識はあるようだが朦朧《もうろう》としているようだ。しかし、それよりも問題なのは、今の攻撃の衝撃でユキの左肩から先がなくなってしまっていることか。

人外のタフネスを誇るヴァイスまでもが一向に起き上がる様子がないということが、ロッドの攻撃の破壊力を言外に物語っている。たった一度の攻撃で、レオたちはほぼ壊滅状態に追い込まれてしまっていた。

「……弱肉強食、というのは、本来こういうものだ」

レオの目の前にロッドが降り立つ。

腕を組んだまま周囲に新たな剣を浮遊させて、レオを見下ろしていた。

「小細工は通じない。知恵を働かせても意味はない。仮に徒党を組んだ所で、死体の数が増えることになるだけ。弱さという罪を背負った者は、ただ一方的に強者にすべてを奪われる他にない。それはこの惨状を見れば、十二分に理解できるだろう」

言われて、レオは周囲に倒れる仲間たちを見回す。ヴァイス、ユキ、サフィアに動く様子はない。イドラはさすがというべきか、なんとか立ち上がろうとしていたが、ダメージが大きいのかすぐに戦える様子には見えなかった。

増援は期待できない。ならばレオは一人でこの状況をなんとかするしかないのだが。

「それでも足掻《あが》いてみるか？　一昨日は微塵《みじん》も感じなかった魔力の気配が、今のお前からは感じられる。どういう理屈なのか知らないが、何か隠し玉があるのだろう……？」

悪ノ権能のことについても、うっすらと勘付かれてしまっているようだ。

だがそもそも、現段階でレオは悪ノ権能をあまり役に立つ能力だとは思っていない。

魔力量がものをいうこの世界の常識に照らし合わせて考えれば、確かにこれは反則級の能力だろう。殺せば殺すだけ魔力が増えるなら、極端な話、大量虐殺《ぎゃくさつ》を行えば一気にどこまでも強者の階段を駆け上がることができる。地道に鍛錬《たんれん》している人間からすれば「ふざけるな」と怒鳴られそうなほどに理不尽な話である。

だがしかし、実際にはそんなことは不可能だ。

そもそも組織的な後ろ盾を手に入れない限り、公的組織に捕まらずに人を殺し続けることは難しいし、かといって魔力量の多い強者を狙おうにも、格上の人間をそう何度も上手く殺せるはずがない。普通の人間がこの能力で最強の存在に辿《たど》り着くのは、それなりに堅実な道筋を構築してやらない限り、絶対に不可能なのだ。そういう意味では外れスキルとさえ言える。

ましてや今のレオが、ロッド相手にこの力でどうこうできるはずもない。

レオは今回の戦いにおいて、最初からこの能力を大したアテにはしていなかった。

「……どうやらもう打つ手もないようだな。お前には、少しばかり期待していたのだが」

「それはご期待に添えられず済まなかったな」

レオの軽口に僅《わず》かに笑ったロッドだったが、次の瞬間にはレオへその刃を向けてくる。

「大魔鉱石の場所を吐け。これは私の勘だが、お前が隠し持っているのだろう？」

「なんのことかな」

「吐けば、お前の命だけは助けてやろう」

ピクリとレオの眉が動く。それは思いもよらぬ提案だった。

「初対面の時から感じていたが、お前は恐らく私と同じ部類の人間だ。正直ここで殺すのは惜しいと思っている。私の下につくと、今この場で約束するならば、お前だけは助けても良い」

「……一応聞くが、他の仲間の命は？」

「助けられない。私がこの場で拾い上げてやれる命はそう多くない。お前一人が助かるか、全員死ぬか。……好きな方を選べ」

そう言いながらレオを見つめるロッド。どこまで本気にするべきかはともかくとして、仮に彼女の提案が真面目なものであるならば、それはレオにとって決して悪い話ではなかった。

既に趨勢《すうせい》は決まっている。レオ側に動ける戦力は一人もなく、ここからの逆転はまず不可能だろう。ならばイドラたちの命をカードに軍門に降《くだ》るのは合理的な選択ではある。もともと三人とは仮に組んだ同盟でしかないし、彼女らが当初レオをいつでも切り捨てるつもりだったように、レオにも当然その権利はあるのだから。

せっかく生まれ変わったのだ。ここで無駄に命を散らせるくらいなら、さっさとイドラたちの命を差し出して大人しく軍門に降り、そこからまた隙を見て再起を狙うべきだ。

ふと腕の中のユキと目が合う。彼女は既に虫の息ながら、すべてを理解したように微笑《ほほえ》んで頷《うなず》きを返す。話が聞こえているはずのイドラやヴァイスもなにも言わない。イドラはただ諦《あきら》めたように溜息《ためいき》をついて、レオから視線を逸《そ》らしている。

それで完全に方針が決まった。レオはゆっくりと視線を上げる。

「決まったようだな。ならば、まずは先に大魔鉱石の場所を――」

「断る」

きっぱり。はっきりとそう宣言したレオ。

そんなレオに対して腕の中のユキも、目の前のロッドも驚いたような視線を向けてきている。

だが、そのレオの答えに他の誰よりも心の中で驚愕《きょうがく》している人間が、今のこの場にもう一人いることに、レオはまだ気付いていなかった。

「――吐けば、お前の命だけは助けてやろう」

その言葉を聞いた時、正直イドラは「ああ、またか」と心の中で思っていた。

また捨てられる。また自分は裏切られるのだと。

人間なんてそんなものだ。あの日笑った父のように、自分を売った家族のように、人間は自分が窮地《きゅうち》に陥れば助かるために平気で身内すら差し出す。他人であるなら余計にそのことに迷いや躊躇《ためら》いなどないだろう。この状況なら誰だってそうする。それが分かっているからイドラは、あの時も今も特に何も口を挟まなかった。

しかし、彼らは気付いていたのだろうか。

見捨てられる側の人間にだって心はある。無表情が多いように見えるイドラにも、人並みの感情はあるのだ。

あの日の父の言葉を思い出す。

「……そんな顔で見るなよ。お前はいつも無表情だったし、あまり口も開かなかった。俺たち家族のことがもともとそんなに好きじゃなかったんだろう？　なら、別にいいじゃないか」

無表情だったのは、お腹が空《す》いているのを家族に隠すためだ。無口だったのは、口を開けば「食べ物が欲しい」と言ってしまいそうだったからだ。

父が言ったことのすべてが、子供なりに「貧しい家族にわがままを言うまい」と考えた家族愛の結果なのだと、何故《なぜ》家族の誰も最後まで気付いてくれなかったのだろう。

家族のことを好きじゃなかったかと言われれば、決してそんなことはない。イドラはイドラなりに家族を愛していた。ただ我慢に我慢を重ねて育った結果、上手な感情表現の方法を知ることがないまま成長してしまっただけだ。心がない訳じゃない。傷つかない訳じゃないのだ。

だから家族に売られることが決まってしまった時、イドラはその心を閉じた。二度と他人など信じるものかとその身に誓った。

それは心が壊れることを極度に恐れたイドラが無意識のうちに行った自衛手段だったのかもしれない。そうして他人と関わることを拒絶して生きてきたイドラにとって、今回の同盟に加担したことは自分でも本当に不思議なことだった。

いかにカイゼルたちに正体が露呈《ろてい》して後戻りしにくい状況になってしまったにしろ、それでもその気になればイドラ一人で逃げることはできたはずなのだ。

仮に騎士団や黒狼《こくろう》に多少追手をかけられた所でイドラにはそれをどうにかできるだけの力があるし、自信もある。本当に手に入るのかも分からない報酬を目当てに騎士団や黒狼を相手取らなければならないほど、レオたちに付き合う義理や理由もないはずなのに。

未《いま》だ自分はここにいる。それは何故なのかと、あの時に温泉で考え、自問自答をして、イドラは実のところその結論に辿《たど》り着いていた。

（ああ、なんてことはない。私は久しぶりに自分以外の人間と共に過ごして、居心地がいいと感じてしまっているのね）

どうせ裏切られるのに。どうせ失望することになるのに。

小さい頃の自分が、未だ「寂しい」と泣いている。

そう、寂しい。一人は寂しいのだ。

未だ自分は家族を求めてその身を縮める孤独な少女でしかなかったのだと知って、イドラは自分という存在に失望した。しかし、一度気付いた心は誤魔化せない。

レオという男の才覚を目の当《ま》たりにしたというのもある。僅《わず》かな希望に縋《すが》って、もしかしたらという可能性に賭けて、自分が頑張れば本当にこのまま居心地のいい場所を手に入れることができるのではないかと、ついに決戦の日を迎えた。

どこまで愚かなのか。あれだけの思いをしてまだ人に期待するなどどうしようもない。その気になれば自分の力だけで生きていけるほどの実力を持ちながら、それでも他人と関わりの薄いスラムに籠っていたのは一体何のためだったのか。結局自分は、あの頃からなにも成長していなかったのだと心の底から笑いそうになった。

「お前一人が助かるか、全員死ぬか。好きな方を選べ」

だから、その報いが来たと思ったのだ。

いつまでも家族の幻想を追い求め、本当の意味で一人で生きることができていなかった憐《あわ》れな少女に対する当然の報い。

これから自分はまた裏切られる。甘さを捨て切れず、希望に縋《すが》った少女の幻想は無残にも破り去られることになる。これはそんな悲劇であり喜劇。

だがそれでいい。もう何もかもに疲れた。一人で生きることもできず、また他人に失望させられるくらいなら、このままここで人生を終えてしまった方がよっぽどいい。レオと目が合ったその瞬間に、イドラはもう生きることを諦《あきら》めかけていた。

だから、その言葉はまさにそんなイドラの虚を突くものだったのだ。

「断る」

きっぱり、はっきりそう聞こえてきた声。イドラは目を丸くしてそちらを見つめる。

「ふざけるなよ、女。お前は一体誰に指図している。大層な力を掲げて、上から目線で気持ち良くなっているところ申し訳ないが、お前は根底から間違いを犯している」

ユキを抱えたままロッドに対してそう啖呵《たんか》を切るレオ。どう考えてもレオの方が劣勢であるのにも拘《かか》わらず、イドラの目にはむしろレオの方が大きい存在であるかのように見える。少なくとも恐れも焦りも抱かず、こんな状況でも真っ向から笑みを浮かべるレオのその姿は、イドラが過去に見たどんな男よりも強く、大きく映って見えた。

「この世のすべてを手に入れるために悪人をやっているんだ。他人の下につくのも、顔も知らない先人が作った法律に縛られるのもごめんだ。ましてやこいつらは俺の家族だ。俺の家族は俺のものだ。たとえ死んでも、他人になぞくれてやるものかよ」

「──っ！」

──家族。それはイドラがなによりも求めてやまなかったものだ。

《俺の家族は俺のものだ、たとえ死んでも他人になぞくれてやるものかよ》

それは、イドラがあの時の父に一番言って欲しかった言葉だ。何故《なぜ》それが血の繋《つな》がった家族ではなく、イドラとは何の関係もない男の口から出てくるのか。

訳が分からなすぎて、思わず乾いた笑いが出てしまう。

しかしそれも仕方ない。だって、笑うしかないではないか。

たったこれだけのことで、長年抱えていた心の膿《うみ》が流れ出ていくような気分になってしまっている。心から救われてしまっている。これを笑わずして、一体なんとする。

（知らなかった。……私って、実はチョロかったのね）

断じてこれは、恋愛感情などではない。そうではないが、この男を守らなければ、という使命感のようなものが心のうちから湧いてくる。

それは他の二人も同じだったのか、ヴァイスとユキが満身創痍《まんしんそうい》の体で身を起こそうとしていた。その周囲を、薄く黒い靄《もや》のようなものが取り巻いている。

もはや嘘《うそ》でもいい。今のがたとえ、その場しのぎの仮初《かりそめ》の言葉であったとしても、その時は
「やっぱり世界はクソだった」とビンタの一発でも食らわせよう。

だから今は、さあ――己が『主』を守るため、その身を武器にして立ち上がれ。

「……？　なんだ？」

急に力を取り戻したように立ち上がった三人を見て、ロッドが疑問符を浮かべる。

そんな彼女とサフィアを除く四人の脳裏に、再びあの声が響き渡っていた。

《『血ノ盟約』の条件が達成されました。盟約者には契約者の魔力の一部が譲渡され、常態加算されます》

ロッドが状況の変化に気付くよりも早く、雄叫《おたけ》びをあげながらヴァイスが突貫した。

「さっきはよくもやってくれたな、このクソアマぁ！」

ロッドに肉薄したヴァイスが右腕を振りかぶる。突然ヴァイスが起き上がったことに驚いたものの、工夫も仕掛けもない力任せの一撃を防ぐのは容易《たやす》い。即座に浮遊剣でのガードを試みようとするが、拳が剣に触れる直前で、その体に魔力が通っている気配があることに気付く。

（身体能力強化……？）

咄嗟《とっさ》に身を引いたロッドの判断は正解だった。

予想通りヴァイスの拳は、いとも簡単にロッドの剣を打ち砕いたのだ。

それも当然だ。もともと身体機能が実験によって強化されているヴァイスの身体能力強化は、事実上の重ね掛けだ。身体能力強化に適性を持つイドラの強度には及ばないが、それでも元の出来が人外の域に達しているヴァイスの強化後の力は、完全にロッドの想像を超えていた。

砕けてしまった剣の代わりを新たに魔力で創造し、ロッドは戸惑う。

（先ほどまで間違いなくこいつに魔力はなかったはず。なのに、何故《なぜ》突然……）

まさか、とロッドはある想像をして、その予感の先に視線を向ける。

そこにはロッドを見て不敵な笑みを浮かべるレオの姿があった。

（――あの少年が何かしたのか）

確証はない。しかし不思議と間違いないという確信だけがあった。

実際ロッドの予測は当たっている。

これはレオがシャルマンたちを殺した時に獲得していたもう一つの能力。

――『血ノ盟約』。その効果は『レオの血を体内に取り込み、心から従属を誓った盟約者にレオの魔力の最大値を分け与えることができる』というものだ。

これこそが今回のレオの本命だった。

現時点でろくに魔術の知識のないレオが突然魔力に目覚めても、恐らく十全に使いこなすことはできない。だが、もともと知識はあるイドラたちなら、レオよりも上手く使えるはず。

故《ゆえ》にレオは、最初からずっとこの血ノ盟約の発動にこそ重きを置いていた。

問題は発動条件だ。

血の摂取自体はイドラたちの飲食物に混ぜるなどしてどうとでもなる。昨日の炊き出しの際、ユキの申し出を制してまでレオが全員分の食事を受け取っていたのはこのためだ。サフィアとレオたちの会話が弾んでいる隙に食事に血を仕込むのは、それほど難しいことではなかった。

だが、二つ目の条件。レオへの従属は本人の心の持ちよう次第だ。それも心からとなれば外部からの働きかけはできても、タイミングはコントロールできるようなものではない。

最悪こちらは今回の戦いには間に合わないかもしれないとレオは思っていたのだが、どうやら首の皮一枚で繋《つな》がったようだ。無論、ロッドはその能力のことなど知る由《よし》もないが、しかし感覚的に「レオが何かした」ということだけは見抜いたのだろう。

即座にレオへその攻撃の矛先を変え、襲いかかってきた。

しかし、その間に立ちはだかる者がいる。

「――させません」

レオとロッドの間に割り込んだユキは両手を交差させると、即座にそれを開いた。

瞬間、その指から無数の『糸』が生み出されて束となり、瞬《また》く間にロッドとロッドの剣を搦《から》め捕《と》っていた。

「これは……魔力の糸か……！　貴様も魔力が――いや、それよりも貴様、その腕！」

ロッドは糸の中でもがきながらユキの腕に驚きの目を向ける。

それも無理はない。何故《なぜ》なら先ほどまで切断されていたはずのユキの左腕は、今やすっかり再生しているのだから。

これは血ノ盟約の副次効果だ。盟約成立時に限り、対象の身体状態は完全なものへと戻される。だからこそ、唯一早い段階での服従が成り、いつでも盟約が発動できたはずのユキの覚醒《かくせい》をレオはここまで温存していた。もしユキが致命的な負傷を負ってレオ側が劣勢に追い込まれても、即座に態勢を整えて次の行動が起こせるようにと。

だがそんなことを知るはずもないロッドにとっては突然腕が生えてきたかのような光景に見えていることだろう。動揺するのも当然のことであったが――

「そんなことに気を取られている場合ですか？」

「……なんだと？」

「私たちに魔力が宿った。ならばあなたには、もっと警戒しなければならない相手がここにいるはずです」

ユキの言葉にロッドも気付く。

そうだ。この場には、他の誰よりも恐れなければならない最強の敵がまだ他にいる。

そしてその敵はもう既に、ロッドのすぐ傍《そば》までやってきていた。

「──一《アイン》つ」

それはロッドが過去にただの一度も経験したことがないような未曾有《みぞう》の衝撃だった。

胸から背中を貫くように放たれたのは人外の蹴撃《しゅうげき》。それはロッドの莫大《ばくだい》な魔力によって底上げされた身体強度をやすやすと上回り、瞬《またた》く間に天地不明瞭《ふめいりょう》となるほどの衝撃をもってロッドを上空へと跳ねあげた。

一瞬にしてレオたちが小粒に見えるほどの高度まで叩《たた》き上げられ、胃の内容物をぶちまけそうな耐えがたい苦痛に襲われながらも即座に体勢を立て直そうとするロッド。しかし彼女が浮遊の魔術を発動するよりも早く、上空にも拘《かか》わらず背後から再び声が聞こえた。

「──二《ツヴァイ》つ」

それはロッドが上空に飛ばされる速度よりも早く空中へと飛び、既に足を振り上げていたイドラの姿だった。

「ぬっ……！」

イドラの足が振り下ろされる瞬間、ロッドは花のように剣を展開してその攻撃を防ごうとする。しかしイドラの踵《かかと》は収束させた剣の盾すらものともせずに破壊して、そのまま再びロッドの体に突き刺さる。一瞬にしてロッドの体が上空から地上へと叩き落とされた。

地面の岩盤を破壊しながら巻き上がる大量の砂埃《すなぼこり》。上空で吹き飛ばされた無数の剣が遅れて落下し、次々と地上に突き刺さった。

目の前で繰り広げられるそのあまりに凄《すさ》まじい戦いに呆然《ぼうぜん》とするサフィア。しかし、ふと風を切るような音が聞こえて空を見上げる。

そこに——彗星《すいせい》が舞い降りた。

「——三つ《ドライ》」

天空から突き刺さるその姿はまさに神の槍《グングニル》。音速を超える速度で地上に繰り出されたイドラの両足は、着地と同時に容赦なくロッドがいた辺り一帯を完全に吹き飛ばした。

連続して爆風が巻き起こり瓦礫《がれき》を撒《ま》き散らしていく中で、サフィアの目の前に回転しながら飛んできたイドラが華麗に着地する。

腰に手を当ててすっと立ち上がり、爆心地を確認している様子のイドラ。

サフィアから見える彼女のその背中は、とても十六、七の少女のものであるようには見えない。溢《あふ》れる魔力をその身にたぎらせる彼女は、歴戦の猛者《もさ》すら腰を抜かしかねない恐ろしい存在感が漂っていた。

「……いつまでそうしているの？」

イドラが背中を向けたまま語りかけてくる。

「ついに、戦うこともやめてしまったのかしら？」

「ち、違う。ただもう剣が——」

「剣なんてそこらに転がっているじゃない。最悪、そんなものなくても人は戦うことができる。あなたがそうしないのは、あなたの心が剣と一緒に折れたからという、ただそれだけの理由」

言い訳を許さないイドラの言葉に思わず口を噤《つぐ》む。

そんなサフィアにイドラはこんな問いを投げかけてきた。

「あなたは結局――なにがしたいの？」

「――」

サフィアは一体なにがしたいのか。

決まっている。妹を守りたい。サフィアの願いなど昔からただそれだけだ。

剣を取ったのも、騎士を志したのも、すべてはたった一人の家族である妹を守るため。

思えば正義は、そのための手段《道》でしかなかった。

《やりたいことのために進んだ道がたまたま悪だっただけの話だろう》

そうか。そうだったのかと。カイゼルやレオが悪となったのも、やりたいことのその先にある結果でしかなかった。悪になるために何かをしているのではなく、なにかをするための結果として悪になっただけなのだ。大事なのは目的であって手段ではない。

だから彼らは悪という世界から爪弾《つまはじ》きにされる立場にあって尚、死を目の前にしても決して己を曲げなかった。揺るがぬ信念がそこにあったからだ。

簡単なことだったのだ。サフィアの最大の目的は妹を守ること。そのためなら正義だとか、悪だとか、そんなことは究極的にはどうでもいい。

今、目の前に妹との生活を脅《おびや》かす存在がいる。ならば今サフィアがやるべきなのは、それを排除するために剣を取ることだけだ。

（なんだ……悩む必要なんて最初からなかったんじゃないか）

先の折れた剣を持って立ち上がる。

そんなサフィアに、前方から意外そうな声色を含んだ言葉が投げかけられた。

「ほう……これは驚いた。正義の騎士である、お前まで加勢するつもりなのか」

それは煙の中から現れたロッドの声だった。驚くべき化け物だ。イドラのあれだけの猛攻を受けてなおまだ立っている。しかし確実にダメージは受けているらしく、身体《からだ》中傷だらけで右腕はへし曲がり、木彫りの仮面には罅《ひび》が入っていた。

「そいつらは紛《まが》う方《かた》なき悪の道を歩む人間だぞ。民衆にとって理想の正義であるべき王国騎士が、民衆を脅かす悪に加担するのか？」

ロッドの周囲に再び百を超える剣が作り出される。その光景にイドラが構えようとするが、それよりも早くサフィアが踏み出した。

折れた剣を構える。そこに魔力を込めれば、欠けた部分を再現するように光り輝く光の剣が伸びていた。

「矛盾だな。そこにお前たち騎士が求めるような正義は何もないぞ」

一瞬で肉薄したサフィアに対して一斉に剣が襲いかかる。先ほどまでのサフィアなら防げなかったかもしれない死の雨。しかし、サフィアは恐れることなく剣を握った。

「矛盾？　それがどうした」

人は常に矛盾を孕《はら》んで生きている。それに、レオが言っていた言葉もある。

《ましてや正義など最初から形がないものなのだ》

正義とは形がないもの。あの時は意味が分からなかったが、それは正義とは自分で形を作るものだということだ。何度も言うようにサフィアにとっての正義は妹を守ること。もちろん、できればその上で、妹が誇れる自分でもありたい。

他人に嘲笑《あざわら》われてもいいからスラム民に食事を配る。たとえ上司から白い眼で見られても不正を追及する。自分が正義と思うことをこれからも行った上で、けれど、一番大事な妹を守るためなら矛盾を孕んで悪となろう。

人はそれを今度こそ偽善と呼ぶだろう。サフィアにもそれを否定する気は毛頭ない。けれど、自分にとって大切な物をその場その場で優先するその生き方をもう間違っているなどとは思わない。仮にそれを偽善と呼ぶのなら——

「その偽善を貫き続けることこそが——私の正義《やりたいこと》だ！」

サフィアの光の剣と百剣がぶつかり合う。本来比べるべくもないはずの二つの魔力は、しかし明らかに拮抗していた。

いや、それどころか、徐々にロッドの剣の方に罅《ひび》が入り始めている。

「なに……？」

ロッドは驚いているが、これこそが概念魔術だ。魔力量だけでは説明をつけることのできない、人間の理解を超えた神の御技。

たとえば極寒の地で暮らす子供が、誰にも教わることなく魔術で巨大な氷山を創造したという話があったように。ならばたとえば――長年鎖に繋がれて生きてきた彼が、この土壇場でその力に目覚めたことは、何もおかしいことではなかったのかもしれない。

瞬間、ロッドは上空から濃厚な死の気配を感じた。

野生の勘のようなものに突き動かされて、咄嗟《とっさ》に空を見上げる。

「――っ!?」

そこに、巨大な球体があった。

曇天の空に魔王のように佇《たたず》む、奇怪で狂逸的な白銀の塊。直径にして二十メートルはあるだろうか。巨大な鏡面に直下のロッドたちを映し出している謎の球体は、けれどその正体が固体ではなく液体であることを表すかのように、その表面を風で波立たせている。

突如《とつじょ》として空に現れた明らかな異物。一目で自然に発生した物ではないと分かるそれにロッドたちが意識を奪われていると、そんな彼女たちの背後から声が聞こえた。

「ほらやっぱり。なんとなーく、できる気がしたんだよな」

声の主——ヴァイスが握った拳を頭の上に上げながらあくどく笑う。上空の球体は彼の仕業《しわざ》なのか。ヴァイスがゆっくりと拳を開けば、呼応するように球体が大きく波打った。

同時に、さらに密度を増す死の気配。ロッドは次に起こる出来事を瞬時に理解する。

「避けろよ姐《ねえ》さん。たぶんまだ、あんまり細かい調整はできねえからな」

ヴァイスが開いた手を地面に振り下ろす。その瞬間だった。

上空で突如《とつじょ》として球体が破裂する。ロッドを中心にして四散した液体は、降り注ぐ傍《そば》から鉄のように固体化し、それぞれが巨大な金属の杭《くい》となって雨のようにロッド目掛けて降り注いだ。

それはまさに鉄の雨。杭の一本一本が成人男性ほどの重量を伴って、息をつく暇もないほど無数に降り注ぐ様は、もはや一種の災害と言っても差し支えない。建造物を打ち砕き、地面を爆砕し、瞬《また》く間に周囲の景色を地獄の針山のように変えていく。その隙間を逃げまどい、時に剣で杭を打ち落としながら、ロッドは爆砕音が響く中で驚愕《きょうがく》の声を上げていた。

「——馬鹿な」

魔力で金属を生成し、独自に支配し操作する。ロッドも嫌というほど身に覚えのあるこの高度にして難易度の高い魔術は、紛れもない創造魔術だ。そのことにロッドは戦慄《せんりつ》すら覚える。

同じ無から有を作り出す魔術であっても、炎や水、電気などの属性魔術として分類されるものなら、創造魔術とは違い、その生成にそれほど魔力を消費することはない。これは属性元素を司《つかさど》る神々の魔力が一部代替となり、術者に力を貸してくれるとされているからだ。

だが、金属や鉱石など、世界から物質と認識される物の生成は訳が違う。それは紛れもない、ロッドが使用しているものと同じ、莫大《ばくだい》な魔力を必要とする創造魔術だ。

目の前でヴァイスが行使している金属の生成もまさにそれだ。いかにロッドの剣のように細かな造形が模されているものではないとはいえ、あれほど巨大な金属の塊を魔力から生成するとなれば、その魔術の行使には莫大な魔力を消費するはず。何らかの要因で多少魔力が増えたのだとしても、これほどの規模の創造魔術を行使することなど本来不可能なはずなのだ。

しかし、ヴァイスは事実としてそれを可能としている。それは一体何故《なぜ》なのか。

考えられる理由は一つしかない。

（……間違いない。これは概念魔術だ）

目の前の少年は金属という物質を術理ではなく、概念で生み出している。

ロッドのように頭で理解しているのではない。心《かんかく》で解読し、それ以外のすべての手順をすっ飛ばしているのだ。それでいてロッドよりも最低限の魔力で、ロッドよりも最大限の効果を発揮させている。それがロッドの創造魔術と、ヴァイスの概念魔術の違いだ。

恐らく、よほど金属ばかりに囲まれるような生活をしてきたのだろう。その上で元から創造魔術行使に大きな適性を持っていたのかもしれない。なににしろ、ヴァイスほどの若さで概念魔術に目覚めるということの異常性とその才覚が、ロッドと創造魔術で渡り合うということの非現実を実現させてしまっている。

ヴァイスもまた、イドラとは別ベクトルの怪物だったのだ。

(何故《なぜ》だ……何故こんなことが起こり得る?)

ロッドはある種の恐れさえ抱きながら、その視線を何故かヴァイスではなく、遠目からこちらを眺めているレオに向ける。

目の前のヴァイスも確かに脅威ではあるが、ロッドはそれ以上にレオが恐ろしい。

絶体絶命の場面で部下が魔力に覚醒《かくせい》した。そのタイミングもさることながら、手練《てだ》れの一人がここにきて概念魔術使いとして目覚めたことだけではなく、そもそもこれほどの使い手たちと同時に出会い、部下として従えていることが何よりの脅威に思えてならない。

たまたま出会った人間が、どれも一廉《ひとかど》の傑物に類する人間だっただと?

ならばその状況を引き寄せた、レオが持つ圧倒的なまでのツキの正体は何なのか。

まるで創造主が、世界そのものが、レオこそを王と認めて運命を猛々《たけだけ》しく渦巻かせているようではないか。あるいはそれこそがレオの持つ強者の器たる所以《ゆえん》だとでも言うのだろうか。

降り注ぐ鉄の豪雨の中、ロッドは警戒するようにレオの方を強く睨《にら》み付けて――

「――っ」

その視線が、今度こそ驚愕《きようがく》のあまり凍り付いた。

レオの手元で魔法陣が幾重にも重なって光り輝き、空中に鉄の塊のようなものを構築していく。次第に変形していくそれは銃の形を象《かたど》り、瞬《また》く間にその機構を露《あら》わにした。

先のタンネンベルクガンなどとは違う。五十口径。ガス圧作動方式を採用し、完全な自動拳銃として完成しているそれは、レオの世界でも名高い、デザートイーグルと呼ばれるものだ。現代世界でも最高の威力を誇る名実ともに最強の自動拳銃。レオにとっては馴染《なじ》み深い武器の一つではあるが、この世界の人間であるロッドにはそれが何かは分からないであろう。

だが、それがこの世界の技術では考えられないほど複雑な作りの物であることは理解できる。おおよそ常人では考えられない、機構を完全に把握するなど不可能と思えるほどの代物《しろもの》だ。

仮にそんなものを創造魔術で作るとするならば、その複雑な構造を完璧に頭の中で瞬時に構築できるような、そんな常軌を逸した天才をおいて他にありえない。

そして魔術というものが、術理という難解な概念を要求される技術である以上、そういう稀《け》有《う》な天才こそ――この世で最も魔術師向きな人間なのである。

「なるほど。創造魔術か。これは便利だな。もっと早く教えてほしかったものだ」

完全に構築されたデザートイーグルのスライドを引いて、レオがロッドに銃口を向ける。

それは怒りか、あるいは喜びか。ロッドがひび割れた仮面の下で口元を吊《つ》り上げ、自らに刻み付けるかのようにその名を口にした。

「レオ……レオ・F・ブラッド……！」

瞬間、レオが発砲する。鈍い重低音を響かせて射出された０・５インチ強の弾丸は、タンネンベルクガンとは比べるべくもない速度と威力でロッドの肩付近を打ち抜き、血飛沫《ちしぶき》と共に苦《く》悶《もん》の声を上げさせる。

驚異的な反応速度で僅《わず》かに上体を反らして、なんとか急所だけは避けた形だ。

しかしそれが、今度こそ舞台を終わらせるための致命的な隙となった。

上空の球体が完全に消え去るのと同時に鉄の雨がやみ、ヴァイスがユキに視線を送る。

その意図を理解したユキが再び腕を交差した。

「私に命令しないでください」

瞳を細めるユキの指の周囲に、幾重もの魔法陣が浮かび上がる。

細く、長く、そして強靱に。幼き頃から悔しさをバネに、何度も、何度も繰り返してきたその心の詠唱を、主から与えられた強大な魔力を糧《かて》に練り上げる。

イメージするのは、この世すべての物を搦《から》め捕《と》る、決して切れることのない強靱《きょうじん》な蜘蛛の糸。

今の彼女にそれを顕現させることは、主のいない世界で息をするよりも遥《はる》かに容易《たやす》かった。

「私に命令していいのは――ご主人様だけです」

その腕が振りぬかれた瞬間、ロッドの体すべてに夥《おびただ》しい数の魔力の糸が絡みつく。恐るべき力強さで体を雁字搦《がんじがら》めにされてしまい、今度こそ一切の身動きを封じられてしまう。

しまった、と。己の迂闊《うかつ》さに気付いた時には、もうサフィアが目の前に立っていた。

「――はあああああああ！」

光の剣がついにロッドの体を斜めに袈裟斬《けさぎ》りにする。体から大量の血を噴き出し、苦痛の声を上げるロッドは、それでも最後の力を振り絞って新たな剣を作り出そうとしたが――

「いい加減しつこいわね。役目を終えた演者は、さっさと舞台から退場しなさい」

いつの間にか傍《そば》で足を引き絞っていたイドラの一撃《フィーア》が、ロッドの胴体を真正面から貫いた。

「ぐああああああああああああああああああああああああっ！」

今イドラが出せる最大の、十分に魔力を込めた最強の一撃。それをその身に受けたロッドは断末魔の叫びを上げながら瓦礫《がれき》と共に彼方《かなた》へと吹き飛んでいったのだった。

戦いに次ぐ戦いを重ねた戦場に、静寂が舞い降りる。そこに立つのはレオ、サフィア、イドラ、ユキ、ヴァイスの五人の姿だ。黒狼《こくろう》と騎士団、そして予定外の第三勢力すら介入した、二日にも及んだこのヒューゲルラインでの戦い。

その四つ巴の対立関係が、ついに決着した。


「今度こそ終わったな」

周囲の廃墟《はいきょ》や地面が破壊しつくされた壮絶な戦場跡を眺めていたレオに、ヴァイスがそう声をかけてくる。

「そうだな」とレオはその言葉に同意を返した。今度こそ完全に終わりだろう。騎士団も黒狼も、そして唯一の懸念《けねん》であった第三勢力との戦いもついに終わった。数日の後には応援がやってくるかもしれないが、この場での一応の決着はついたと見てもいいはずだ。

二日に及んだ壮絶な争いは今ここに終わった。その勝利の証《あかし》をレオたちの手に残して。

（……想像以上にギリギリだったな）

サフィアの加勢。騎士団との交渉。そしてイドラたちの覚醒《かくせい》。なにか一つの要素でも欠けていたら今この場には立てていなかっただろう。

これほどあらゆる要素を運否天賦《うんぷてんぷ》に賭けた崖《がけ》っぷちの戦いは前の世界でも数えるほどしかしたことがない。転生したばかりの手札も少ない状況であれほどの敵たちを相手にしたのだから無理もないが、我ながら無茶をしたものだとレオは頭を掻《か》いた。

古い家族たちの呆《あき》れた顔が脳裏に浮かぶようだ。

「結局、あなたが思う通りの結果になったわね。これも予定調和、ということかしら」

思わずレオが心の中で笑っていると、イドラが足音を立てながら歩いてくる。

レオが与えた服は所々が破れて既に衣類としての体裁を成しておらず、随分扇情的な姿になってしまっていた。

「そうでもない。何か一つでもボタンをかけ違えていれば全滅していてもおかしくなかった。計画通りにいったのは、すべてお前たちのおかげだよ」

「……謙遜《けんそん》？」

「事実さ」

これは本当の話だ。確かにレオの能力が最終的な決め手とはなったが、ろくに魔術のいろはも知らないレオでは、どうしても直接的な戦力にはならない。いくら魔力が増えようと、それをまともに行使できないのでは何の意味もないからだ。

無論、いつまでも弱者のまま甘んじているつもりはないが、少なくとも今回の戦いにおいてレオは最初から自分が一番の足手まといになると思っていた。

そういう意味では今回の戦いのキーパーソンはやはりイドラの存在だった。血ノ盟約という能力への理解。そしてヴァイスたちからイドラの実力の秘密を聞いていた時から、最終的な勝敗の行方はイドラの覚醒《かくせい》に掛かってくるかもしれないとレオは考えていたのだ。

実際その通りになった。いかにユキとヴァイスの覚醒やサフィアの存在があっても、イドラの実力がなければあの化け物にはとても渡り合えなかっただろう。それほどにあれはレオの想像を超える規格外の存在だった。

今回の最大の不確定要素であったイドラの覚醒。故《ゆえ》に、それを抜きでも勝てる計画をレオは組んでいたつもりだったのだが、そういう意味ではあれはレオの今回の計画《ロッド》において唯一の計算外だったと言える。

(まあ、それもぎりぎりイドラの覚醒が間に合ってくれたおかげで難を逃れた訳だが)

レオが視線を上げて見つめると、イドラが不機嫌そうに眉を顰《ひそ》めた。

「なにかしら」

「イドラ、ちょっとこっちにこい」

「……はあ？　いったいなによ」

不満そうにしながらも、意外に素直にレオの下へ寄ってくるイドラ。

レオはイドラを真正面から見つめると、訝《いぶか》しげな顔をする彼女の頭に手を置いた。

「……は？」とイドラは目を丸くする。

「――よくやった。偉かったぞ」

なでなでと。まるで親が子を褒《ほ》めるかのように、レオはイドラの頭を優しく撫《な》でる。

イドラはしばらくそのままぽかんとしていたが、急に真顔になってばっと距離を取った。

「どうしたんだ？」

「……何の真似《まね》？」

「何のって、褒めてるんだが？　よく働いてくれた家族を褒める。当たり前のことだろう？」

「そんな当たり前、知らないわよ。突然びっくりするようなことをしないで」

「なら、もうしない方がいいか？」

レオの言葉に、イドラは答えない。イエスとも、ノーとも言わない。

レオが内心で笑っていると、隣からそっと服の袖を引かれる。

見れば、ユキが何やら物欲しそうな目でレオを見上げていた。

黙ってその頭を撫でると、堪能《たんのう》するようにユキはうっとりと瞳を閉じる。

一応ヴァイスにも視線を送るが、当然というかさっと目を逸《そ》らされたので、仕方なくそのままユキの頭を撫《な》でることに専念しておいた。

「……君たちは、これからどうするのだ」

しばらくして剣を収めながらそう問うてきたのは、満身創痍《まんしんそうい》のサファイアだ。すっかり紐《ひも》がほどけて腰まで広がってしまった金髪を風に揺らしながら、レオを真剣な目で見つめている。

「頂けるものを頂いて、本部の騎士団が到着する前にさっさとズラかるかな。あれでは掘り起こすのも苦労しそうだが」

すっかり瓦礫《がれき》の山となったアジト跡を見つめるレオの視線を追って、サファイアが「そうか」とだけ返す。

「止めるか？　もともとはこの街の物だ。騎士団の君には俺たちを阻む権利がある」

「別に止めないさ。それは君たちに協力すると決めた道理に反する所がある。妹さえ無事に返してくれるのなら私は何も言わない」

「それは約束しよう」

言いながらレオは少々驚いていた。

あれほど正義だとか悪だとかいう線引きに拘《こだわ》っていたサファイアが、こんなに物分かりのいいことを言うとは思わなかった。しかし、それが意味するところをすぐに理解する。

「どうやら答えは出たみたいだな」

「……そうだな。折り合い、のようなものはついたのかもしれない」

「折り合い？」

イドラの言葉にサフィアは頷《うなず》く。

「誰にだって人に譲れない何かがある。君や私、カイゼルだけじゃない。あのコレル団長にだってきっとそれはあったのだろう。私はずっと、その何かに悪や正義という基準をつけることにばかり拘っていた」

「……」

「だが、そうじゃなかった。本当に重要なのは、その何かのために戦い続けることができるかどうかだ。悪や正義なんて言葉は、その結果として他人が定める記号のようなものでしかない」

サフィアはそう言ってレオを見つめる。

その瞳の中にはもう以前のような焦りや迷いの色は微塵《みじん》も存在していなかった。

「自分が信じるものは等しく自分にとっての正義だ。たとえ世間がそれを悪と呼ぼうとも、それが自分の決めた正義《悪》であるなら、最後まで貫くしかないんだな」

自分が譲れない、大切な何かのために。

サフィアの答えを聞いて、レオは満足したように頷いていた。

ならば今こそ聞くべきだろう。サフィアの迷いが晴れた今、レオはずっとサフィアに言おうと思っていた言葉をここで口にしていた。

「俺の仲間《かぞく》になれ、サフィア」

「……」

「確かにお前はこのまま騎士に戻ることもできる。騎士団領やそこのアジトを探ればコレルが黒幕であった証拠は出てくるだろうし、そうすればお前の無実は証明される。お前は俺たちに協力したとはいえ、決定的な罪を犯した訳ではないからな。黙っていれば誰も咎《とが》めまい」

しかし、もはやサフィアは騎士団に拘《こだわ》るような理由もないはずだ。彼女も騎士団が理想だけで動いている綺麗《きれい》な存在ではないことはもう分かっただろう。妹と、その生活を守ることができるなら、彼女の居場所はもはやどこだっていいはずなのだ。

そしてなにより、家族のために命を懸けられる彼女なら、レオの家族になる資格がある。

「——共に来い、サフィア。お前たち家族にとって世界で一番安全な居場所《組織》を、俺がこれから作ってやる。俺たちとお前で、全く新しい形の家族を築こう」

レオの勧誘に、サフィアは悩んでいるようだった。

もはや正義や悪という線引きに囚《とら》われる必要もない彼女にとってこれは決して悪い話ではない。レオたちが作る家族というものが、必ずや近い将来に巨大で手のつけられない組織となることはもうサフィアにも容易に想像できる。それこそカイゼルが言っていたような世界を股にかけるような組織に成長すれば、そこは仮に犯罪組織だったとしても、きっと世界で有数の安全な場所となるだろう。

妹の安全とその安寧《あんねい》だけを考えるなら、巨大組織の庇護下《ひごか》に入るのは悪くない。この勧誘は傍から聞いていたイドラたちから見ても十分勝算があるもののように思えた。

しかし、サフィアは考えに考えて——最後にはその首を横に振っていた。

それはレオの予想通り「ノー」の答えを示すものだ。

「……だろうな。お前は妹のために悪は行えるだろうが、悪そのものにはなれまいよ」

「すまない。もはや正義に拘る理由はどこにもないが、それでも妹が憧れてくれているのは常に正義の味方である私。聖オルド騎士団の騎士『閃光姫《せんこうき》サフィア』なんだ。妹のために、私は妹の夢で在り続けなければならない。厚顔無恥にも、私は騎士に戻るよ」

サフィアはそう言って背を向ける。別れを惜しむように、滲《にじ》む涙を袖で拭っていた。

閃光姫とまで呼ばれる副騎士団長は、存外寂しがり屋のようだ。

「……残念だ。次に会うときはきっと敵同士なのだろう」

「ああ。今回は見逃すが、騎士として相まみえた時は容赦しない。だから……なんだ」

頼むからもう、私の前に二度と現れてくれるなよ。

そう震える声で呟《つぶや》くサフィアに、レオはもう一度「残念だ」と呟く。

そして踏み出そうとしたサフィアだったが、そこでまだ妹の場所を聞いていないことに気付いた。完全にお別れムードになっていたのに格好がつかない。気まずそうに笑いながら、そーっとレオの方へと振り向くと照れた顔をする。

「す、すまないレオ。それで妹は今どこに——」

その額を、冷たい銃の弾丸が貫いていた。

本当に——本当に残念なのだ。

最初に会った時からこうなるような予感はしていた。

何故《なぜ》なら、レオがサフィアのような人間を好きになることはあっても、彼女のような目をした人間と分かり合えたことは、前の人生でただの一度もなかったからだ。

彼女が騎士に戻るということはいつかレオを——家族を脅《おびや》かす障害になり得るということだ。この場で彼女を見逃せば、その選択は将来レオの家族を殺すことになるかもしれない。ならばレオは一家の長として、彼らを守る者として、その不安の芽を摘んでおかねばならない。

それがレオにとっての正義であり、他の誰にも譲れないことなのだから。

サフィアは目を見開いて崩れ落ちていく。間もなくこの世界から永遠に断絶されるであろう瞬間に於《お》いて、今彼女は何を思うだろう。

裏切ったレオへの憎しみか。残されることになる妹への慈しみか。どちらにしろ、彼女の最《さい》期《ご》を見届ける者としてその言葉をかけなくてはならない。

「せめて俺の一部《魔力》となって眠るが良い。安心しろ。妹のことだけは、大人になるまで俺が陰から見守ると約束しよう」

足長おじさんなど柄ではないが、今回の戦いの報酬として必要なことだろう。

レオのその言葉が聞こえたのかどうかは分からない。しかしサフィアは光を失いつつある目で空を見つめ、口をぱくつかせながら何かを言っている様子だった。しかしそれが声として形を成す前に、サフィアはそのまま二度と喋《しゃべ》ることはなくなってしまった。

ポツ、ポツと。動かなくなったサフィアを見つめる四人の頬に水滴が当たる。

「雨か……」

今日この街で流れたあらゆる悲しみと血を洗い落とすかのように、空から大粒の雨が降ってきていた。

「……行きましょうご主人様。このままでは体が冷えます」

「そうだな」

ユキの言葉にレオが頷《うなず》く。この雨ではアジトの捜索もままならなそうだ。一旦撤収して仕切り直した方がいいだろう。イドラたちを伴ってこの場を去ろうとするレオだったが、その直前、レオは雨に打たれるサフィアの遺体——その口元を見つめた。

(——ありがとう、か)

彼女の口は事切れる直前、確かにそう言っているように見えた。

自分を殺した相手に何を馬鹿なことをと思うが、仮にレオの勘違いでなければ彼女は何に対して礼を言ったのか。

妹の面倒を見ると約束したことか、それとも他のなにかか。どちらにしろ、その答えを聞くことはもう二度とできない。

レオは上着を脱いでサフィアの遺体にそっとかけると、イドラたちと共にその場を後にしていた。

レオたちが去ったアジト跡で、静かに地面から立ち上がる男の姿があった。

ライルだ。ヴァイスの強力な一撃を受けて意識を失っていた彼だったが、実のところレオたちの戦いの途中で目を覚ましており、気絶したふりをしながら事の一部始終を観察していた。

レオとカイゼルの戦い。その後に起こったロッドとの戦い。そして、そこから至るサフィアの最期《さいご》までも。

そのすべてを見届けてライルが今思うのは、自分たち黒狼《こくろう》が最初から勝てる相手ではなかったということだ。

イドラの規格外の強さもあるが、そもそもボスの器が違う。物量と自らの強さを過信して足元を掬《すく》われたカイゼルとは違い、レオという男は最初から自分にある手札を分析した上で入念な準備を行っていた。イドラたちという強力なカードをその手にしながら決して過信することなく、騎士団を利用して黒狼の疲弊を狙うという策を凝《こ》らした驚きの用心深さは自分たちのボスにはなかったものだ。その上で窮地《きゅうち》に陥っても、レオは決して部下を見捨てることなく堂々と啖呵《たんか》を切っていた。あれこそライルがカイゼルに求めて、ついに実現することはなかった理想の組織の姿ではなかっただろうか。

《あんたも俺の大将についてりゃもっと面白おかしく生きられるだろうにな。上司に恵まれな

かったという、その一点だけはサフィアの姐《ねえ》さんとあんたに同情するぜ》

ヴァイスの言葉通りだった。自分もあんな男の下で働ければ良かったと心の底から思う。

しばらくその場で考え込むようにして雨に打たれていたライル。そして彼はある決心をしてから立ち上がると、ふと視界の端で呻《うめ》く一人の人間の姿があることに気付いた。

「う……ぐ……」

驚くべきことにそれはなんとカイゼルだった。レオに撃たれる直前、身体強化を直撃部分にだけ集中でもさせたのだろうか。額から血を流しながらもなんとか死から逃れて呻いていた。

「ラ、ライルか……そうか、てめえも生きてたんだな……」

傍《そば》に立つとカイゼルもライルの存在に気付いたのか。何やら嬉しそうな表情を浮かべている。一瞬ライルが生きていたことを喜んでいるのかとも思ったが、そんなはずはない。どうせこれで助かると思って安堵《あんど》しているのだろうと結論付け、ライルは瞳を細めた。

「な、なあ、ライル。俺、今更だが気付いたんだよ。俺が本当に欲しかったのは、力なんかじゃなかったんだ」

カイゼルが小声で何か言っているようだったが、激しい雨粒の音に遮られて良く聞こえない。聞く必要もないと、ライルは魔力を込めた指先をそっとカイゼルの顔へ向けた。

「ラ、ライル……？」

目を丸くしてこちらを見ているカイゼルの額にそれを突き付ける。

イメージするのは先ほどレオが使用していた武器。もうカイゼルにロクな魔力は残っていない。この一点集中させた風の弾丸を解き放てばどうなるかは説明するまでもない。

「ま、待てよ、ライル！　俺は――」

「あんたにとってはどうでもいいことかもしれないがな」

「え……？」

「シャルマンはともかく、ニコルは俺の弟分だったんだ」

その言葉を最後に、躊躇《ためら》うこと無く心の引き金を引いた。

驚愕《きょうがく》の表情を浮かべ、今度こそ額から血を噴き出して後ろに倒れ込んだカイゼル。その死体が動く様子がないことを確認して、特に感慨《かんがい》もなく背を向ける。

（早くあのお方を探さねば――）

そのままライルは一度も振り向くこともなく戦場を去っていた。

後には、分かりあえたかもしれない部下との絆《きずな》を自らの行いで永遠に手放した、一人の哀れな男の死体が残っているだけだった。

今回の戦いには、一つだけある謎が残っている。

それはイドラたちに供給した魔力の根源が一体どこからやってきたものなのかということだ。

いかにイドラの魔力の燃費効率が規格外とはいっても、ヴァイスとユキを含めた三人分――

それもあれほどの戦闘を可能とする魔力を供給するなら、元から持っていたシャルマンたちの魔力だけでは到底足りない。イドラが始末した後発隊の騎士の分を含めたとしても、あともう一押しがいる。それこそ、街に散らばっていた先発隊の騎士団、全員分ほどの魔力が。

レオは一体いつ、それを解決していたのか。結局、先発隊はどうなったのか。

その答えは、まだ雨の降りしきる騎士団本部跡にあった。

「——まだ生き残りがいたのですね」

どこかで調達したらしい傘をさして本部跡を訪れたユキは、多くの死体が転がる本部の敷地にただ一人生き残っている男がいることに気付いた。

苦しそうな顔でうめき声を上げているその中年の男はサフィアの側近であったサイモンだ。彼は雨の中でも分かる尋常でない量の冷や汗を掻《か》きながら、首を掻きむしって過呼吸状態に陥っているようだった。明らかに普通の苦しみ方ではない。

ユキは知っている。その苦しみの原因が戦闘による傷のせいなどではないということを。

「苦しいでしょう。やはり後発隊は効いてくるのが遅かったようですね」

「な、なに……？」

しゃがみ込んで顔を覗《のぞ》き込んでくるユキの言葉にサイモンが僅《わず》かに反応する。

ユキは懐《ふところ》から青い液体の入った小瓶のような物を取り出して見せた。

「毒です。昨日の会合後、お手洗いに行くふりをしてあなたがたの厨房《ちゅうぼう》に忍び込ませてもらい、騎士団の夕食にこっそり混ぜておきました。遅行性のもので、大体半日くらいかけてじわじわと効いてきます」

「毒……!?」

「これでも元の職業柄、毒物の調合にはそれなりに心得がありまして。闇市で手に入る材料だけで狙った効果を十全に発揮できるか、少々不安な面もありましたが……どうやらその様子を見るに、特に問題なかったようですね」

淡々と語るユキの言葉にサイモンはみるみる顔を青くする。

そしてはっとしたように口を開いた。

「まさか、先発隊がいつまでも戻って来なかったのは……」

「彼らはあなたたちよりも数時間早く食事を取りましたからね。あなた方がイドラ様と戦っている頃には、街や森でバタバタと倒れていたようですよ。おかげで表街の方は大騒ぎです」

「なんでそんなことを……！」

「あなたたちは早朝まで仕事をしてもらえればあとは用済みでしたから。なにより『私という道具を使って殺した』と判断されるそうなので、あなたたちはそのままご主人様の糧《魔力》となります。魔術に精通した者の多い騎士団は本当に良い養分になった、だそうです。喜びなさい」

ユキの言葉の意味の半分もサイモンには理解できない。

しかし、そのご主人様という何者かの命でユキが大量の人間を毒殺したということだけはなんとか理解できる。こんな年端《としは》もいかぬ少女にそんなことを命令するなど正気ではない。そして、それ以上にそんな命令を当たり前のことのように実行した目の前の少女へ畏怖《いふ》を覚える。どちらも人間の所業ではない。サイモンは思わず呟《つぶや》いていた。

「悪魔どもめ……！」

その言葉にポカンとした表情を浮かべたユキは、しかし次の瞬間には言葉通り悪魔のような冷たい笑みを浮かべていた。

「それが、冥土道《めいどどう》にありますれば」

ユキは右手から糸を垂らすと、それをサイモンの首に巻き付かせて躊躇《ちゅうちょ》なく締め上げる。刃物よりも鋭利に研ぎ澄まされた糸は、容易にその場を鮮血に染め上げた。

命を刈り取られる刹那《せつな》、サイモンは残していくことになる妻と娘の幸せのみを願う。けれどそんな中で、結局裏切る形になってしまった上司についに謝罪の一つもできなかったということだけが、四半世紀近くを国に捧げてきた騎士が抱いた最後の無念になった。

Epilogue

戦いの決着から数日。

ヒューゲルラインの街には、徐々に復興の兆しが見え始めていた。

突如《とつじょ》として壊滅した騎士団本部に、各地で発見された騎士団員と黒狼《こくろう》構成員の死体。作戦から外されていた一部の騎士団員を除いて、両陣営の人間のほとんどが死亡したという恐るべき戦いの結果に、街はしばらく混乱状態に陥っていた。しかし、事態を重く受け止めた参事会がその解決の着手に動くと、瞬《またた》く間に事態は沈静化に向かった。

結局、事は本部の承諾を得ず単独で黒狼討伐に乗り出したコレルと騎士団、そして黒狼のぶつかり合いが原因で起こった凄惨《せいさん》な相打ちだと結論付けられ、そのまま処理された。毒死した騎士団の死体や、第三勢力の目撃情報など、未《いま》だ多くの謎を残す形となったが、当事者がほとんどおらず証拠も見つからないため、謎は謎のまま残されることとなったのだ。

というより、探られると参事会は困るのだろう。すべての責任をコレルと騎士団のみに一方的に押し付ける形で首都へ抗議文を送り、事態を収束させたこと。新たな駐屯《ちゆうとん》騎士団と、街の復興支援のための兄弟団の派遣提案があったにも拘《かか》わらず、それを拒否して自前で自警団を結成したこと。これら二つの行動から見ても、参事会が国の介入を嫌っていることは明らかだ。

おそらく、これ以上外部の人間を街に入れて、詳細な事件の捜査をされたくないのである。

「参事会も、今回の事件の裏で甘い蜜を吸っていた当事者だからな。三度も物資を奪われていたにも拘わらず、国への積極的な働きかけを何もしていなかった時点でそれは明らかなことだったが、どの時代も特権階級なんてものは、金を貪《むさぼ》ることしか考えていないただの豚だ」

職人による街の復興の様子を街の外壁の上から眺め、レオは静かに風に当たる。

イドラ、ユキ、ヴァイスの三人もレオの隣から一緒になって街並みを見ろしていた。

「それはつまり、御しやすい、ということですよね、ご主人様」

「ああ。参事会が今回の事件に関与していた証拠はいくらでもある。なんなら証人もいる。そのことを交渉カードに使えば、参事会を丸め込むのは容易《たやす》いはずだ」

街の自治運営権を握っている参事会を従属させることができれば、街を実質的な支配下に置ける。もちろん国家大権の大元である国の機嫌を窺《うかが》ってやる必要はあるので、何でも好き勝手にできるという訳ではないが、それでもこれからの計画を進める上で大きな地盤にはなってくれるだろう。あるいは参事会の事件への関与を証明する証人となってくれる予定の『彼』に、その街の管理を任せてみるのも面白いかもしれない。

そんなことを考えているレオに、外壁に腰掛けたイドラが話しかけてくる。

「それで、ここから先はどうするの」

「そうだな。ひとまずはこの街がある程度落ち着くのを見届けたら、融資者《パトロン》と魔術講師でも見つけるかな」

「……パトロンはまだ分かるが、魔術講師？　そんな奴が必要なのか？」

「ああ」とヴァイスの疑問にレオは頷《うなず》く。

レオは理論上、無限に魔力を他人へ分け与えることができる。それは要するに、その気になれば無限大に近い魔力を持つ最強の魔術師を作りだすことが可能ということだ。

魔術が物を言うこの世界に置いて魔術戦で優位に立てるというのは戦略的意味合いにおいても非常に大きい。物理最強のイドラでも戦力としては十分だが、対となる最強の魔術師を家族に迎えてみるのもまた一興だろう。

なによりレオ自身、魔術についてはもっと適切にその扱い方を学ぶ必要がある。

そのための講師としても、魔術に精通した人間は是非とも迎え入れておきたかった。

「要はスカウトハンティングだ。当面は地盤を固めながら、組織作りに勤《いそ》しむぞ」

「地味ね……」

「ご主人様の御心のままに。どこまでもお供いたします」

溜息《ためいき》をつくイドラと、相変わらず従順なユキ。そして欠伸《あくび》をしながら「なんでもいいから飯食いに行こうぜ」とマイペースに振舞うヴァイスを伴って、レオは「そうだな」とその場を後にしようとする。

しかし、ふと立ち止まって再び街並みを眺めるレオにユキが首を傾《かし》げ、考えるようにその心当たりを口にした。

「……ヨナ様のことですか？」

レオは答えない。

無言でポケットから拳大ほどの赤黒い塊——大魔鉱石を取り出すと、それを見つめた。

実のところ、ヨナは行方不明だった。レオが手配したスラム民のもとで匿《かくま》われていたはずだったのだが、街の騒ぎに乗じて逃げ出したらしい。すぐにレオの手配の下、スラム民による街の捜索が行われたが、結局今日に至るまでヨナは見つかっていなかった。

ここまで探して見つからないのなら騎士団か、あるいは別の人間に保護されたのかもしれない。とりあえずそう結論付けて、仕方なく一旦捜索の手を打ち切ったのだが……。

レオには他にも一つ、気に掛かることがあった。

（……あの仮面の女の魔力が未《いま》だに俺に加算されていない）

レオによって殺害された者の魔力は、悪ノ権能によってレオに加算されることになっている。だがあれから数日が経《た》っても、ロッドの魔力は未だレオに加算されていない。

それはつまり、ロッドがまだ生きているということだ。

（厄介な不穏分子を残すことになってしまったな）

結局何者だったのかは分からないが、あれだけの実力者だ。このまま覇道《はどう》を突き進めば必ずまた相まみえることになるだろう。その時、イドラの力に頼らずとも勝つことができるように、今から力をつけていく必要がある。そのためにも組織の拡大は急務だ。

(俺は必ずこの世界でものし上がる。次に会うときは、ロッド——お前が『下』だ)

レオはそう笑みを浮かべて、大魔鉱石をしまうと、今度こそ三人を伴って街に降りていく。

こうして、後に全世界の人間を震え上がらせることになる、最強にして最悪の家族《ファミリー》の長い旅路が始まっていたのだった。


レオたちが領外を眺めていた外壁とはまた別地点。

西の森にある見晴らしのいい丘から、同じように街を眺めている存在がいた。

「……どうやら街の復興は順調の様子だな」

そう呟《つぶや》いたのは、ヒビ割れた仮面をつけたフード姿の女——ロッドだ。

レオの予想通り、手傷を負いながらもしぶとく生存していた彼女は、その脇にロープで縛って転がしておいた一人の甲冑《かっちゅう》姿の男に目を向ける。

「くっ……ぼ、僕をどうするつもりだ!」

ロッドの傍《そば》でそう怯《おび》えた様子で声を上げているのはコレルだ。

結局彼はイドラに殺されそうになっていたものの、その後のロッドの登場によってあと一歩のところで難を逃れていた。ユキの毒に侵されている様子がないのも、貴族である彼が一般騎士と同じ食事を口にすることを嫌ったからだろう。そんな度重なる悪運によって命からがら逃げ延びた彼は、けれど今回の大失態の責任を押し付けられた立場である以上、騎士団に助けを求める訳にもいかず、どうすればいいのかと領外の森をさまよっていた所を、先ほど偶然通りかかったロッドに捕縛されてしまっていた。ロッドの正体を知らないコレルは、何故《なぜ》自分が捕まっているのかも分からず、ただただ怯えている様子だ。

「ぼ、僕はシーゲル家の嫡男《ちゃくなん》だぞ！　こんなことをしてタダで済むと思っているのか⁉」

この期《ご》に及んでまだそんなことを口にするコレルにロッドは内心呆《あき》れる。

今回の騎士団の壊滅の原因はすべてコレルの独断専行による身勝手な戦いによるものだと処理されている。当然その戦犯であるコレルが今更国に戻ったところで待っているのは幽閉か処刑。貴族としての資格どころか、彼が嫌う平民でいることとすらもうできはしない。

そんなことも知らず、未《いま》だ自分が貴族でいられると何の疑問もなく思い込んでいるあまりの愚かさに、呆れを通り越して笑いそうになる。

(何かに使えるかと思って気まぐれに捕縛してしまったが、完全に失敗だな)

自分が見初《みそ》めた男とは大違いだと。ロッドはそう思い直すと、その周囲に剣を創造した。

十、二十、五十、百──まだまだ増える。

最終的に剣はイドラたちと戦った時の十倍の数に達していた。

「あ……あ……？」

その信じられない光景に間抜けな顔で呆然《ぼうぜん》としている様子のコレル。

そんな彼を見下ろしていたロッドだったが、たまたまその瞬間に強度限界に達したのだろう。彼女がその身に着ける仮面が音を立てて砕けてしまっていた。

彼女の素顔がその場に晒《さら》される。驚くべきことにコレルにはその顔に見覚えがあった。

それはいつのことだったか。首都で仕事をしていた際、父に見せてもらったとある黒い書類。安易な情報漏洩《ろうえい》を防ぐため、特殊な手法でしか読み解けぬように、黒い紙に黒い文字で情報が印字されている彼らの話はあまりにも有名で、その称号の由来にもなっている。

いつか自分が捕まえると。初めて見る黒の手配書に目を輝かせながら、そう父に息巻いたのを今でもよく覚えている。そこに、確かに目の前の女の顔が載っていた。

柘榴《ざくろ》のような赤い髪。無感情で冷めた瞳。鼻筋の通った清廉な顔つき。

確か名前を――アルテナ・アンダーロッド。

「最重要指定危険人物《ブラック・ホルダー》……千剣のアルテナ……！」

一国にも匹敵する力を持つ、世界屈指の犯罪者の一人が、コレルの目の前に立っていたのだ。

「千剣か。まるで見当違いの字《あざな》だが……それは次の機会に取っておくとしよう」

それが、コレルがこの世で聞いた最後の言葉になった。

コレルと共に跡形もなく一つの丘が消え去る。ガラガラと瓦礫《がれき》が崖下《がけした》へと崩れていくのを眺めて、アルテナは静かに踵《きびす》を返す。そして彼女が視線を向ける先、暗い森の木の陰には、そこから顔を出す一人の幼い少女の姿があった。

「お前の姉を苦しめていた上司は死んだ。……少しは満足したか？」

透き通るような美しい銀髪を靡《なび》かせる小柄な少女――ヨナはふるふると首を横に振る。

まるで色彩を失ったような光のない瞳をアルテナに向けて、小さく呟《つぶや》いた。

「……そいつじゃない」

子供とは思えない憎しみに満ちたような暗い声。サフィアと共にいた時とは比べるべくもない、根っこから感情を失ってしまったような顔をアルテナに向けて、ヨナは続ける。

「お姉ちゃんを殺した奴を殺さないと……意味がない」

「――ねえ」と、がらんどうの瞳にアルテナの姿が映る。

最愛の姉を失い、すべてに絶望した少女の瞳は深淵《しんえん》よりも深い闇に侵されてしまっている。

とても子供のものとは思えないその相貌《そうぼう》に、さすがのアルテナもそっと瞳を伏せる。

そして孤独な少女が、その呪いを口にした。

「――お姉ちゃんを殺した奴は、どこ？」

結局の所、悪道はどう進んだところで必ず悲劇を生み、悲劇は新たな復讐《悪》を生む。

それでも彼らはきっと歩み続けるだろう。己が譲れないもののためにぶつかり合い、奪い合い、殺し合う。その先に非業の運命しか待っていないとしても、仮に生まれ変わっても、それをずっと繰り返し続けるのだ。故《ゆえ》にこれは、正義の英雄譚《えいゆうたん》などではない。

そんな史実の裏側を記した、世界に焚書《ふんしょ》されし黒き外典。

悪ノ黙示録なのである。

あとがき

この度は本書、悪ノ黙示録をお手に取ってくださり、誠にありがとうございます。

作者の牧瀬竜久と申します。

あとがきは簡単な挨拶程度にしておこう。そう思っていたのですが、思ったよりもページが余っているそうです。担当編集様が困っておられるので、少しだけ自分と、作品周りの話をさせて頂こうと思います。お付き合いくだされば幸いです。


牧瀬は、母子家庭の一人っ子としてこの世に生を受けました。

母は女手一つで一生懸命に牧瀬を育ててくれた立派な人物でしたが、対照的に牧瀬は非常に出来が悪い子供でした。


ねえねえ、母さん。牧瀬、こないだのテストで一番を取ったよ、とか。

ねえねえ、母さん。牧瀬、こないだのかけっこで一等賞を取ったよ、とか。

そういう報告を、牧瀬は一度もしてあげられたことがありません。

特にご近所周りの子供がみんな優秀だったこともあって、きっと井戸端会議で肩身の狭い思いをさせていることだろうと、いつも心の底で申し訳なく思っていました。

そんな牧瀬が唯一、好きで続けていたのが物語創りです。

これなら少しだけ、人より得意かもしれない。そう思ういくつかの出来事があって、牧瀬は趣味で創作にのめり込むようになりました。

作家になれたらトロフィーをあげるからね、なんて嘯くこともあって、母はそんな牧瀬に期待しないで待ってるね、とおかしそうに笑顔を向けていました。

けれど、他人に自分の物語を評価してもらうのには勇気がいります。今まで人からあまり褒《ほ》められた経験のない牧瀬なら、それはなおさらです。結果、賞への投稿に中々踏み切れません。

もっといいものが書けたら投稿しよう。作品が完成するたびにそう先送りにして、気付けば結局、十年の月日が経《た》っていました。あるあるですね。

牧瀬がようやく重い腰を上げ、新人賞への応募を決意したのは、今から約二年前のことです。

それにはある大きな出来事が関係しているのですが、ここではあえて割愛しておきます。

それから一年半かけて、三作の小説を制作し、各新人賞へ応募しました。

今回受賞したのはそのうちの一作。一番気に入っていた異世界ものです。

一番気に入っていましたが、一番可能性がないだろうなと思っていました。

だって、異世界ものってありふれています。ありふれたものを、きっと新人賞は採用してくれません。だから受賞の電話が来た時、牧瀬は本当に、心の底から驚いたのです。

主人公が格好良かった。審査してくれた方々は、牧瀬にそう言ってくれました。

ありがとうございます。この作品は、それが骨子です。レオは格好良いんです。頭の中に浮かんだレオ、そしてイドラたちというキャラクターを、その格好良さを、どうしても誰かに見てほしかった。だから、評価されないかもしれないと思いながらも、この物語を描いたんです。

それを拾い上げてくださる方々と出会えたことは、牧瀬にとって至上の喜びです。本当にありがとうございました。

授賞式の為《ため》に東京へ行きました。牧瀬は方向音痴なので道案内アプリを三つ駆使して、なんとか小学館に辿《たど》り着きました。文明の利器は偉大です。タイトなスケジュールであまりゆっくりできなかったので、次は観光で行ってみたいと思います。

偉大な作家の先生方がたくさんいらっしゃいました。ご迷惑になるかと思ってあまり話しかけることができなかったのですが、それでも夢のような一夜でした。

自宅に帰ってきました。三匹の猫に出迎えられて、トロフィーと賞状をそっと台の上に置いて、旅の疲れを癒すように、三十分ほどぼうっとしていたでしょうか。

しんとした室内で、改めて台の上に飾った賞状を眺めて。

そこでようやく、牧瀬は牧瀬になることができたのだなと、そう思いました。

担当編集Oさん。あんなにも粗削りだった本作を推してくださり、本当にありがとうございます。牧瀬にできる限りの力で、貴方に御恩返しができればと思います。

あるてら先生。こんなにもこちらの意思を汲《く》み取ってくれる方がいるのかと、イラストが送られてくる度に驚きます。これからもきっとわがままが飛びます。よろしくお願いします。

ゲスト審査員の武内先生。小学館ライトノベル大賞の存在を知ったのは貴方の名前を見かけたからです。ご縁は、先生が繋《つな》いでくれました。ありがとうございます。

本書の制作に携わってくれたすべての皆様。そして読者の皆様。心よりの感謝を。

この物語がどこまで続くのかは分かりませんが、真摯に作品と向き合うことをお約束します。どうかお付き合いくだされば幸いです。そして面白ければ、友人などに紹介してください。

そして、これが伝えるべき、最後の相手となりますが――

ねえねえ、母さん。牧瀬、小説の新人賞で、優秀賞をもらったよ。

どうか貴方の目に、このトロフィーの輝きが届いていますように。

GAGAGAGAGAGAGAGAGAGA

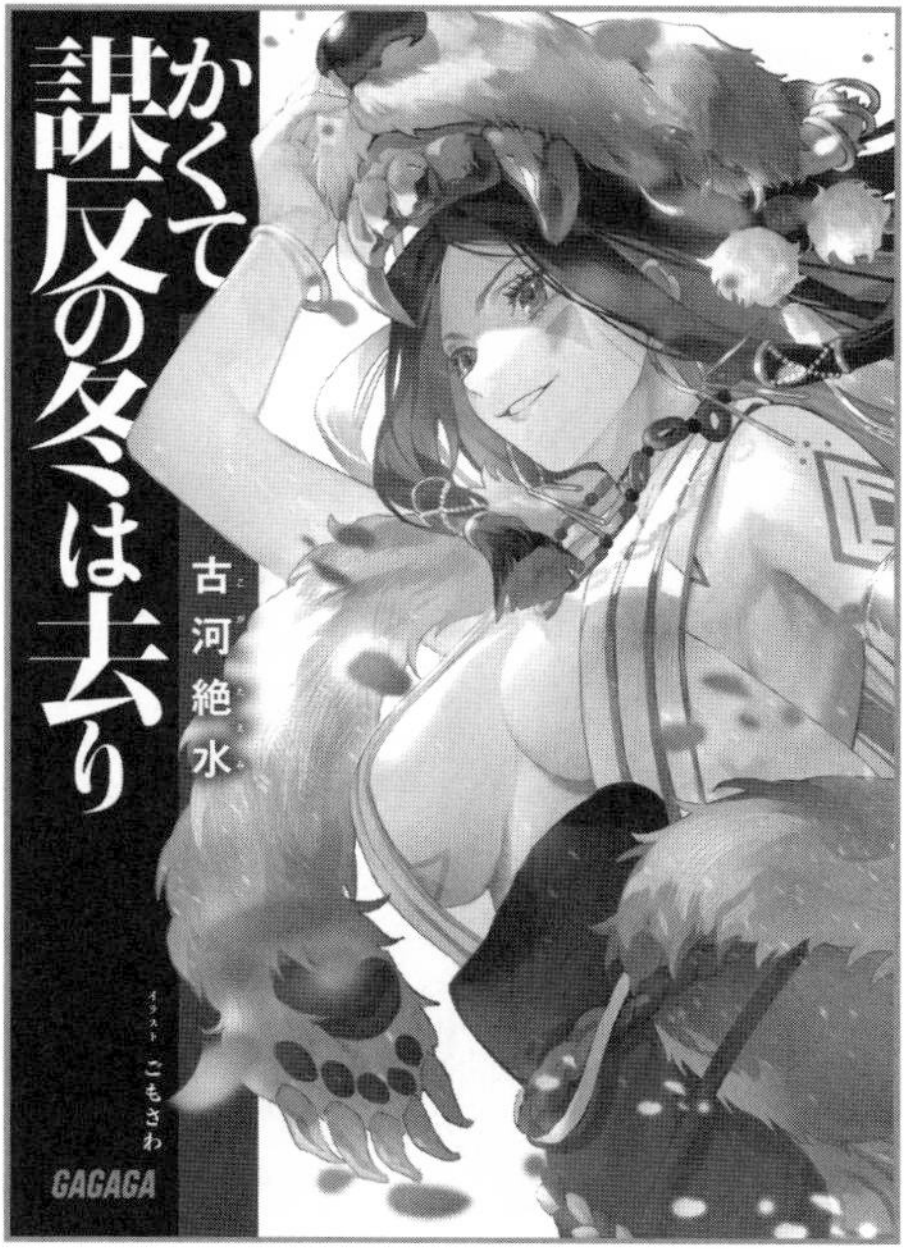

かくて謀反の冬は去り

著／古《こ》河《が》絶《たえ》水《み》

イラスト／ごもさわ
定価 891 円（税込）

“足曲がりの王子”奇智彦と、“異国の熊巫女”アラメ。
二人が出会うとき、王国を揺るがす政変の風が吹く！
奇智湧くがごとく、血煙まとうスペクタクル宮廷陰謀劇！

GAGAGAGAGAGAGAGAGAGAGAGA

ドスケベ催眠術師の子

著／桂嶋《けいしま》エイダ

イラスト／浜《はま》弓《ゆ》場《ば》 双《そう》

定価 836 円（税込）

「私は片桐真友。二代目ドスケベ催眠術師。いえい」

転校初日に“狂乱全裸祭”を引き起こした彼女の目的は、初代の子であるサジの協力をとりつけることで――？　衝撃のドスケベ催眠×青春コメディ!!

ガガガ文庫9月刊

悪ノ黙示録 -裏社会の帝王、死して異世界をも支配する-

著／牧瀬竜久《まきせたつひさ》

イラスト／あるてら

裏社会の支配者として君臨したレオの人生は、絞首台の上で終わりを告げた、はずだった。意識を取り戻すと、彼が居たのは見知らぬ世界。無力な唯の少年として目覚めた男は、再び世界を手中に収めるため、動き出す。

ISBN978-4-09-453141-1（ガま9-1）　定価858円（税込）

恋人以上のことを、彼女じゃない君と。3

著／持崎湯葉《もちざきゆば》

イラスト／どうしま

「どう告白すればいいんだろう?」大学一年生である俺、山瀬冬は恋に悩んでいた。相手は、サークルの同期である皆瀬糸。――これは、糸と出会い、恋人となり、青春を紡ぐ物語。そして、恋人であることを諦める物語。

ISBN978-4-09-453149-7（ガも4-5）　定価814円（税込）

楽園殺し3 FES

著／呂暇郁夫《ろかいくお》

イラスト／ろるあ

獣人事件から一年。延期開催された周年記念式典の舞台に、偉大都市の歌姫が立つ。その背後に潜む者たちの正体とは――狂騒の調べの中、能力者達の祭りが幕を開く。

ISBN978-4-09-453148-0（ガろ1-4）　定価957円（税込）

GAGAGA

ガガガ文庫

悪ノ黙示録 ―裏社会の帝王、死して異世界をも支配する―

牧瀬竜久

発行　2023年9月24日　初版第1刷発行

発行人　鳥光 裕

編集人　星野博規

編集　大米 稔

発行所　株式会社小学館
〒101-8001 東京都千代田区一ツ橋2-3-1
[編集]03-3230-9343　[販売]03-5281-3556

カバー印刷　株式会社美松堂

印刷・製本　図書印刷株式会社

Printed in Japan　ISBN978-4-09-453141-1

第18回小学館ライトノベル大賞
応募要項!!!!!!!!!!!!!!!!!!!!!!!!!!!!

ゲスト審査員は宇佐義大氏!!!!!!!!!!!!

（プロデューサー、株式会社グッドスマイルカンパニー 取締役、株式会社トリガー 代表取締役副社長）

大賞：200万円＆デビュー確約
ガガガ賞：100万円＆デビュー確約
優秀賞：50万円＆デビュー確約
審査員特別賞：50万円＆デビュー確約
スーパーヒーローコミックス原作賞：30万円＆コミック化確約
（てれびくん編集部主催）

第一次審査通過者全員に、評価シート＆寸評をお送りします

内容 ビジュアルが付くことを意識した、エンターテインメント小説であること。ファンタジー、ミステリー、恋愛、SFなどジャンルは不問。商業的に未発表作品であること。
（同人誌や営利目的でない個人のWEB上での作品掲載は可。その場合は同人誌名またはサイト名を明記のこと）

選考 ガガガ文庫編集部＋ゲスト審査員 宇佐義大
（スーパーヒーローコミックス原作賞はてれびくん編集部による選考）

資格 プロ・アマ・年齢不問

原稿枚数 ワープロ原稿の規定書式【1枚に42字×34行、縦書き】で、70～150枚。

締め切り 2023年9月末日（当日消印有効）※Web投稿は日付変更までにアップロード完了。

発表 2024年3月刊『ガ報』、及びガガガ文庫公式WEBサイト GAGAGA WIREにて

紙での応募 次の3点を番号順に重ね合わせ、右上をクリップ等（※紐は不可）で綴じて送ってください。※手書き原稿での応募は不可。
①作品タイトル、原稿枚数、郵便番号、住所、氏名（本名、ペンネーム使用の場合はペンネームも併記）、年齢、略歴、電話番号の順に明記した紙
②800字以内であらすじ
③応募作品（必ずページ順に番号をふること）

応募先 〒101-8001 東京都千代田区一ツ橋 2-3-1
小学館　第四コミック局　ライトノベル大賞係

Webでの応募 ガガガ文庫公式WEBサイト GAGAGA WIREの小学館ライトノベル大賞ページから専用の作品投稿フォームにアクセス、必要情報を入力の上、ご応募ください。
※データ形式は、テキスト（txt）、ワード（doc、docx）のみとなります。
※Webと郵送で同一作品の応募はしないようにしてください。
※同一回の応募において、改稿版を含め同じ作品は一度しか投稿できません。よく推敲の上、アップロードください。

注意 ○応募作品は返却致しません。○選考に関するお問い合わせには応じられません。○二重投稿作品はいっさい受け付けません。○受賞作品の出版権及び映像化、コミック化、ゲーム化などの二次使用権はすべて小学館に帰属します。別途、規定の印税をお支払いいたします。○応募された方の個人情報は、本大賞以外の目的に利用することはありません。○事故防止の観点から、追跡サービス等が可能な配送方法を利用されることをおすすめします。○作品を複数応募する場合は、一作品ごとに別々の封筒に入れてご応募ください。